赵树理家乡文学丛书

曹家坟
那片杨树林

赵王平　著

山西出版传媒集团　⋀⋀⋀ 北岳文艺出版社

·太原·

图书在版编目(CIP)数据

曹家坟那片杨树林 / 赵王平著. —太原:北岳文艺出
版社,2021.12
　(赵树理家乡文学丛书 / 崔奇主编)
　ISBN 978-7-5378-6525-8

　Ⅰ.①曹… Ⅱ.①赵… Ⅲ.①中篇小说—小说集—中
国—当代②短篇小说—小说集—中国—当代 Ⅳ.①I217.2
②I247.5

　中国版本图书馆CIP数据核字(2022)第007781号

曹家坟那片杨树林

赵王平　著

//

出品人
郭文礼

策　划
郭文礼　马　峻

责任编辑
张　丽

书籍设计
张永文

印装监制
郭　勇

出版发行:山西出版传媒集团·北岳文艺出版社

地址:山西省太原市并州南路57号

邮编:030012

电话:0351-5628696(发行部)　0351-5628688(总编室)

传真:0351-5628680

印刷装订:山西立方印业有限公司

开本:710 mm×1000mm　1/16

字数:210千字

印张:14.5

版次:2022年7月第1版

印次:2022年7月山西第1次印刷

书号:ISBN 978-7-5378-6525-8

定价:72.00元

总　序

2021年是中国共产党成立100周年，也是人民作家赵树理诞辰115周年。值此重要时间节点，中共沁水县委、沁水县人民政府特推出"赵树理家乡文学丛书"，旨在传承赵树理文化、弘扬赵树理精神，展示文艺创作新成效、呈现文化强县新气象，以新时代"山药蛋派"新作向赵树理先生致敬、向党的百年华诞献礼。

沁水以其深厚的文化底蕴、淳朴的民风民情、多彩的民俗传统，孕育了开创"山药蛋派"先河的一代文学巨匠——赵树理，赵树理倾其一生都在用心用情书写农民、至真至诚歌颂农民，"铁笔圣手"的名号享誉全国，"山药蛋派"的影响更是历久弥新。

深受赵树理及"山药蛋派"熏陶的沁水人，立足乡村乡情、乡风乡貌，笔耕不辍、钟情翰墨，涌现出了田澍中、潘保安、葛水平等一批有影响力的作家。此次出版的"赵树理家乡文学丛书"正是沁水优秀文艺人才的作品集，更是近年来沁水文学创作的集大成者，全书共7册，其中长篇小说4册、中短篇小说集2册、诗赋集1册。翻读此书，沁水"清凌凌的水，蓝莹莹的天"的秀美环境跃然纸上，沁水厚重悠久、绵延不断的文化底蕴淋漓展现，沁水人民昂扬向上、踔厉奋发的正面形象栩栩如生，这是一套了解沁水、宣传沁水，读之受益、回味无穷的精品佳作。

相信丛书的出版，必将极大地激发广大文艺人才的创作热情，更好地推动沁水文艺事业的蓬勃发展，假以时日，沁水必将涌现出更多的优秀文艺人才和文学作品。

　　是为序！

2021 年 11 月

目 录

曹家坟那片杨树林

一

春分这天，南山石崖还挂着冰呢，田土贵就扛着犁，赶着牛去曹家坟犁地。

曹家坟在村西五百多亩的一垛梯田里，原是曹家庄村曹氏家族的祖坟地。这块地有二十多亩，是整垛梯田里最大的地块，也是最好的耕地。

风和太阳早已把路上的积雪扫荡干净，路面弯曲地向上延展。坡路驱走了田土贵身上的寒气，他的后背渗出了热汗；耳面上的冻感就像南崖上的冰柱，随着气温的上升，一点一点地消融了。犁不是很重，但脚下越走越吃力。不一会儿，他的前额后颈上也冒出了汗珠，汗珠汇成了细流痒痒地往下淌。

牛闻到了主人身上的汗味，向前猛跑了十几米，转身望了望，又低头到路边朝阳处啃吃刚返青的嫩草。它愉快地甩着尾巴，像是跟主人打招呼：赶紧点吧，一会儿就晌午了。

闲了一冬的牛，迎来了向土地发力的季节。它知道每年春耕是它最得意的时光，憋了一冬的劲终于可以发泄一番了。

路边的小树在风中摇曳着光秃的枝丫，春风把南山顶部的松林扯出一阵阵呼啸。风是在唤醒树木，催着树木生长新枝新芽。朽枝枯叶已被风在冬天收拾光了，这是大自然的造化。庄上几乎没人用牛耕地了，用的是拖拉机。五十岁以下的男人没有几个会扶犁耕地的。老一辈留下的犁铧已被后人们遗弃，耕牛被卖掉，牛窑被改造成拖拉机、农用车车库。田土贵像未被寒风摧掉的枯枝，还顽固地坚守着先人们传下的古老耕作方式。

田土贵正在整理轭头，听得牛一声哞叫，抬头一看，塄下的地头走来两个人。

村主任曹四清瘦高个儿，上身穿着一件乌亮的皮夹克，风灌进了腰间，仿佛当了几个月的村主任就吃鼓了肚子；风吹乱了他脑袋两侧的头发，亮出了中间的秃顶；瘦黄的脸上挺着长而枯的鼻梁，薄唇尖颏，两只招风耳和一双大眼透出过人的机灵。身后的那人穿着一件黑呢大衣，腆着肚子，个头比曹四清矮一点；圆圆的脑袋上留着黑密的短发，脸色苍白，鼻头发红，远远就能听见有点气喘。

真是人勤春来早啊，土贵叔！

曹四清和那人走进曹家坟，东张西望了一番。四清说，这一垛梯田数你收拾得干净。你看上下的地里，去年秋天机耕后的土坷垃一片一片的，玉米秆叶到处散落，有的还长出不少蒿草……

田土贵听了笑着说，现如今土里刨不出几个钱，谁还有工夫在地里瞎磨。

曹四清明白土贵老汉说的是谦虚话，便话锋一转：叔，如果有人包了你的地，地租比你每年卖粮的收入还高，你干不？

田土贵没想到四清会冒出这么一句，就笑着说：哪有这种好事，我不成了地主啦？

那人插嘴道：老人家，现在政策允许转包，与过去的地主不是一回事；如果转包收点地租是地主，那么，现在的私营企业主不成资本家啦？

田土贵说：是不是一回事咱不懂，反正凭着自个劳动挣来的钱才踏实。

曹四清给田土贵递了一支香烟，一边点着一边介绍道：这位是镇绿化办公室的范主任，咱们村的包村干部，以前下乡来过咱村。

田土贵吸了口烟面带笑容地说：我说咋面熟呢，原来是镇上的领导啊！庄稼人不会说话，可别介意。

范主任笑着说：没关系，没关系。然后盯着牛说：好牛啊，你看这皮毛喂得水光溜滑的，还是头圪牿呢。

曹四清明白了范主任的意思，就讨好地说：将来不种地了，买下给你吃肉……

牛似乎听懂了二位干部的话，脖上的毛竖了一下，撅起尾巴朝他俩狠狠屙了一泡。

曹四清和范主任避开热气四溢的牛粪，走到后垴瞅了瞅垒在垴墙上的石头，嘀咕着离开了。

牛顺从地套上了轭头，开始耕地了。沉睡了一冬的土地，被锋利的铁铧一道一道地给打开了。土地的气息扑面而来。往年，每当闻到土地开犁的气息，田土贵都会兴奋，像喝了杏花村白酒一样：

公社是棵常青藤，社员都是藤上的瓜。

……

他种地时最爱唱《社员都是向阳花》这首歌，不过只是哼唱，从未大声唱过。哼唱的时候，牛会受到感染。它把两只耳朵竖直，满满地收纳着从主人喉中振出的音符，尾巴一甩一甩的。田土贵知道牛也跟着他一起快乐，因为牛屁股上根本没有蚊蝇叮咬。甩尾不是驱赶蚊蝇，它是在给自己打拍子。春天的天气还冷，蚊蝇还没完全醒过来呢。

土地是农民的命根子，也是牛的命根子。一旦失去土地，农民和牛就没有存在的价值了。土地这东西，蕴藏着一种神奇的力量。说她是母亲，因为她养育了庄稼，庄稼喂活了人。土地又是个普通的女人，她静静地躺在那里，如果没男人驾牛去犁去种，就会荒芜，就会披头散发邋遢得不成样子。

四清说自己的地拾掇得好，那全都是工夫啊！春犁秋杀，每年两遍。春天犁后要耙，耙平后等气温达到下种的时节再施肥、播种；夏收和秋收后必须再犁一遍。尤其是夏收后，不犁一遍，野草就会仗着雨水疯长，就会把土地的养分吸干。这些年，村里外出打工做生意的人多了，有些农户看不起卖粮的几个小钱，就把地给荒了。蒿草长得一人高，年久的还长出了荆棘、野树……有的农户秋后杀地，懒得再耙一遍，让墒跑了个精光。遇上一冬无雪，来年下种就捉不全苗。

风小了。太阳把人和地晒得热烘烘的。田土贵脱下了外套，让热气往外散。地才犁了十几个来回，他就感到一身的疲倦。牛也没有往年那样狠劲，像没喂上料草一样。难道自己真的老不中用了？犁地的活不重啊，牛不老，牛才八岁，正是出力的年龄。牛不欢实，是它没见到它的同伴。它的同伴们被喷着黑烟的拖拉机替代了。牛也怕孤独，它喜欢在同伴的视野里显摆自己。显摆一身光滑如缎的棕黄色皮毛和健壮的肌肉，耕地时那沉稳有力的步伐。牛是通人性的。今春首次开犁没听到主人的歌声，它感到了主人的不爽。

曹四清说往外租地的话不是随便说说而已。他是村主任，他有权设法把各家各户的土地集中起来租出去，因为土地是集体的。

田土贵感到一种莫名的惶恐。他可能要与土地分离了。农民要是没了土地，就没了生计。即使给租地费，自己也觉得像失去了依靠，没有自己种地踏实。外出打工，自己老了，出不去了；搞经商，自己学不会，也不想学，骨子里认为商人是靠要奸坑人发财的。如果农民都不种地，挣的钱能顶粮食吃吗？

新官上任三把火，曹四清第一把火难道真要在土地上烧起来？

曹四清是田土贵看着长大的。他从小念书不怎么样，胆子倒是大得让人咋舌。四清十三岁那年，父亲曹广德当上了民兵连长，家里放着一支半自动步枪。四清偷了枪躲进曹家坟玉米地里一夜未归。当家人找到他时，他守着一头被打得血淋淋的大野猪。曹广德气得用枪托在儿子屁股上狠狠砸了两下：祖宗，这是坟地呀！后来，曹广德当了大队会计，四清居然偷了一张现金支票到信用社取钱。幸亏被信用社的出纳识破，不然，非送去劳教不可。

村人说，曹四清将来要么成大事，要么犯大事。

去年冬季村委换届，四清报名竞选。他在竞选演讲时承诺，要让每个村民每年人均收入增加一千元。大家听了半信半疑。他小舅子晚胜晃动着单薄的身板问：姐夫，是不是还要投资，我可没那么多本钱……

人群里有人小声说：你咋没本钱？你姐就是本钱！

晚胜听了扭头朝开玩笑的人骂道：你老婆你妈才是本钱哩……

四清对着麦克风清了清嗓子，压住了下面的斗嘴声，然后，大声说：不离村，不离家，不投资，就在土地上做文章。

晚胜又细声细气地问：我不信咱村几百亩旱地能长出金娃娃来？

台下跟晚胜开玩笑的那人又说：你真是脑子进水了，是你姐夫在演讲，你咋老放枪？

晚胜回头怼了一句：关你屁事！

那人笑着说：你不怕曹四清来个两不离一离？

晚胜瞪眼问：啥意思？

那人压低声音说：不离村，不离家，就是要离婚。因为你今天老给你姐夫出难题，得罪了他。他当了村主任就跟你姐离婚……

周围的人听了哄地笑了起来。

晚胜涨红了脸，愤然骂道：你胡扯，狗嘴里吐不出象牙……

台上的主持人让台下安静后，曹四清接着演讲。他自信地说：只要解放思想，增收的项目有的是。

当台下有人问是啥项目时，四清笑而不答。晚胜连忙说，项目保密，暂时保密。生怕被其他竞选者知道了。其实，明眼人一看就清楚，曹四清为了提高选民对自己的注意力和信任度，与小舅子演了一段双簧。

投票前一夜，曹四清还打发晚胜给每户送了一袋白面一壶花生油。全村三百多户，曹四清花了三万多元。

曹家庄是个纯农业村，村里没有企业。不像有煤矿的村，每次换届都有不少人花钱竞选。尽管镇上三令五申地严禁贿选，但还是有人暗里花钱拉票。送钱的数目让田土贵这种人听了瞠目结舌。一张选票有的高达五百元，少的也有二百元。如果有三人竞选村主任，每个村民可能会有千把元的收入。这类村的村民有句口头禅：要想富，选干部！

曹家庄是个穷村，没人抢着当村干部。可一听说有企业要来曹家庄地盘上开发煤层气，就有不少村民产生了竞选村主任的想法。

曹四清为了确保当选，他开了曹家庄村贿选的先例。

田土贵没有去投票，而是让儿子红社代选。他不想要四清的面和油。

可儿子红社说，四清当村主任当定了，不要他的东西就惹人啦！

田土贵心里清楚，现在的人当村干部，很少有人不是奔着私利去的。听说四清在外赌博塌了饥荒，想当了村主任趁煤层气开发时揽工程挣大钱还债哩。

二

这天，太阳还没落山，田土贵就结束了耕作，赶着牛回到了庄上。

二十年前，在这春日的余晖里正是犁地的最好时光。这时间，太阳温柔得让人沉醉。地气随着铁铧破开的新土升腾，热乎乎的；泥土的芳香扑面而来，被耕者深深吸进了肺腑，如同吸了一口上好的云南烟丝一样过瘾。春乏被凉爽的风掠去，牛和人都干得劲头十足。时间悄悄地凝固了。曹家庄整垛梯田里，每日至少有三十多具牛犁在耕作，人对牛的喝唤声此起彼落，一片繁忙的春耕景象。

落日把田土贵和牛的影子投射在水泥路上。人的影子已不如先前那样身板健壮四肢舒展，收缩得像只煮了的河虾；牛的影子还是那么线条分明，两角弯弯，四蹄健壮，甩着一条不知疲倦的尾巴。人与牛的影子像皮影戏一样在地上移动。恍惚间，牛的铃铛声惊飞了路边一只觅食的公鸡，公鸡叫嚷着飞到一堵颓废的土墙上；牛儿闪着温和的大眼望了一望，继续走路。

田土贵是这年春天最早出来耕地的人。多数农户耕地到清明以后了。他们用拖拉机耕，机耕速度快，有的一天就能耕完。他们的土地还懒懒地躺着冬眠呢。这些年，村里在清明前后的几日里都会热闹一番。外出的人回来祭祖、耕地。少数人家则等到谷雨时节才把耕地和播种的活一起做了。

这时节，田土贵和牛儿才不会寂寞。他的地已耙得海绵一样柔软平整。他正赶着牛车送粪哩。这时候，就会有人跟他打招呼：叔啊，牛粪种的谷子好，秋后给我留一百斤啊！

田土贵种的谷子产量有限，按先来后到的顺序答应人家。没订上的，即使出高价，他也不能答应。田土贵不太在乎钱，在乎的是一种成就感和信誉。近几年，国家免了农业税，还发种粮补贴，自己开销少，不怎么缺钱。

田土贵喂了牛，正在热饭，儿子红社骑着摩托回来了。红社一进门就把电灯拉着，西窑光线暗得早。

红社说：爸，天暖和了，你到房里住，房里干燥，光线也好。

我不去，窑里冬暖夏凉，喂牛也方便。

地都不种了，还喂什么牛？

谁说不让种地了？难道不让农民活了？田土贵瞪着圆眼火冒冒地说。

红社甩着摩托车钥匙笑着说：不要冲我发火，这是大势所趋！离镇上最近的那个村，一马平川的好地都包出去种花卉了。

田土贵端下饭锅说：都种了花草，谁种粮食？花草能吃吗？

红社说：这你就不懂了。现在是市场经济，有很多的粮食主产区。你打听打听，咱们镇上有哪家吃的不是晋南河南的白面和东北湖北的大米？

田土贵被儿子说得不吱声了。

儿子说的是。自己吃的粮食只有大米不是自己种的，可总有干不动的那一天。总不能不吃外地产的大米白面吧。

红社说：爸，不种了也好，省得你天天喂牛。听四清说，咱家的牛能卖个好价钱哩。

田土贵说：你们想咋折腾就咋折腾，千万别打我牛的主意。我就是穷透了也不卖牛。

红社现在是村委副主任。田土贵十分后悔去冬不该让儿子替自己代选干部。要是自己亲自去投票，肯定不会选四清当村主任，更不会选儿子当副职。少自己一票，四清依然会当选，四清的三万多元不是白花的。可他会阻止儿子竞选村委副主任的。当听说儿子给四清搭班子当选为副主任时，田土贵气得把碗都摔了。

傻娃呀，傻娃。都四十多岁的人啦，咋竟有了官瘾呢？何况是与四清这种胆大包天的人搭班子，上了他的船淹死了都不知道为啥？

曹家庄村多数人姓曹。无论族内如何争斗，只要不是血海深仇，他们之间的恩怨迟早都会化解的。可外姓人就不一样了。当干部就会惹人，稍有不慎就会挨整。前任村主任胡海龙因村民享受低保的事惹了不少人，被曹家的人联名上告给拱了下来。还给了个警告处分。

田土贵告诫儿子：本本分分当个农民就好，老老实实做生意就是大赚。

田土贵给儿子舀了一碗热乎乎的面条，儿子端起碗皱了一下眉头，才用筷子扒拉着吃起来。

儿子两鬓已有了白发，身体倒还结实，就是性格比老子还随和。遇事随大流，缺少主见。自小就跟着四清玩，一起上学，一样高考落榜。四清做啥他做啥。四清在外做生意、跑运输，他也到镇上开了个小店铺，挣点活钱供孩子念书。自己老而无用，只能守着二十亩地，供他们一家三口吃粮。

儿子多大年龄也是自己的儿子。在田土贵眼里红社永远是天真幼稚的。尽管自己有时训斥儿子有点狠，可老牛舐犊的那份情感从来没有变过。

田土贵问儿子：这次回来开会真的决定往外出包土地？

红社说：研究村里三年发展规划，主要是怎样让农民增收。镇上建议搞农家乐，四清想在土地上做文章，包村干部范主任建议先搞个退耕还林项目。

田土贵说：曹家庄的土地几百年了，不是新垦地，还什么林？

红社呛了一下筷头说：只要补贴满意，管它新开旧开的。你们这些上岁数的人都念念不忘种地，就不会享点清福？四清爸也是这样，父子俩因为这事还吵了一架。

红社临走时说：四清爸病重了。昨天从镇上回到了庄上老屋，抽空去看看。

三

田土贵看望曹广德时，曹广德不是想象中那样奄奄一息地躺在床上等死。曹广德正在整理老照片，儿子曹四清给他买了六本相册，他把挂在墙上的相框卸下，将照片取出，分类往相册里装。

田土贵望着曹广德两眼凹陷的脸说：精神还可以呀？

曹广德苦笑着说：全凭药养着哩！四清买了叫啥蛋白的营养药。

田土贵宽慰地说：现在有好药了，你的病会好起来的。

看见老伙伴瘦弱的病体，田土贵心里一阵痛楚。想说你这病本来就不应该得，可话到口边又咽回了。此时，说这种话只能增添曹广德的痛苦，没有什么意义。

土地下户后，四清在家办起了化肥代销点。春种秋播的时候，堂屋就成了库房，每次要存放十几吨化肥。曹广德老两口只好搬到西边隔间住。化肥的气味从隔墙与顶棚的缝隙散发到隔间。白日里房门开着还不要紧，晚上呛得二老经常从梦中醒来。四清让父母搬到自己住的西屋，自己和妻儿到堂屋隔间住。曹广德说，我和你妈老了，不怕呛。曹广德和老伴不是不怕呛，是怕呛坏了孙子。可没想到，化肥的气味渗进了房体，老两口受到了氨气和二氧化硫气体的侵害。

几年后，先是老伴查出了肺癌，治了三年，花了不少钱，还是撒手而去。两年前，曹广德又查出了肝病。四清把他接到了在镇上买的单元楼里住，镇上治疗方便。

曹广德说，他知道自己得的是不治之症，反正也七十岁了，没有啥可牵挂的。趁还能走动，想回庄上看看自己的老屋、院落；死后葬在自己劳作了一生的土地上……

茶几上放着一张二尺多长的大幅照片，这张照片在堂屋墙上挂了三十五年了，它是曹广德一生最高的荣耀。1975年，曹广德被评为晋东南地区劳动模范，出席了地区劳模表彰大会。照片中，曹广德站在右前方第二排。身穿涤卡料子中山服，头戴军帽，胸前佩戴着毛主席像章和大红花，上衣口袋还别着一支熠熠发亮的钢笔；他高挑个子，长方脸上透着英气。如果坐到前排，一定会被当成县级以上领导干部。

那年开会回来，公社领导亲自用拖拉机把他送回村里。曹家庄的男女老少不少人都来他家观瞻这张劳模照。他们羡慕曹广德获此殊荣，更钦佩他为村里建设五百亩良田所付出的一切。

曹家庄的梯田多数地块窄，不便于机耕。借农业学大寨的东风，曹家庄村掀起了大搞农田基本建设的热潮。

曹广德时任大队民兵连长兼青年突击队队长。经过三个冬春的艰苦奋战，把三十多块窄条地整治成了十一块适宜机耕的大块地。

田土贵清楚地记得，突击队员们有两个春节是在梯田里度过的。风把突击队的旗帜扯得哗啦啦响，太阳把周边的雪地照得刺眼，几堆枯树根燃着红红的火焰，与烟气一起驱赶着工地的寒气。可寒风还是从裤管袖管和领口钻进，两脚冻得发麻，耳朵失去了知觉……曹广德抢着洋镐干得汗流浃背。他把棉袄一脱，嘴里喷着热气跟大伙说：站着不动就要挨冻！快干使劲干就能热出汗，光凭烤火不解决问题。突击队员们被队长的话和干劲感染了，挖土的、拉车的、垒塄的，都纷纷快速"运转"起来，不一会儿就干得浑身发热，不少人还脱下了棉衣。

扩整土地免不了移动村民的祖坟。动地主富农的，他们不敢吱声；可动贫下中农的，不免有些阻力。曹广德认为扩整土地是惠及子孙后代的大事，先祖们不会不同意的。就向大伙表态：我带头平我父亲的坟头，拔我爷爷的墓碑，迁我太爷的坟……

曹广德这么一来，其他曹氏后人对平坟头迁坟的事也就无话可说了。

曹广仁是曹家坟里列祖的近亲，也是曹氏家族广字辈里读书识字最多的人。他配合突击队把列祖的墓碑逐个拔去，石柱石兽一一搬走。只剩了主墓前两只搬不动的大石龟。有人提出用炸药炸碎清除。曹广仁摆着双手连声说：使不得，使不得，那可是文物呀！

曹广德想了想说：既然是文物，就不能毁了。以后设法移走交给县文化馆。

整治后的曹家坟显得更加平整、空旷，耕作起来再不用绕坟头墓碑石马石兽了。站在地中间，田土贵感到一种久违的敞亮。土地下户后，每当驾牛犁地时，田土贵都会念叨：广德平坟拔碑真是给大伙做了件大好事啊！

一张记录着曹家庄大队拉粪队的照片映入田土贵的眼帘。

照片中田土贵戴一顶破旧的黑布棉帽，穿着鼓鼓囊囊的黑布袄，驾着拉粪车在河边的土路上行走。跟在他后边的有曹广仁、曹三娃等人。

农田基本建设扩地后，地块大了，但土壤变成了生土，肥力下降。为了不影响产量，大队决定成立一支拉粪队，到镇上机关、学校的厕所掏大粪。拉粪队基本上是农田基本建设突击队的一班人马，队长曹广德在一次垒塄时手臂被石头压断了，只好委托田土贵代理了一年拉粪队队长。

那年正月十六早上，月明星稀，拉粪队冒着严寒出发了。共十二辆平车，粪桶有的是用木板箍的，有的是在公社农机站找的空油桶做的。十二条汉子一路说笑，早饭时分就到了镇上。他们分头到公社机关和学校厕所淘粪。学校厕所的淘粪口结了冰。曹广仁淘粪时一不小心滑进了一条腿，田土贵眼疾手快，一把扯住了他的后领口，才把他拽住。

曹广仁惊出一身冷汗，笑着说：土贵哥，幸亏你手快，不然今天非下茅吃屎不可！大伙笑着把广仁扶起，找了铁锹铲去冰层接着淘粪。

没有大粪臭，哪有五谷香。憨厚的曹家庄人心里觉得淘粪是项光荣而愉快的劳动。当他们拉粪穿街而过时，镇上不少人投来敬佩的目光：曹家庄人真勤快，真能干啊！

这时候，公社的大喇叭正播放着：学大寨呀，赶大寨，大寨红花遍地开……

田土贵仿佛觉得他们拉的不是大粪，而是一车车玉米、谷子，是香喷喷的小米饭、玉米面窝头，是曹家庄大队粮食亩产过黄河、跨长江的底气。

在悠扬、欢快、奔放和催人奋进的歌曲声中，十二辆拉粪车陆续会合到镇外一条小河边。太阳融化了松柏的雪衣，远山更加翠绿；小河冲破冰层在白茫茫的野地上划出一条蜿蜒的墨痕。

在队员们洗手的空当里，田土贵迅速点燃一堆篝火。大伙围在火边烤手烤干粮，曹广仁瞅空烤干了洗净粪渍的裤腿。在太阳和篝火的温暖中，吃着大队补贴的窝头，喝一茶缸自带的白开水，就算是拉粪队员的早饭了。

拉粪不怕脏和累，二十里的路程也不算啥。就怕雪消后的冰凌。一次，在回村的坡路上，曹三娃被冰凌滑倒了，粪车失控撞到后面的田土贵身上。粪水洒了田土贵一脸一身。他忍着疼痛抓起路边的积雪擦洗脸上的粪水。曹三娃见状也抓着雪给田土贵擦洗衣服上的污秽。大伙围过来问伤着了没有？田土贵却笑笑说，你们知道大粪溅到嘴里啥味道？大伙都说，臭的，这还用问。曹三娃说，咸的。田土贵说，三娃嘴里溅过粪。是啊，庄稼人淘粪舀粪免不了粪水溅到脸上流进嘴里。遇上此事，只好唾口唾沫，擦擦了事……

两位老人翻看着照片，谈论着往事，感慨不已。七十年的光阴像手中的相册一样，不知不觉就翻完了。

曹广德指着拉粪队的照片说：这是公社文化站跟踪拍摄的。1975年全县"三干"会上，县领导还专门表扬了咱们的拉粪队。这张照片原计划登报，可因为还要登咱们曹家庄大队农田基本建设全景照，只好撤下来了……

曹广德翻出那张上报的照片，两眼闪出欣慰的光亮。一垛有五百多亩的标准大寨田依偎在翠峰的怀抱中。一道道整齐坚固的石堾，护卫着曹广德这代人用汗水浇灌的沃土。

田土贵感慨地说：自从有了这五百亩好土地，咱曹家庄的粮食一年比一年打得多。咱们这一茬人说起来可没白活啊！

二人不约而同地谈到了村里出包土地的事上。曹广德说，知子莫如父。四清当上村委主任让他很担心。当四清说村里要出包土地时，他当即表示反对。父子俩争辩了一番。四清见老子火了，才勉强答应放弃出包土地的意向。

田土贵听了，顿时喜上眉梢：老伙计，你到底当过大队干部，能把四清理论住；可不能让四清这些后生晚辈把咱们辛辛苦苦改造出来的好土地给作践了！

四

山桃花凋谢连翘花盛开的时候，田土贵耕完了自己的责任田。

满山遍野的金黄哟！金黄色的连翘花把蜜蜂诱得满天飞。田土贵放下犁耙接着就往地里送粪，他像勤劳的蜂儿一样穿梭在牛圈和土地之间。

沤了一冬的牛粪散发着浓浓的秸草味，田土贵闻着这味道心里乐滋滋的。他觉得不是往地里送粪，而是一种力量，和当年从镇上拉大粪回来的感觉一样。这些年，村里常住人口少了，厕所多数都干涸了。镇上的厕所早已改成了卫生间，听说粪都流进了化粪池，有的还流进了河里。自己那二十来亩地，全靠一圈牛粪滋养。

谷雨这天，曹四清开着一辆"30"拖拉机进地了。

当村主任曹四清把一排锋利的钢铧插进土地时，田土贵心中悬着的一块石头才算落了地。尽管曹广德告诉他四清已放弃了出包土地的意向，可他还是怕四清变卦。儿大不由爷啊！

曹四清故意把油门加大，排气筒喷着黑烟，突突突地响彻四野。

这架势是在宣告今年的地还能种，还是当了村主任向大伙示威呢。

田土贵望着下边地里四清神气十足的拽样，心里有些愤然。

牛停下了脚步，两耳竖了一下，眼睛盯向了拖拉机。牛的举动把田土贵惊出了冷汗。牛收回目光拉着车继续行走，田土贵提起的心才放回肚子里。牛没受到惊吓，现在的牛是从一个大村买来的。犊娃的时候就见过拖拉机，是见过世面的牛。不像原来那头花牛，是从后山的一个小庄上买的。

十年前谷雨后的一天上午，田土贵赶着牛车往地里送粪。回家时，他的女人坐在车上。迎面遇上了四清开的手扶拖拉机。四清加大油门冲坡，突突突的响声惊得花牛炸了毛，瞬间拉着车冲进路下的一块地里……就那么一瞬间，女人和他阴阳两隔。

女人是跟土贵来地里撒粪的。自从土地下户后，只要有农活，女人都跟他一起干。嫁给他三十多年，吃了不少苦。才过上好日子，就这样突然地离去了。想到这里，田土贵的眼睛湿润了。

爸，你的眼睛咋啦？正在地里撒粪的红社问。

田土贵说：不咋，风刮的。

红社平日不管地里的活，只是种和收的时候来帮一下父亲。

红社把牛粪一锨接一锨地撒开。可老是撒不匀。汗水湿透了他的后背，手上也磨出了水泡。田土贵告诉儿子，活不能这样干，不能着急。干农活要的是耐力，不是蛮力，更不是取巧。你看四清他们撒点化肥用拖拉机一犁就了事，土壤板结得用镢头都砸不碎，能长好庄稼吗？抄粪的时候要弓腿，腰和胳膊一起用力，不能光用臂力；锹把要抓牢，抓不牢打转手上就磨出了圪泡……

田土贵一个弓步，腰臂一起用力，满满从粪堆上抄起一锹粪，然后朝前一抛，锹上的粪扇形般撒开。红社仿着父亲的样子做了几次，才把握住要领。

一场小雨过后，春阳高照，山林青翠，微风送来阵阵花香。是播种的好日子。

田土贵驾着犁杖从后塄开始深深地划出第一道犁沟，粪和土翻滚着交融在一起。犁沟内湿润而温暖。红社刚撒下玉米籽，它们哧溜一下就往土里钻，撅着黄腚等着掩埋。土地敞开了厚实的怀抱，让犁铧再次打开，愉快地吸纳着一粒粒待萌的生命。

田土贵驾着犁杖走到地头，将犁铧从土中拔起，人犁牛一起掉回头来，沿着第一道犁沟边沿再往回犁；第二道犁沟翻出的土刚好把第一道犁沟中的种子覆盖。如此往复，一直播到前塄。中间休息时，红社执起犁杖想过把瘾，不想没走几步，犁铧就偏了方向，划到了地中心。红社尴尬得红了脸，把犁杖交给了父亲。

在红社眼里，任何农具在父亲手中就像美术大师手中的画笔，能随心所欲地在土地这张纸上描图绘画。农活凭的不光是气力，还有不少技术啊！

六亩玉米刚种完，布谷鸟还未叫呢，田土贵父子又早早开始摇耧播谷了。

红社在前面牵着牛，田土贵在后面佝偻着身子，两手左右一摇一摆地向前推进。摇耧是技术活，在红社他们这代人中几乎失传了，红社只会牵牛。

耧也叫耧犁，是西汉时期一个叫赵过的人发明的。用这种农具播种省时省籽效率高。明朝的时候，欧洲人还在刨坑点种呢。耧犁主要由两辕一斗三腿和摇把构成，辕是用来驾牲口的。当然，没牲口时，人也能在辕内拉耧犁。斗是用来盛种子的，底部有三个漏眼，通往三条管状的耧腿。斗里还悬着一颗杂木球。球体摆动时撞击斗壁产生振动，种子就会均匀地输送到三条管状腿内；耧腿下端套着三只铁铧，种子随着铧打开的土沟播下。耧把在耧犁的后上方，耧犁行进的时候，人握着耧把左右摇动，木球就发出嗒嗒嗒的撞击声。

无论是播谷还是播麦，都要按耧犁在土壤里行进的速度确定摇动的频率，把种子均匀地通过铧尖后的小孔播入土里。耧犁走得慢，摇得快，就种稠了；走得快，摇得慢，就种稀了。耧辕里驾着牲口，牲口走得快慢，全由人引领。摇耧的人和牵牲口的人必须配合默契。

田土贵的女人在世时，女人和他配合得十分顺当。不知是女人踩着他摇出的木球声在行走，还是他按女人的步伐在摇动。嗒嗒嗒，一具牛耧一对夫妻，像拧足发条的玩具，不知疲倦地在地里来回行走，身后留下一道道崭新的播痕。

这时候，田土贵在悦耳的木球撞击声和牛铃的叮当声中，就会情不自禁地念叨自己总结的四句摇耧诀：

> 脚踏圪垯手摇耧，
> 嘴里不断吆喝牛，
> 眼睛还得盯着斗，
> 两人配合定稀稠。

女人听了笑着说，种地都种出经文来啦。

这口诀，田土贵给儿子念过好几遍，可红社就是不得要领。牵着牛不是走快了，就是快一阵慢一阵。地种到一半时，红社才揣摩出听着耧斗内传出嗒嗒嗒的声音走，就像上体育课时，跟着老师喊的一二一走。

像红社这样牵牛摇耧播下的谷子肯定稀稠不一。结果是不但间苗时麻烦，还浪费种子。现在日子好了，不在乎浪费的那点种子钱。要是在过去，非把田土贵心疼死不可。土地下户前两年，没有牲口，播小麦种谷全靠人力拉。女人一人拉不动，曹三娃他们就来帮忙。自家的地种完后，田土贵又和女人一起给曹三娃他们当"牲口"拉耧。

女人是四十多年前在公社组织的一场拔谷比赛上和田土贵认识的。拔谷就是给谷子间苗，是一项很苦的活儿。女人那时刚二十岁，中等个，身后甩着两条黑粗的辫子，红扑扑的脸庞透着俊气。她一手拿着小锄头，一手飞快地把多余的谷苗拔去，随即挥动小锄松土锄草。不一会儿，一片挤得乱哄哄的谷苗就排列整齐地展现在眼前了。烈日下，汗水吧嗒吧嗒地滴入土中。拔完一片，继续向前。一晌下来，蹲得腰酸腿疼，口渴难耐……这次比赛，女人拔的速度快、间距匀、无杂草，获得了第一名。

庄稼人娶妻不单讲相貌，更注重劳动。田土贵幸运地娶回了这个俊俏而能干的女人。她给他生儿育女、洗衣做饭，跟他下地干活。一双巧手在嫩苗间跳动，它们就整齐列队了；一串串缠绕在玉米秆上的豆角，只要她的手掠过，哗啦啦地就进了编织袋；掰玉米、割谷、割麦，手脚麻利得让男人们咂嘴。多好的女人啊，日子才过得有滋有味，就毫无征兆地舍他而去了。

之后的几年里，曹广德陪他种地、帮他给牛铡草……好像替儿子赎罪似的。田土贵明白，女人的死不能怨四清，只能怨花牛，可牛毕竟是畜生啊！

五

立夏前的一场透雨，浇醒了土壤中的种子。雨水一部分渗到土壤深处，一部分汽化到空中去了。种子贪婪地吸收着水分，吸鼓肚皮后，四肢一伸，倏地破土而出了。

千万颗种子破土竞发，绽放出稚嫩的笑容，招展着绿油油的片丫，等待着主人的检阅。

该出苗了，田土贵似乎听到了万苗竞发的声响。雨后的第二天，他就急切地向曹家坟走来。快到地头时，看见地里蹲着两个人，像一对乌鸦。

曹四清和范主任两人都穿着黑西装，前胸敞着白衬衣，往起一站，乌鸦变成了企鹅。

曹四清见田土贵朝地里走来，笑嘻嘻地说：叔，你地里的苗全冒尖了。

四清说，他是陪范主任来查看苗情的。全村数你种得早，肯定苗也出得早。所以，查看的第一块地就是曹家坟。说完，留下两串脚印到别的地块转悠了。脚印踩到了地中间，有不少谷苗被踏得稀烂，有的被挤在边沿上斜倒着。

田土贵用手轻轻拨开泥土，一棵一棵扶正。断了根茎的只能过些日子移栽，谷苗不像玉米苗那样好移栽。踩下脚印的这片苗儿先天孱弱，苗儿不壮，不是土薄肥少，是不接地气的缘由。下边有曹家祖宗的坟穴，移来的谷苗更难成活。

田土贵心疼地骂道：查个屁苗情，简直是来糟蹋人的！

田土贵来到玉米地，看看玉米有没有被踩坏的。塄上和地里没有一个脚印。

玉米苗儿一簇一簇地钻出地面，已有两指高了。仗着茎粗叶壮，把身边的土层拱得鼓鼓歪歪。放眼望去，一片碧绿。

这么好的苗情咋能说是才冒尖呢？

田土贵心里反驳着刚才四清说的话，转身望了望塄下四清的责任田。除了几棵一拃高的野草，一棵冒尖的苗儿也看不到。地的东西两头各插着一个假人，是用来吓唬山鸡鸟儿的，怕它们刨了种子。其中一个假人穿了四清的旧西装。风一吹，两只胳膊一摆一摆的。空中的鸟儿见了，吓得不敢落地，鸟儿也怕村干部。

蝼蛄叫了。

蚂蚱在谷苗和玉米苗间撒欢，野草也吸着庄稼的肥料不知羞耻地疯长，该间苗了。

曹家庄种谷子的农户不多，种谷子太受累。每天早晨天刚泛白，就能听见田土贵在谷地里的咳嗽声。似乎在告诉曹三娃、曹广仁这些种谷子的老东西，我田土贵早来了。

田土贵的腰腿一年比一年僵硬，不像从前那样蹲半晌都没事。他拿了一个小凳，腰腿酸得厉害了，就坐着拔谷、锄草。小凳随着他的劳作而挪动，像老人的拐棍一样，支撑着他的身体。晨风灌进了衣裆，吹到腋下从两肋滑去。风带走了劳作产生的热汗，凉飕飕的。从东方泛白到日升三竿，是夏季干活的最佳时间。

红社来了，红社是从镇上赶来的。看见儿子戴着一顶旅游帽，田土贵指了指挂在桑树上的草帽。他为儿子准备着呢。旅游帽在太阳下能扛多长时间？庄稼人就要像庄稼人的样子。防晒、遮雨就要戴草帽，就像打仗防子弹戴钢盔一样。

红社戴上草帽蹲下身笨手笨脚地开始拔谷。不一会儿就窝得满头大汗。汗水淋到了土上，哧地冒起一股热气。不到二十分钟，他就腰酸背疼地站了起来。望见父亲身后间出的一片间距齐整的谷苗，咬住牙关在后腰捶了几下，蹲下继续干活。他学着父亲的样子把拔掉的谷苗整齐地堆放在一起。里面还有不少灰草野菜，都是喂牛的好饲料。

六亩多的谷子，父子俩窝在地里整整拔了十天。草帽遮不住太阳的辐射。红社的脸、脖子和双臂都镀上了一层黑红的太阳色，有的地方疼得开始脱皮。父亲给他涂了点獾油，说当农民就要扛得住晒，晒个十年八年的，皮肤黝黑溜光，就不疼不脱皮了。说这话时，父亲笑着露出了白牙。窑洞的光线不好，父亲的脸更黑了。红社多次劝父亲不要种谷子了，想吃小米就到镇上买点。父亲说，上了化肥的米不好吃。每当端起香喷喷的小米饭时，红社就会想起那首锄禾日当午，汗滴禾下土的古诗。父亲就是那个烈日下锄禾的老农啊！

谷子拔完了，接着间玉米苗。

玉米苗比谷子苗好间。玉米没有谷子种得密，一簇不过三四棵。虽然都是拔苗、除草、松土，毕竟玉米苗的间隔大，省事多了。

红社间到一片发黄的玉米苗时，问父亲：是粪撒多了吧？

红社记得，这片地的粪他撒过后，父亲又多撒了一层。

田土贵指着好几片发黄的苗说：这几片长得黄秧秧的玉米苗，还有那几片谷苗，不是粪上多了，是接不上地气的过。多上了点粪，是给它们吃偏饭……

红社又问：地下是石头？

田土贵说：是墓室。

红社"哦"了一声说：听四清爸说，曹家坟土改时就分给了咱家，原来有好多古墓呢。修的是不是很气派呀？

田土贵轻叹了一声说：说起来，咱家与曹家坟这块土地很是有缘。

新中国成立前，你太爷曾租种和看护过这片坟地。我常随你太爷来这里玩。在秋收后到立夏庄稼未长起来之前，看到的全是墓碑石柱石马石兽……西边进口的石制牌楼上雕刻着祥云仙鹤，门口蹲着一对半人高的青石狮子。进门后还有两根正方形石柱，上面蹲着小狮子。狮子与石柱连在一起，一双怒目瞪得吓人。接着是一对石马，石马没有真马大，跟驴的大小差不多。最难忘记的是主墓前有一对石龟，龟盖有八仙方桌桌面大。小时候，我经常和你广德叔坐在龟盖上玩。

红社问：主墓在哪里？

田土贵指着地的中部说：那片发黄的谷苗下面就是主墓室。

田土贵接着说，土改时，曹家坟的土地分给了咱家。在入社前的几年里，地里的墓碑石兽和牌楼基本上保存完好。学大寨搞农田基本建设时，地面上的东西都被清理掉了。有的墓碑被垒了地塄，有的抬回庄上修了厕所；石柱、条石当了修房的基石；石狮石兽有的被砸坏了……只是两只石龟被县文化馆拉走了……

红社问：这些古墓有人盗过没有？

田土贵说：其他墓可能被盗过。主墓墓室外墙和墓门用铁水浇灌过，盗墓贼几次来盗，都没得手。

六

太阳把桑葚晒红的时候，小麦熟了。

东方刚刚泛红，地边的蒿草还挂着露珠呢，收割机就隆隆地开进了曹家坟。收割机跑了两个来回，就把麦秆麦穗变成了金灿灿的麦粒。仅一顿饭的工夫，八亩小麦就颗干粒净地装袋了。

日升三竿时分，订购田土贵小麦的人，陆续来到了地头。这家一百、那家二百地把麦子装进编织袋拉走了。市场价每斤一块二。田土贵的麦子有给一块二的，也有给一块五的。买麦的人不是冲着价格来的，每斤多个二毛三毛的无所谓。开收割机的师傅听说是没上化肥的小麦，抓了几颗，往嘴里一扔，咬碎后嚼了嚼说：老人家，你的麦又香又筋道，也给我装二百斤，就算收割费了。

这是田土贵第一次雇收割机收麦。往年夏收，都是他和老伴、儿子一镰一镰地割倒，一捆一捆地运回门前的土场上。然后，驾上牛拉着石滚转圈碾压。烈日下，他用木杈把秸秆挑出，把碾碎的麦穗拢成堆，用木锨迎风扬起。风把麦糠吹走，麦粒儿雨点般落下……最后把干净的麦粒儿装袋搬回窑内，一颗久悬的心才算放回肚里。

庄稼人不是把庄稼种好就行。种好了叫丰产，颗粒归仓才算丰收。小麦从秋分时节下种到夏至前成熟，要锄草、追肥，初冬苗旺时还要碾压；要靠八月、十月、三月的雨水滋养，才能有好收成。丰产了的麦子不一定就能吃到肚子里。农历五月龙口夺食，轰隆一声雷响，一场大雨、冰雹能把麦穗打得稀烂。即使收回打麦场上，一场暴雨都能把麦穗麦粒冲个精光。

有了收割机真好。只要不下连阴雨，种下的麦子都能颗粒归仓。

田土贵拿着一把磨得锃亮的镰刀，在地里寻找未割净的小麦。镰刀的锋利在一根或几根麦秆上发不出嚓嚓的悦耳声，这使他有些失落。人工割的时候，每人六行，弯了腰，撅了臀，右手握镰，左手搂住麦秆，随着嚓嚓的声响，一片片小麦整齐地倒伏在地。太阳把汗水从身体里烤出，洒落在麦茬和干土上。腰酸了，臂痛了，才抬头起身，用毛巾擦一把汗。望望天上的云，看看塄边的桑树枝条往哪里摆。往西摆就不敢消停。东风送雨。阵雨还好，要是连阴雨，麦子就会发芽；磨出的面粉口感不好，煮出的面条不筋道，蒸出的馍没有香味。要是小西风刮着，天上瓦蓝瓦蓝的，可以轻松地去割。割到地头找个阴凉处歇歇，喝口凉开水，摘把桑葚吃……

夏收是辛苦的。当把一袋袋香气四溢的新麦粒扛回家时，一身的疲劳立马消失得一干二净，就会觉得十多天的吃苦流汗是值得的。这种收获的喜悦能在心里持续很久很久。

曹四清家的小麦也割完了。曹四清把麦子装上一辆农用车后，又把车开到曹家坟地头，搬了田土贵三袋麦子，笑着说：叔，随后我把钱给了红社。

田土贵说：自家种的粮食还要什么钱。

曹四清听了，高兴地摘下太阳镜说：还是你家的麦子磨出的面好吃。

田土贵说：想吃好麦就少上点化肥多用些农家肥。

曹四清笑着说：现在牛也没了，猪不养了，哪有那么多农家肥？

田土贵惋惜地说：是呀，不养牲口了就少了肥源。

曹四清说：叔，我有个想法。就是从我的责任田中划出三亩归你种，你每年给我二百斤小麦二百斤谷子怎样？

田土贵迟疑了一下，吞吞吐吐地说：塄上塄下的倒也方便，就是……

红社插嘴道：爸，我看这样也行。免得四清来拉麦时你不好意思收钱。

曹四清说：叔，要是同意的话，忙过这阵子，坐下来写个协议。

田土贵说：这倒是个好主意，就是我年纪大了，怕忙不过来。

曹四清顺手在身旁的桑树上摘了一颗桑葚，吹了吹，然后放进嘴里，边吃边说：我是看上你家的农家肥，不是看上你牛犁人播、精耕细作。这样，这三亩每年犁地的事，我一回就捎带了……

村主任把话说到这分上，田土贵只好答应了。他认为这样两家都划算，省得每年四清买麦买谷时都讨自己二三百元的便宜，那都是自己的血汗啊！

今年收成好。八亩小麦打了五千斤。没出地就卖了两千斤。田土贵把卖麦的钱让儿子存到信用社，供孙子将来上大学用。他想，明年种上四清的三亩地，又能多打一千多斤，就能多给孙子存一千元。回家的路上不由得哼起：

> 公社的阳光照万家，
> 千家万户志气大……
> 幸福的种子发了芽……

正午的太阳很毒，田土贵一点也不觉得热。红社擦着汗水问：爸，你咋就这么爱种地？

田土贵指着车上的新小麦说：种地是天底下最公平的活儿，你有一分苦，就有一分收获；土地从来不亏人。

七

曹广德是在夏收后的一个雨夜里去世的。

俗话说，病重的人吃麦不吃秋。尽管用了很贵的进口药，可还是没有挨到秋天。曹广德吃上了田土贵种的新小麦，这使田土贵心里感到一丝宽慰。

曹广德去世前几天，田土贵又去看望了他一次。说起四清划出三亩地的事，曹广德还开玩笑地说：你又给我们曹家当长工啦！田土贵连忙摆手说：不是一回事，不是一回事。地都是集体的，是给自家当长工。

曹广德说：你虽说身子骨比我硬朗，毕竟也是七十岁的人啦，把这三亩地拾掇好可不容易啊。你看四清他们这茬人种地图省事，光靠上化肥。土壤板结的一点养分也没有……

田土贵无奈地说：咱管不了啦！活着的时候，能干点啥就干点啥。种点不上化肥的粮食，让娃们吃个鲜。

两人商量如何把四清划出的三亩地的土壤改良一下。田土贵说，四清机耕后，他拉十车牛粪，再用牛犁一遍。曹广德说，牛粪当作底肥，牛犁过后再上二十担大粪才足劲。

田土贵说：村里常住人口少，厕所几乎是干的。

曹广德说：咱们的厕所十来年都没掏过，下雨时往里拨点水就行。

说罢地的事，曹广德托付田土贵给他料理后事。给他理发，给他擦洗身子，给他穿寿衣……他担心儿子四清一人干不了这些。给亡者穿衣入殓，年岁小的没人愿意干。这些年，曹家庄死了人，穿衣入殓的事，大多是田土贵帮助完成的。田土贵认为这是积阴德，没有什么可避讳的。心想曹广德再不行也活到秋后了。

田土贵听到曹广德的死讯，已是第二天晌午多了。他正拿着铁锨往自家厕所里拨水。曹广仁找到他说，半夜听见曹广德院里放鞭炮，一早又听见抬棺的声响……

田土贵听了不禁一怔，心里嘀咕道：四清咋没叫我去给他爸穿寿衣呢？

他俩相跟着走进曹广德家的堂屋时，老伙伴曹广德已穿戴整齐地躺在棺材里了。漆匠正打着泥子为上漆做准备。灵灯后摆着曹广德的遗像，仿佛在说：老伙计你来迟了！

给亡者上香后两人又来到了西屋。四清正和范主任讨论父亲的悼词呢。四清穿着白裤，面容憔悴。见田土贵他们来了，急忙下跪磕了个头。四清说：叔，看看还有什么不周到的地方，我去做，我爸苦了一辈子……

田土贵明白四清说的是客套话。能有什么不周到的地方呢？人已入殓了，就等下葬了。

范主任又跟四清说起了悼词。范主任指着曹广德出席地区劳模大会的照片，郑重地说：你爸还是地区劳模呢。没有他们这代人大搞农田基本建设，就没有今天的五百亩良田。这是实绩，一定要写！

茶几一侧坐着一位二十多岁的青年，正在翻看曹广德的几本影集，仿佛在查一棵老树的年轮。

四清看了年轻人一眼说：张秘书，听见了没有？我爸当年领着青年突击队大搞农田基本建设、参加地区劳模会，这些方面是重点。

年轻人往上推了一下眼镜，赶紧拿起笔记在了稿纸上。

曹广仁见状问四清：写祭文这些事……

四清说：叔，范主任叫来了张秘书，让年轻人弄吧。就不麻烦你们啦。

田土贵和曹广仁很失落地走出了曹四清的家。

田土贵叹了一口气说：看来四清用不着咱们这些老家伙了。

曹广仁说：四清现在是村主任，巴结他的人多着哩。

两人分手时，田土贵自慰地说：四清不用咱帮忙也好，我还要往厕所拨水呢。

曹广仁问一圈牛粪还不够用？田土贵就讲了四清给他划地的事。

曹广仁想了一下，笑着说：老兄你别再瞎费力了。四清的话你也信？要是广德哥活着，划地的事还有准；现在可保不准啦！

八

伏天里雨水足，草和庄稼一起疯长。

玉米吐着红缨咔咔地伸腰拔节，蹿得一人多高。蜜蜂把穗子上的花粉采下，又和风一起把花粉送到缨子上，一粒粒状如珍珠的嫩泡泡就神奇地产生了。

不到一个月，太阳和雨水就把嫩泡泡催生成金黄饱满的籽粒。满地粗壮的玉米秆子，隐天蔽日，株株都挺着硕实的棒子，有的还是双胞胎。

天刚亮，田土贵就赶着牛车来到曹家坟撇玉米。

先把棒子撇下，然后把杆从根部割倒。玉米茬留得很低，几乎挨住了地皮。镰刀向斜上方割出了锋利的茬头，不小心绊倒就会被扎伤。茬根留得越低，人就越安全。割倒的玉米秆不能扔，和棒子一起放回牛车上，牛还等着尝鲜呢。玉米叶拉伤了他的皮肤，汗水和露水浸得伤口隐隐作痛。庄稼人只要有个好收成，什么晒伤、划伤，根本算不上什么。

看到自家的玉米早早结了籽，能提前十多天送到镇上卖个好价钱，田土贵心里美滋滋的。

早饭时分，田土贵赶着牛车回庄了。朝阳把他照得精神抖擞。望着金光四射的太阳，他高兴地哼唱道：

> 公社是颗红太阳，
> 社员都是向阳花，
> 花儿朝阳开，
> 花朵磨盘大……

看见儿子红社在摩托车旁等他，歌声戛然而止。红社一声不吭地用一条皮筋绳把一大袋嫩玉米杀到车后。启动时，嫩玉米在袋子里一弹一弹的，然后，摩托车一加油门，一溜烟地走了。

望见儿子远去的背影，田土贵心里骂道：能个啥？玉米是老子种的！

五十多圪棒嫩玉米在镇上不到晌午就被抢完了。别人一圪棒卖一块五；田土贵种的没上化肥，卖两块。红社一天一百多块的嫩玉米收入比小商店的流水都多。

骂归骂，当父亲的永远心疼的是儿子。田土贵想，趁自己身体硬朗，还能帮儿子一把。这一点，他比曹广德强，想帮儿子都没机会了。不过，曹广德这辈子活得很值，当过大队干部、当过劳模。曹广德死后，镇上还给他开了一个隆重的追思会。范主任在悼词里、四清在祭文里，都提到了曹广德带领青年突击队建造五百亩良田的事，还提到了拉粪队。这让老辈们听了很感动。

　　曹广仁感慨地说，广德哥这辈值了。咱们几个死后不可能有这样的追思会。广德哥的悼词、祭文已提到了咱们一起干的事，咱们活得也值。

　　悼词、祭文是在四清主持下写的，四清没有忘记父辈们对曹家庄村所做的贡献。想到这里，田土贵打算让红社给四清送些自家种的嫩玉米。四清地里的嫩玉米还得半月才能撇。

　　谷子齐腰高了，穗子还未成熟，微微下垂着。像怀头胎的孕妇，有点害羞。田土贵又想起了自己的女人。怀儿子红社时，女人见人就一副害羞的样子。

　　女人在世的时候，秋天新谷子打下来，每天早晨总要熬一锅香喷喷的新小米粥让自己吃，干活回来，吃两碗小米粥，解渴又解饥；中午做的小米捞饭，用鸡蛋一炒，美味极了；小米磨成粉还能摊煎饼，煎饼的形状像大檐帽一样美观，上面有许多小孔，跟面包似的。女人坐月子的时候，全靠喝米汤下奶。过去白面少，又没啥副食，女人要喝一百天米汤啊！最难忘的是女人用小米做的米醋，醋缸一揭，满屋飘香。不像现在放了醋精的醋，贼酸贼酸的……

　　曹家庄的地土质好，种出的谷子碾成米，口感堪比沁州黄。种谷子费时费力产量低。这些年种谷子的人少了，吃小米的人并未减少。超市的小米涨到了三块钱一斤。如果女人还在世，自己还能多种二三亩谷子，又是两千多元的收入啊！

　　鸟儿瞪大圆眼从谷地上空掠过，打探着谷熟的讯息。田土贵见四清地头的假人不知何时被扔到了一边，就捡起插到了谷地旁。果然，好几天没见鸟儿的踪影。

今年的麦茬地很累人。太阳烤化了犁翻的茬根，雨水却催生出了不少野草野菜。尽管田土贵在麦收后犁了一遍，又细细耙了一遍。可野草野菜还是不住地往出冒。蒿草、茅尖最顽固，锄掉不够三天，又伏雨润而生了。灰灰菜、马齿苋、老婆挽、扫帚苗和一些不知名的野菜，也是不停地扎堆而发。

田土贵锄累了，就把牛赶到地里。牛舌头一卷，眼睛一闭，一棵野菜就连根被吃掉了。看到牛享受美味的样子，田土贵找到了地里老是长草的原因。牛把带籽的草吃进肚里，把没消化掉的草籽拉出来。牛粪上到地里，野草野菜的生灭轮回就形成了。牛为主人耕地，也为自己播种草料啊。

牛把野草野菜吃光后，就抬头往堎下看，村主任曹四清麦茬地里的蒿草长得有一人高了。

往年收罢麦，稍歇几日，四清就开着拖拉机曳着钢犁把茬地杀（犁）了。今年不知何故，把地荒成这样。

早杀一天地，顶上十担肥。牛犁得慢，田土贵麦收后只歇了一天，就赶紧驾牛把地杀了。他想，等四清杀完地，就能接着在划给他的三亩地里再细耕施肥了。

田土贵眼巴巴等了一个多月。四清好像把杀地的事给忘了一样，把十多亩麦茬地交给了蒿草，让它们肆无忌惮地疯长。好几次，田土贵都忍不住地想驾牛到堎下犁出三亩地。可没有签协议，不能犁。也不能把牛放进去吃。蒿草味苦，不能吃啊！

又要下雨了。一大早天就闷得厉害。田土贵才掰了半编织袋嫩玉米，东边轰隆一声，雨点就落了下来。雨点很稀，砸进脖里冰凉冰凉的。其实，田土贵先是看到了闪电，一条耀眼的裂缝撕开了乌云，随即一声雷鸣震哑了堎后的蟋蟀。蟋蟀不唱了。只是远处树上的几只蝉还在不停地倾诉。

风还没把大雨刮来。曹广仁和曹三娃两人背着半编织袋嫩玉米，远远招呼田土贵回家。

曹广仁和曹三娃也开始卖嫩玉米了。镇上的人一听是曹家庄的，就纷纷掏钱来买。可卖了几天后，就卖得不快了。原先两块钱一圪棒，后来五块钱四圪棒。从上午熬到太阳落山才能卖完一编织袋。上过化肥的嫩玉米尽管吃不出纯农家肥嫩玉米的味道，毕竟是自然生长的，比大棚种出的嫩玉米好多了。曹广仁、曹三娃他们每天至少都是一百多块的收入。比卖老玉米划算。

红社的嫩玉米放在店门外，依旧是不到中午就卖完了。没买上的还特意吩咐：明天给留点啊！镇子不大，都是熟客。现在的人有钱啦，不在乎块儿八毛的，图的是吃个鲜。

雨天是农民的休息日。曹广仁、曹三娃相约来到田土贵窑里，嚷着要吃不上化肥的嫩玉米。

窑门外的柴火灶点燃了。膛口吐出了温暖的火焰。火焰和烟把暖流送进了窑里。雨水带来的寒气让曹广仁打了个冷战。他跟曹三娃说：这场大雨给咱俩带来了口福。柴火、铁锅、泉水，煮出这不上化肥的嫩玉米一定鲜美！

曹三娃喉尖动了动说：我早就想去土贵哥地里撇几圪棒煮煮吃，不想今天遇上了。

曹广仁说：人有不如己有，我打算也买一头牛。

曹三娃没听明白曹广仁的意思，问：你机耕好几年了，咋又想起买牛，出不起犁地费？

曹广仁说：忙不过来时用机耕，时间充裕用牛耕。

曹三娃说：我家有拖拉机，不能再买牛呀？

曹广仁说：买牛不仅仅是为了犁地，是为了攒粪。

曹三娃明白了曹广仁的意思。曹广仁想跟田土贵学，专用农家肥种庄稼。

其实，留守在庄上的人基本上每户都养着一头猪。种地时，猪粪和化肥掺和着用。猪是吃粮食的。养猪成本高，遇上肉降价，赚不了几个钱。农户们不敢多养。

曹三娃也想专用农家肥种庄稼。想了想说：我再养两头猪，三头猪的肥料足够了。

田土贵说：老三，三头猪的粪用不了，得让我拉几车。

曹三娃啃了一口煮熟的嫩玉米，笑着说：没问题。听说四清给你划了三亩地，那得用猪粪好好养养。

曹广仁用牙签抠了一下玉米渣，说：四清舍得划地？除非猪会上树。

曹三娃说：听说四清的拖拉机抵债了，又不好意思雇拖拉机犁地，才把麦茬地荒成那样。

田土贵问：四清自从当了村主任，不是不赌了吗？

曹广仁说：过去赌博欠的高利贷，债主天天追着不放……拖拉机抵债的协议还是我写的。七成新的拖拉机啊，只抵了两万元。

田土贵说：红社给四清送嫩玉米时，四清说等镇上什么土地流转细则下来再说。

曹广仁说：没有细则也可转包，只要把双方权利和义务写清。等细则下来，地里就长出荆棘和野树啦！

听了曹广仁的话，田土贵对四清划地的事彻底绝望了。

九

秋刚收罢，田土贵就驾牛杀谷茬地。按常法，谷茬地可放到来年春天杀。秋草长不成啥气候了，霜降一过，就衰败得枯黄不堪。田土贵不让秋草残喘到立冬。立冬前的草照旧会吸收土壤的养分，吃饱最后一顿断魂餐把籽四处散开。

谷茬被犁铧掀翻。野草野菜也哭着喊着被连根拔起，有的被土埋没，有的被坚硬的牛蹄踩得稀烂。麻雀跳跃在谷茬间啄食散落的谷粒，见牛走到跟前，才哗地飞起，像一群调皮的孩子。

新谷子已卖了一千多斤啦，两千多块的收入让广仁、三娃眼红得心里发痒，还有两千斤没卖呢。广仁买了牛，三娃买了猪，准备明年种不上化肥的庄稼，老哥仨又走到一起啦！

公社的青藤连万家，

齐心合力种庄稼，

　　手勤庄稼好，

　　心齐力量大……

　　田土贵不由得又哼起歌来。杀完谷茬地，接着还要去刨玉米茬，立冬前要把地全部拾掇干净。

　　牛停下了脚步，朝远处望着。

　　曹广仁和曹三娃神色慌张地朝他走来。

　　田土贵笑着说：才念叨你俩哩，你俩就来啦。

　　曹三娃沮丧地说：土贵哥，不要瞎费力啦，地不让种啦！

　　田土贵扶着犁杖说：四清不会这么快就变卦了吧？曹广德死了还不到一年。

　　曹广仁叹了口气说：这是真的。村里才开罢村民代表会，通过了退耕还林的决定。

　　田土贵蹲下点了一支烟。他猛猛地吸了几口，把烟蒂一扔，起身用脚一踩，气呼呼地说：我说四清这东西一直不杀麦茬地，原来早就打算不种了呀……

　　塄下四清麦茬地蒿草如林，一地的玉米空杆儿在秋风中瑟瑟作响。

　　曹三娃望着塄下说：真坑人呀！我修猪圈花了两千多，买猪娃花了一千……还有五万元的拖拉机，才用了三年，再卖不值钱了……

　　曹广仁说：我的牛也得卖。现在买耕牛的少了，只能按肉牛卖。真造孽啊！

　　仨人一起回到庄上，已过午时了。

　　晚胜端着糨糊与田土贵打了个照面。晚胜笑嘻嘻地说：土贵叔，好事呀，咱们的地退耕还林啦，你再也不用驾牛犁地啦！

　　田土贵狠狠瞪了晚胜一眼：什么好事，不种地吃啥？一干懒货！

　　晚胜红着脸说：怪不得今天的村民代表会不让你们这些老人参加，就怕你们拖后腿……

红社在家做好了午饭。田土贵气得不知肚饥，黑着脸不停地吸烟。

红社说：爸，饭凉了，快吃吧！退耕还林是上面的号召，政府还有补偿……

田土贵质问儿子：村民代表会为啥不让我们这些老人参加？

红社吞吞吐吐地说：一户……一个……代表……

田土贵说：四清真会挑，去的都是怕种地的人。

红社说：这就是个程序。即使你们几个老辈都投反对票，也是极少数。照样通过……

田土贵说：不管有多少人通过，可退的不是坡地和新垦地呀！

红社说：咱俩杠的没用。村里已让晚胜贴出了通知，让涉及退耕还林的农户十天内带上土地承包合同，到村里签订补偿协议。

田土贵问：你是回来拿承包合同的吧？我是户主，签不签我说了算！

红社气得满脸通红，说：爸，你老人家咋就那么爱种地？一辈子还没受够……

这天下午，曹广仁和曹三娃两个户主都在家里和"代表"了自己的儿子争论了一番。

田土贵到镇上上访了。

分管林业的秦副镇长接待了他。

秦副镇长刚吃罢早饭，靠在椅背上无精打采地说：你是来反映曹家庄村退耕还林的事吧？

是，镇长。田土贵恭敬地把材料呈上。

秦副镇长浏览了一下上访材料，笑着说：老人家反映的是事实。可退耕还林是国家的号召。全镇不少村都在搞，况且政府有补偿……

我只知道我承包的土地是良田，承包期还不到三十年……田土贵激动地说。

秦副镇长给田土贵递了一支烟，并探着身给他点上，语气平缓地说：老人家说的倒是在理。可形势是在不断地变化呀！土改时给你分的地怎么不到十年就入社了？集体经营了二十多年又分到了户下……

秦副镇长见田土贵听得很认真，一下来了精神：退耕还林的利大于弊！

他扳着指头说：其一，退耕还林是增加我镇森林覆盖面、改善生态环境的需要。生态好了，风调雨顺，对生产生活和群众的健康都有好处。其二，土地虽有承包合同，过一两年就到期了。土地终归是集体的。关键是政府有补偿，经济收入上不吃亏。其三，山上的良田是旱地，产量不高。山下有的川地政府都征用修商品楼了，难道县里、镇里的干部能不考虑耕地的保护问题？其四，你儿子也是村干部，你要支持他的工作。其五，老人家年纪大了，二十亩地用牛犁耧种还能干几年？

秦副镇长的一席话入理入情，把田土贵一肚子的憋屈泄了个精光。

秦副镇长又翻了翻上访材料，盯着最后一页看了一会儿，生气地说，不让你们这些年纪大的户主参加代表会议，简直是走过场，搞形式。作为户主，你们应该有知情权、表决权和监督权……

十

三天后，晚胜把召开村民代表会议的通知送到了田土贵手里，还让他歪歪扭扭在回执上签了个字。

会议在晚上八点钟召开。红社查了一下人数，向主席台上的范主任和曹四清报告：除了两个去南方打工的回不来，实到二十九人。

村主任曹四清铁青着脸，头顶上秃处被灯光照得发亮。范主任更胖了，表情矜持地朝四清点了点头。

四清清了清嗓子说：按照镇政府要求，今天晚上把大家召集到村委，重新召开我们村退耕还林事宜的会议。第一项议程，我再把有关文件规定和实施方案宣读一下。

当四清念到每亩耕地每年补偿六百元时，上次没回来开会的两名在外务工村民，激动地连声说：好，好，真是大好事呀，咱再也用不着回来折腾那二亩地了……

范主任见状笑着说：二位同志，等曹主任讲完再讨论。

会议最后一项议程是征求意见。四清让晚胜把征求意见表发下，让二十九个代表在"同意"或"不同意"后面空格打钩。如果有意见建议写到下面的方框内。

田土贵和曹三娃把表递给了曹广仁，广仁连同自己的表一起勾了"不同意"。

征求意见表收齐后，曹四清神情傲慢地说：晚胜你统计一下，看看二十九个代表，有多少同意的，多少不同意的。

晚胜数过后向主席台报告：同意的二十六票，不同意的三票。

曹四清听了高兴地说：这充分证明绝大多数村民是拥护村委退耕还林这一决定的……不像极少数人，现在不抓阶级斗争了，就又跳出来跟镇政府唱对台戏，跟村委叫板。如果再来次"文化大革命"，非……

曹四清讲到"非"字就被范主任打断了。曹四清的话有点过火了。"文革"那一套不仅不合时宜，且令在座的人有点毛骨悚然。

范主任抢过话头说：曹主任的意思是让大家提高认识，要有全局观念和服从意识。特别是要解放思想，不能顽固地守着传统落后的生产方式，当农村改革发展的绊脚石……

范主任的话虽然太理论，田土贵他们三人还是听懂了。

曹四清和范主任是在会上当着大伙面收拾他们三个老东西呢。曹广仁写材料，曹三娃积极参与，田土贵跑腿上访。是三个老东西害得曹四清挨了批评，害得大伙重新开会。

村里第一次开罢代表会的那天晚上，仨人商定到镇上反映情况。曹广仁说，材料我写，毕竟四清是我未出五服的侄儿，我就不出面上访了。曹三娃说，我和四清虽远点，可还姓着一个曹字；再说，家里三口猪等我喂哩。田土贵觉得广仁和三娃说得都有道理，就说镇上我去；三娃弟，记着给我的牛添把草。

曹广仁真没想到曹四清向他撒气，竟一点脸面都不给。什么"阶级斗争""文化大革命"，分明又说他是阶级敌人。范主任很狡猾，及时拦住了四清的话，怕四清再说下去当场发生冲突。可范主任的话杀伤力也不小啊！"落后的生产方式"，是敲打田土贵，阻碍农村改革发展的"绊脚石"是给三个老东西量身现做的衣冠。

想到这里，曹广仁气得脸都憋红了。扭头望了田土贵、曹三娃一眼，他俩目光呆滞，脖里的皱皮都气鼓了。可相对田土贵、曹三娃两人，曹广仁觉得自己的脸面丢大了。上四十岁的人都知道因自己的成分高，三十年前在村里抬不起头来，还有跟上那年"间苗事件"挨了斗……

曹广仁的大脑由乱逐渐变得清晰起来。他要反击。不然，以后还怎样在村里晚辈后生面前做人。

这时，田土贵扯了他一下，小声说：狗日的晚胜报的票数不对，你不是还给胡海龙填了一张吗？

胡海龙是前任村委主任，自然看不惯四清的一些做法。会前就向田土贵表示把良田退耕还林是胡闹。他坐在三个老东西后边，征求意见时，也把表递给了曹广仁。

台下响起稀里哗啦的掌声，范主任的话讲完了。曹四清说：大家没啥事的话，明天抓紧时间来村委签协议。

大伙刚要起身，曹广仁大声说：范主任，我有话说。

范主任愕然了一下，说：老同志有话请讲！

曹广仁站起说：刚才晚胜统计的票数不对，有人作弊！

晚胜一听就急了，嚷着说：曹广仁，你连玉米苗都不会间，还老想种地！

大伙哄地笑了起来。

在座的人都知道晚胜骂曹广仁"不会间玉米苗"的故事。

曹四清上初二那年，学校组织学生来曹家庄支农。曹四清被分到曹家坟玉米地间苗。曹广仁问四清会间苗不？四清说拔小的留大的。曹广仁说，不对，是拔大的留小的。说着就拔起了几棵大苗让四清看。事后，四清向学校报告了此事。学校又向公社革委会报告了富农分子曹广仁破坏集体禾苗的事。曹广仁被以"挖社会主义墙脚"的罪名批斗了整整两个月。四清则受到了学校的表扬，荣升为红卫兵团副团长。

后来，田土贵和曹三娃问曹广仁，你真的把大苗拔了？曹广仁苦笑着说，我就是逗四清玩，一簇玉米苗长得一般大，拔哪棵都一样。真没想到……

几十年过去了，间苗挨斗的阴影在曹广仁心中渐渐淡忘。没想到曹四清没忘，还告诉了自己的小舅子晚胜，作为攻击曹广仁的利器。

曹三娃起身骂道：晚胜你这个狗杂种，一个外来户敢骂我们曹家人，滚回你后山去！

田土贵也拍桌而起：没规矩啦，奶毛还没脱尽呢就敢辱骂上岁数的人！

胡海龙也帮腔道：有问题说问题，不要揭短。晚胜，谁指使你这样骂广仁叔呢？反对票至少有四张，我也填了"不同意"。

范主任见状连忙招手说：冷静，冷静，请各位坐下慢慢说。

范主任与曹四清耳语了几句。曹四清在额头上擦了一把汗说：退耕还林的大局已定……征求意见上出了点差错，可以重来一次。

征求意见表再次下发。

红社收齐表仔细统计后报告：同意二十五票，不同意四票，弃权零票。

曹四清没有再讲票数的问题，而是来了个一百八十度大转弯：

三位长辈，我干村委主任不到一年，平时不注重政治学习……到镇上反映情况是你们的权利。你们也是为咱们村的土地不遭浪费着想，出发点是好的。刚才，我讲话没分寸，冒犯了长辈，特别是我广仁叔……我向广仁叔、土贵叔和三叔道歉……希望你们多指教，多提意见！

曹四清起身用很懊悔的表情向三位老人恭恭敬敬鞠了一躬。台下响起了一阵掌声。

散会回家的路上，晚胜跑到曹广仁面前说：叔，对不起啊！

曹广仁冷冷地说：快回去睡吧！我没有你这个侄儿。

十一

第二次村民代表会结束后，曹四清乘范主任的车回到镇上已是晚上十一点了。

范主任说：四清，先别急着回家，咱们到饭店喝一杯，庆祝庆祝！

秋末的夜晚凉，街上行人已稀稀拉拉，寂静得只剩下瑟瑟秋风和五光十色的广告牌。

范主任提前给饭店老板打了电话，两个凉菜和一瓶老白汾十五年陈酿早已摆在包间的圆桌上了。

　　二两酒下肚，四清恍然回到了当选村主任的那天晚上。也是在这个包间，在座的人纷纷向他敬酒祝贺。兴奋中夹杂着一种沉甸甸的忧虑。

　　去冬竞选村主任简直是一场大赌博。为了确保胜选，塌了三万元的饥荒啊！给选民们送点粮油，这在其他富裕村简直是小儿科，不值一提。可那些憨厚老实与世无争的曹家庄村民，觉得不选自己就好像欠下了天大的人情。白面花生油不能白吃啊！当选举大会公布自己的票数远远超过胡海龙等竞选者时，那种感觉比在麻将场上坐庄自摸加杠上开花还爽。

　　权力地位有了，可责任义务也随之而来。自己不能单纯为了个人目的，不给父老乡亲办一点实事啊！

　　今天总算迈出了关键性一步。无论田土贵这帮老家伙怎么嚷嚷良田栽了树太可惜，败祖宗坑后代呀！可村民的收入总体来说只增不减。等退耕还林工程验收后，补偿款一到账，村民高兴，村里也有了收入，自己就可以常到饭店喝十五年陈酿。更重要的是，与范主任合作的发财项目成功后，自己就可还清近百万元的赌债，从此无债一身轻地干正事、务正业。可天上掉馅饼的事会发生吗？范主任说富贵险中求，每每想到险的一面，就两腿发软，心里打鼓。

　　干！四清。

　　范主任一副胜券在握的样子，把酒杯碰得叮当响。他嚼了一片平遥牛肉缓缓咽下后接着说，四清，我们这是柳暗花明又一村啊。干事情要随机而变，不能一根筋。就像你打麻将，不能死吊一张牌。你赌了二十多年，为什么输多赢少，就是打得太死。做大事就要有壮士断腕的勇气，发扬你小时候打野猪的胆气，你的发财梦一定会变成现实！

　　曹四清明白，范主任是给自己打气，给自己壮胆。事已至此，开弓岂有回头箭？

　　范主任姓范名利生，比曹四清大两岁。他俩是二十多年前在麻将场上认识的。一个周末的下午，四清被一个赌友带到县文化馆后院打麻将。一进后院映入眼帘的是趴在草丛中的一对大石龟。四清惊奇地跑到石龟前，然后兴奋地跳到了一个石龟的背上。快下来，那是文物！一个严厉的声音弄得四清涨红了脸。四清不好意思地说，这好像是我们曹家庄的那对石龟……你是曹家庄人？范利生语气缓和地问。四清点了点头。

麻将场设在范利生的宿舍兼办公室里。因在后院，一般无人光顾。在洗牌整牌的空当里，范利生得知四清是曹家庄支部书记曹广德的儿子。就热情地问：四清还记得八二年我在你家吃饭不？四清想了想笑着说：你比以前胖了，那时你留着长头发。是我领着你找到广仁叔，然后进行实地调查……

对，对，对。那次是为编写县志搜集材料。县志办的领导也是发现院里的石龟想到了曹氏家族。你们曹家庄有不少文物啊，可惜毁了不少。范利生惋惜地说。

四清又讲了曹家坟的石碑、石马和不知名的石兽，可惜范利生调查那年已经不见了。

他俩越扯越近乎，范利生谈到一对明清年代的青石麒麟就能值七万多，一个青花瓷碗值一万多……四清听得忘了和牌还给对门点了炮。

那次，打麻将的赌注和一把十元，点炮十元，坐庄二十元。四清那夜手气背，几乎输光了一千元本钱。后半夜他好不容易坐了三庄成了两杠，不料停电了。其中一个赌友见四清是乡下人不算账就要散场。四清心里很恼火，却不敢吱声。范利生点着蜡烛说，要散场先把四清的钱清了再走！这样，四清才收回了二百七十元。这夜四清输了六百多元。

离天明还早，范利生就留四清和他挤在床上迷糊到天亮。二人出去吃早饭时，天哗哗下起了大雨。见四清一时半晌回不去，范利生就领着他去看电影。电影是宽银幕的《东陵大盗》。四清被电影里的故事情节吸引得几乎屏住了呼吸。孙殿英、那辛庭、军阀大佬、皇室贵族和五光十色的珠宝……深深印在他的脑海里。

看罢电影，四清为了答谢范利生麻将场上的照顾，买了酒菜两人小酌了一番。酒喝到半瓶，又讨论起了电影。范利生说他最佩服孙殿英，为了筹军饷、谋富贵，敢冒天下之大不韪；四清说，他最佩服那辛庭，为了保护国宝，不顾生命危险，奔走呼号……

四清临走时，范利生又给了他五十元，说这顿酒菜该自己管，自己昨夜赢了小一千呢。四清见范利生讲义气，就拍了胸脯说：范哥以后再到曹家庄搞调查、收古董时，我一定帮忙！从此，二人就有了交情。

热菜上来了。头道菜烤肘子是从晋南引进的。这道菜肥而不腻，口感筋道，满口溢香。蘸上佐料别有一番风味。晋南人真能啊，一道烤肘子硬是把传统的东坡肘子挤下了餐桌。

这时，四清想到了老邹。悄声问：跟老邹联系了吗？

范利生放下筷子，起身把包间门闭上后，小声说：联了，他让咱们在栽树前标出穴位，特别是主墓的位置……

老邹确定主墓值钱货不少？四清还是不放心地问。

范利生抿了一口酒说：新中国成立前，老邹爷爷曾盗过曹家坟。主墓灌了生铁水，没能打开，就盗了旁边的两个偏墓，得了不少宝贝。据老邹爷爷说，盗过的两个偏墓还有没拿完的宝贝……

四清脸上泛出笑意与范利生碰了一杯：全靠范主任谋划！

自二十年前在县文化馆与范利生相识后，曹四清在赌场上输得一塌糊涂，欠下了近百万元的赌债。而范利生却好运连连。先是调到了曹四清家乡当上了镇文化站站长，后又任绿化办主任。四清那时跑车搞运输。春季造林时，范利生就让四清拉树苗挣运费。一次，四清见范利生在办公室看一本古币杂志。就好奇地问，都改行干林业了，还看考古书？范利生笑着说，老本行不能丢，兴许哪天撞见一枚价值百万的古币而不识货呢？范利生指着插图上的古币说，瞧，一枚乾隆通宝现价十元，不很值钱，因为它多呀！一枚战国刀币就值好几万，甚至几十万……

范利生当文化站站长期间，下乡收了不少古董，挣了不少钱，特别是倒卖古币。曹家庄村民门帘上绑的古制钱、老汉旱烟袋上缀的古制钱、孩子们墨盒里用来刮毛笔乌黑乌黑的古制钱……他都收购。听说曹三娃农田基本建设移祖坟时，挖出一罐罐古制钱，范利生就上门高价收购。曹三娃说古制钱已打成了两把铜勺。气得范利生捶胸顿足：那是糟蹋文化啊！

范利生跟四清说，你们曹家庄是个古庄园，还有不少值钱的宝贝没挖掘出来。听说，农田基本建设曹家坟平坟后，集体犁地时有人犁出了一个三寸长的金娃娃，这人想独吞这宝贝，就用脚把金娃娃踢进了土里。等大伙下工后，他偷偷去刨，可把地翻了个遍，就是不见金娃娃，金娃娃遁地了。

一谈起金娃娃，二人就来了精神，眼睛里发出异样的光芒，仿佛看到了曹家坟地下熠熠发光的珍宝。那个可爱的金娃娃藏在墓穴深处等着他们去捉拿。

范利生放下手中的刊物，盯着四清问：老弟想发财吗？

四清说：我做梦都想去找那金娃娃。

范利生说：曹家坟金娃娃的事以后再说，如果真的存在，它跑不掉！

四清疑惑地问：难道你又发现什么新宝贝？

范利生起身点了一支烟说：是的，当下就有个发财的机会，需要你帮忙一起干。

原来，范利生下到镇里当文化站站长，是想提拔个副乡长之类的科级干部，然后，再回城发展。可组织考察他时，因他的工人身份而仕途受阻。范利生在仕途绝望之际想到了发财。在倒腾古币文物的时候，他发现贩树苗也能挣钱，于是通过跑关系当上了镇绿化办主任。每年全镇各村的树苗都由镇上到晋南统一购回再分销下去，范利生赚了不少差价。他就是在晋南购树苗时认识了老邹。老邹白天是种植树苗的专业户，夜里则是盗墓的地下专业户。老邹得知范利生喜好倒腾古币古董，就让范主任留心当地民间留存的文物和古墓。

1994年，县里号召让公职人员带头购买荒山植树造林，每亩荒山二至四元。可头几年响应者寥寥无几。范利生带头买了土质好的三万亩慢坡荒山，其中还有荒芜的耕地、山庄。在荒山造林过程中，他发现了几处古墓，就让来送树苗的老邹顺便勘查了一番。

老邹说古墓已被盗过，但肯定还有东西。

范利生望着皮肤黝黑精瘦矮小的老邹笑了笑没吭气。老邹心知肚明地笑道，范主任不想犯法就让宝贝埋着吧！

范利生不想发这违法之财，可又一个发财的喜讯从天而降。某煤层气开发公司要在自己的林地中打井采气，井位就在古墓一带。测算占用林地五百亩，补偿一百万。在回味着这意外之喜时，范利生想到了古墓。万一有宝贝，可就亏大了……范利生纠结了许久，与老邹沟通了一番，才下决心在五百亩林地交付煤层气公司之前，先把古墓挖了。

在一个春寒凛冽的夜晚，曹四清开着卡车把老邹和两个手下送到了林地里的古墓附近，然后把车开回路口坐在驾驶室望风。天快亮时，范利生才开着越野车和他来到墓地。仅一个晚上，老邹和两个手下用几把洛阳铲就把古墓洗劫了一遍。出土的东西已放进了三口防盗箱里。范利生让四清帮两个手下回填盗洞。自己和老邹开箱盘货，还用手机照了相。

文物出手后，范利生给了四清两万元，算是辛苦费。

去年村委换届前，范利生找到四清说，发财的机会来了，老弟。如果你这次竞选上村主任，一旦煤层气公司到曹家庄村钻井就可以拿到不少占地费、毁林费；你还可以包揽修路工程，光拉水一年就能挣十几万……可时运不济，四清上任后，一打听才知道，国家规划在曹家庄村一带开发煤层气到五年以后了。

无奈，范利生才建议曹四清搞退耕还林工程。曹家坟中的宝贝他和老邹觊觎已久了。

曹四清觉得这次不仅仅是孙殿英盗墓，而是那辛庭伙同孙殿英盗墓。不论怎讲，曹家坟里埋的也是自己的祖宗啊！

范利生看出四清眼里还有一丝犹豫，又自斟自饮了一杯，说：老弟，只要筹划周密，行事谨慎，是不会出事的。你想你不去挖，迟早会有人挖的。那个金娃娃的传说，不知吸引了多少盗墓贼，说不定哪个月黑风高的夜晚，老邹就会下手的……这些年庄上走得几乎没人了，大白天来了盗墓贼都没人知道。

四清听了，端起酒杯，把头一仰，猛地喝了下去。断然说：干！

十二

农历十月也是植树的好季节。每天都有两辆十轮大卡车把两米多高的杨树运到村口，然后再用农用车拉到地头。

田土贵栽过不少杨树，还没见过栽这么大的。根本不是栽树苗，而是三四年以上的小杨树。有的根部已有碗口粗了。树根都用黑色编织袋套着。绿化公司的工人小心翼翼地搬运着，生怕撞坏了根，磕破了皮。

为了确保成活率和栽植速度，曹家庄村退耕还林工程全部由绿化公司承担。挖坑的出力活由挖掘机完成。一身力气的村民失去了用武之地。

田土贵不是来参观机械化植树的。是被曹氏家族的代理人曹广仁请到曹家坟确认墓穴位置的。

村主任曹四清说，植树也要人性化，不能把树栽到人家墓穴上。埋得浅的挖机就能掘透。广仁叔啊，曹家坟的坟头都被平掉了，只有你和土贵叔能找着位置……

没想到，四清对祖坟的事还挺上心。这让曹广仁感到有些意外。

曹四清和范主任背着手站在曹家坟后塄上的地边往下观望。

曹广仁和田土贵从曹氏远祖到高祖，一个一个仔细确认。虽然没了坟头墓碑，后塄墙上形状各异的石头就是参照物，对面北山的秀峰就是朝向。每确定一个穴位，晚胜当即撒上石灰粉做了标记。半晌下来，曹家坟地里就画出不少白圈圈，像指示飞机空投一样。

墓穴找完后，曹四清下到地里用手机拍了照。感激地说，土贵叔啊，幸亏你把地收拾得这么平整干净。不然，墓穴不好确认，也不好做标记。要是让挖机把坟弄塌了，将来树根把坟扎漏了，怎对得起祖宗啊！

田土贵笑了笑没吱声。望着远山顶的一抹微云，心里说：你不是对不起祖宗，是对不起你死去的爹啊！

这个冬天，田土贵过得并不寂寞。天气好的时候，他和曹广仁一起把牛赶到曹家坟东边的山坡上放牧。两头牛，一公一母，在冬阳的照耀下，欢快地吃草、追逐。牛还不老哩，跟异性伙伴在一起享受时光，怎能不高兴呢？大冬天，一个蚊虫也没有，田土贵的牛把尾巴甩得老欢。自从见了母牛，田土贵的牛在圈里再也不安分了。圈上三五天，就烦躁地撞槽，哞哞地嚷着要出去。牛不像人那样含蓄知羞，公牛吃着草就倏地一下爬到母牛背上了。曹广仁看到了这一点，才迟迟不肯把自己的母牛卖出去。

曹广仁说，如果母牛怀了犊，按耕牛卖，母牛就能逃脱被宰杀的命运，还能卖个好价钱。

田土贵说，他要把自己的牛养到老死。人不能丧良心，把为自己干了一辈子活的牛卖了杀掉。

说这话时，不知晚胜何时站到了他俩背后。晚胜说：叔啊，不种地了，把牛卖了吧！

晚胜冷不丁地吓了田土贵一跳。

曹广仁扭身说：晚胜啊，这要是黑夜，我会以为见了鬼哩。

晚胜是从曹家坟的杨树林过来的。左臂上箍着护林防火的袖章。每次见到田土贵他们放牛，都要重复两句话：叔呀，可不敢让牛跑进杨树林把树皮啃了，千万不敢抽烟啊！

晚胜巴望着两个老东西赶紧把牛处理掉。

晚胜很尽责。像当年田土贵爷爷给曹家看坟地一样。冬闲时，也天天到曹家坟转悠，生怕看护的东西有个什么闪失。如果不是扫除牛鬼蛇神、搞农田基本建设，说不定曹家坟现在依旧碑石成林呢。确认墓穴位置那日，范主任在堎上跟曹四清说，县志上记载，你们曹家在清朝还是咱们县里的望族哩。

田土贵问曹广仁：范主任说你们曹家曾是望族，到底怎么旺起来的？

曹广仁把噙在嘴里的一根草棒吐出，叹了一声说：什么望族！按现在的话说就是个暴发户，是个只知道修房置地的土豪……

曹氏远祖曹金赐，乾隆年间在京城某高官经营的店铺当掌柜。嘉庆继位，高官因贪腐被查下狱。亲朋故交怕受牵连，无一人入监探望。唯金赐敦厚义气，不避嫌疑，花钱买通狱吏，带着酒肉看望老主人。高官感激说，落难识人心，板荡见真情。我死前你能来看我，心感甚慰。现还有一些店铺未被抄去，照我吩咐做就归你了……

曹金赐离开监狱，连夜策马在京城街道寻找"永成"号店铺，将"成"字改成"盛"字。一夜之间改了十几个。从此成了富商。

曹广仁说，远祖晚年卖掉店铺，携金还乡，盖房置地，修造了曹家庄这个庄园。

据老辈传说，远祖坟墓修造得十分讲究。墓道有三重石刻护门，墓室里还有壁画；陪葬的金银玉器很多。远祖下葬后，墓道、墓外三面外墙和茔顶都用生铁水灌注了。二百多年来，有不少盗墓贼光顾过，都是挖到生铁层就收手了。后来，族里商定，雇人专门看护祖坟地，工钱就是曹家坟二十多亩地的地租。

曹广仁说，范主任二十多年前在县志办的时候，曾来曹家庄收集过曹氏家族的资料。我带他看过散落在野地和庄上的残碑断碣。他是按旧县志里的线索来调查的。

曹四清当上村主任后，问我要了一份曹氏家谱。栽树前，又怕挖坑毁坏了祖坟。以前他见了曹家人，一副六亲不认的样子，现在倒关心起祖宗来了。

田土贵猜测说：四清是想修家谱吧？把自己村委主任的头衔写进去，留给后世。

十三

沉睡了一冬的杨树，被春风渐渐吹醒。刚立夏就抽枝散叶得郁郁葱葱，一片碧翠。

田土贵说，杨树长得好是咱曹家庄的土质好。曹广仁说，是绿化公司的栽植技术高。此时，曹广仁的母牛已怀了犊。两人都明白，栽树和配犊一样，公牛和母牛都重要。

这天，曹广仁没来放牛。田土贵和牛都感到十分失落。田土贵把牛拴在一棵杜梨树上，轻轻叹息了一声。然后，慢腾腾地走进了曹家坟的杨树林里。

太阳投下斑驳的光亮，风把树叶吹得沙沙作响，林荫中弥漫着新叶的苦味。晚胜去冬撒下的石灰粉还在，白圈里长出了不少野草；残余的谷茬顽强地挺着，茬旁稆生出了黄黄的谷苗。

去年的初夏，谷子正出苗呢，玉米也露出了翠绿的尖，还有雨后被四清他们踩出的两串脚印……这些仿佛是在昨天发生的一样。真是世事无常啊！

穿过曹家坟的林子，田土贵不由自主地来到了老伙计曹广德的坟前。清明节坟顶插的花圈不知何时被风吹到了一边。田土贵弯腰捡起重新插好。望着墓碑沉默了一阵，才喃喃道：老伙计，我有话对你说！四清把地全种树了……然后呜咽起来。

他用手捂住口鼻，极力控制住哭声，不想让人听见。一肚子郁闷泄尽后，隐约听到有人呼喊，声音像是晚胜。

田土贵一边抹着眼泪一边往回返。

牛挣脱了绳子在追晚胜。晚胜仓皇逃进了杨树林。

这天晚上，四清领着晚胜来到了田土贵家里。晚胜一瘸一拐的，躲牛时他把脚腕崴了。

田土贵在窑后的木箱里拿出一瓶红花油说：晚胜啊，实在对不住。可能是牛发情哩，我离开一会儿就出这事……

晚胜面带委屈地说：叔啊，幸亏我跑得快，不然，就遭大难啦！

四清说：广仁叔的牛今天卖了。不种地了，叔，你的牛也寻个好买主处理了吧！

田土贵给四清递了支烟，半天没吱声。

四清抽了几口烟笑着说：牛啃了树皮顶多罚点款，可伤了人麻烦就大了。晚胜年轻体瘦，若是遇个年老体笨的人，今天就危险了。

这时，曹广仁哼着小曲进来了。

曹广仁听到四清劝田土贵卖牛，就说：按肉牛卖太可惜，按耕牛卖，公的不好卖。

四清笑着说：叔，你的母牛带犊卖赚钱了吧？都是母牛惹的祸，怀上犊就离婚了，把土贵叔的公牛气疯了。

晚胜插话说：是呀，广仁叔，你也得赔我。

曹广仁盯着晚胜仔细打量了一番，晚胜紧张地说：叔，我是跟你开玩笑……

曹广仁收回眼神，认真地说：侄，我知道你是跟我开玩笑，你觉得牛顶你，自己就没有一点责任吗？

晚胜说：我没撩牛，也没打牛。

曹广仁说：看看你穿的这件红衬衫，这顶红旅游帽，还有那个红袖章。

田土贵恍然大悟，原来牛是受了红色的刺激，才发疯撞人的。

晚胜争辩道：我能把帽和衬衫换了，这红袖章能换吗？这可是镇上统一发的。

四清把话岔开说：土贵叔不愿卖牛就不强人所难了。这样吧，牛发情期就不要到外面放了，像肉牛一样圈养。

曹广仁说：发情期的公牛越圈越疯。

四清点了一支烟，狠狠吸了一口说：这还把人给难住啦？

晚胜往脚腕上抹着红花油说：这还不简单，一刀两断，骟了，骟了当肉牛圈养。

趁天凉，曹三娃和胡海龙一大早就帮田土贵搭好了骟牛的架子。牛被框进了三横四立的木架内。田土贵给牛喂了一碗花生米。牛只顾品尝花生的美味，不防蛋根被木夹夹住了。蛋皮绷得发亮，似乎一触就会迸裂似的。兽医用碘伏擦拭后，只见剞刀一闪，两颗血糊糊的东西被摘了出来。牛疼得抬了一下后蹄，痛苦地闭上了眼睛。泪水和口角淌出的花生白浆交汇在一起。晚胜递来一只大瓷碗接住了仍在抽搐的牛蛋。

胡海龙说：晚胜，伤了个脚腕就把牛蛋割了，要是伤了胳膊腿什么的，你是不是要把牛杀了？

晚胜微笑着说：骟了就皮实了，不顶人了。

曹三娃说：犍牛照样顶人。不信你穿上红衣裳撩撩。

晚胜抹了额头上的汗珠说：土贵叔，牛伤口好了可别到林子边放啊，村里已插上警示牌啦，禁止牛羊进山入林，违者重罚！

曹广仁说：犍牛不是肉牛，不能长期圈着，时间长了会憋疯的。

田土贵无奈地说：就到庄后的沟岔溜溜吧！

田土贵每天早上起来，第一件事是到庄后的沟岔里遛牛。没地种了，侍弄牛成了他的主要工作。就像城市里退休老人遛狗一样。

一天早晨，他一觉睡到了日升三竿。是牛的叫声唤醒了他。过了几天，他才发现，自己睡过头的原因是庄上唯一的那只大公鸡不叫了。夜里也好久没听到狗的叫声了。曹家庄夜里沉寂得诡秘可怕。他把这蹊跷事告诉了曹广仁。曹广仁说，公鸡被四清买下，晚胜给杀了拾掇干净送范主任了。范主任为了补身子，吃了牛蛋，又吃公鸡，难道把狗也吃了？

仲夏的一天夜里，雷电撕裂了山庄的夜空。一阵阵雷雨声搅得田土贵几次从梦中醒来。

第二天，天气转晴，烈日高照。中午时分，晚胜踩着两坨烂泥从林子里跑了回来，逢人就喊：不好啦，出盗墓贼了！曹家坟被盗了……

曹家坟有三个古墓被盗。曹氏高祖的坟是被炸开的。文物馆的人满身泥浆地从里面爬了出来。说是墓室里灌进了雨水，盗走了什么，抽干水后才能弄清。

公安人员从一片炸药包装纸上找到了线索，不到三天就抓住了盗墓贼。范利生和曹四清见势不妙，慌忙到公安局自首了。

作孽啊，四清连祖宗的坟都敢盗！

曹广仁痛心疾首地跟田土贵说：四清这小子真阴啊！盗我的祖坟还让我和你帮他找穴位……

村民们简直不敢相信曹四清和范主任就是这起盗墓案的幕后策划者。

红社吓得坐立不安，生怕四清在里面胡咬了自己。

红社这时才跟父亲说，自己本不愿跟四清进村委搭班子。只因四清为还赌债，借了自己五万元。四清说，帮他干一届村主任，揽点工程赚个几十万，就能把钱还了……

十四

曹四清从村民的视野中消失一个月后，秦副镇长领着县林业局、农业局和土地局等部门的工作人员来到了曹家庄。对栽植的五百多亩杨树林勘察后，召开了村民大会。

秦副镇长宣布，根据《村民委员会组织法》规定，撤销曹四清曹家庄村村民委员会主任职务；村委工作暂由村委副主任田红社主持……

散会后，秦副镇长把田土贵和曹广仁、曹三娃等人召集到一起，面带愧色地说：三位老同志，是我们官僚主义了，对山上旱地重视不够，让别有用心的人钻了空子。告诉你们个好消息，这次退耕还林工程验收发现，你们村符合规定的只有六十亩坡地。五百亩良田栽植的杨树要退林还耕。老田啊，你又能到曹家坟种地啦……

田土贵听了心里一热，上前握住秦副镇长的手说：真的吗？

曹广仁插话说：秦镇长代表的是县验收小组和镇政府，能随便说吗？

曹三娃高兴地说：这回我的三头猪可养对了。

秦副镇长说：曹家庄村有发展绿色农业的优势。绿色粮食生产离不开传统农业生产经验。还要靠你们这些老同志指教啊！

田土贵担心地问：五百亩杨树伐掉后，那么多的树根可难刨啊？

秦副镇长笑着说：挖机能打坑栽树，就能刨出树根。机械的效率是人工的几十倍，甚至上百倍。把五百亩良田恢复原状，顶多个把月时间。

红社说：爸，咱得买台拖拉机呀，牛养着让攒粪。

田土贵高兴地答应道：买拖拉机我出钱！

本命年的春天

一

官亭村的王半仙说聂立功这辈子也就是个副科级干部了。聂立功命中官星空亡，又没将星，四十至五十岁走劫财背禄之运，明年是本命年，不倒霉就算烧高香了。意思是命中无官，当不了一把手，离财运官运越来越远，没有什么灾难就算不错了。

聂立功生平最厌恶神汉巫婆和看风水掐八字算卦的。尤其是这位长着瘦削长脸，骨瘦如柴，语气阴森冷缓的王半仙。

聂立功是20世纪80年代毕业的中专生。他这茬同学经过二十多年的打拼，有不少当上了局长、乡党委书记，混得最好的是他的同窗好友庞云庆，现已位居县政府副县长的高位。王半仙，真名叫王百贤，是庞云庆妻子的舅舅。二十年前，庞云庆和聂立功一起下乡来到了官亭村，他俩在王半仙家吃饭时，王半仙就伸了骨节突出的左手为小庞掐算了一番，断定庞云庆日后定能当上局长。小庞听了心里喜滋滋地说：立功，想算不，让我舅给你看看？孰料，小聂冷冷冒出一句：人生靠奋斗，不是靠掐算，我不信这个……弄得大家有些难堪。末了，王半仙猛抽了一口外甥女婿给点着的香烟说：信不信都是命。不过，不是我多嘴，从面相上看，年轻人生性笃实、胆小、爱面子，但有时太过于执拗。这些对你大大不利呀……谁个少年不轻狂，执拗到老一场空。聂立功知道王半仙一番感慨之言是在转弯子骂他，碍于小庞的面子，他没有反驳，心里暗自下决心：一定要混出个样子来，让王半仙看看。

不知是王半仙算得准，还是庞云庆奋斗有方，三十五岁以后，几乎三至五年一个台阶，可聂立功在不惑之年才下乡当了个副乡长。这一当就是九年。

去年，庞云庆儿子结婚时，王半仙从乡下赶来庆贺。聂立功妻子就偷偷请王半仙给聂立功看了看前程。王半仙不知是还记恨二十年前聂立功给自己弄的难堪，还是看到聂立功将年届五十，仕途上不可能有什么发展，则冷腔慢调地说了本文开头的一段话。最使聂立功妻子灰心的是，王半仙掐算她女儿今年大学毕业后，找不上工作，要在家中闲待五年。

今年是聂立功的本命年，妻子给他和女儿都买了红裤带，强制他们父女俩系上，以防不测之事。

要是在四十岁前，聂立功定会厉声训斥妻子：讲什么迷信！少听王半仙胡咧咧……可这次他没有。近年来，他的肝火随着年龄的增大像初冬的阳光一样日渐衰薄。他没有换上红裤带，而是平气地说：都说本命年不好，我就不信！

他似乎要与“命运”抗争到底了。

妻子无奈地叹了一声：唉！不系就不系吧，只要我女儿……

女儿也没事，一次考不上两次，两次不行三次……

你该说啥？人家那些当一把手的孩子，上个高中，就能安排到行政机关上班……

现在不行了，逢进必考！聂立功大声地向妻子解释道。

女儿在山西大学读书，学的是化学专业。如今全国到处都在治污染，像样的化工企业少了，就业的渠道不太多。要么当教师，要么考公务员。去年暑假，聂立功就给女儿买了报考公务员的书籍。妻子揶揄地对女儿说：你爸就这么大本事，你幸亏考了个山大，如果落榜了，只能到超市卖货去……

一提起女儿，聂立功心里还算宽慰。从小学到大学他没为女儿费一点劲，虽然考的不是名牌，也是个一本。在山区小县就算出息的啦。别人问，老聂你是如何教育孩子的？这么优秀！聂立功就实打实地说：女儿十岁时，老婆下岗了，整日愁眉苦脸在家待着，我就对正在写作业的女儿说，不好好学习，将来跟你妈一样下岗！

可现在大学念出来了，不像20世纪八九十年代那样国家包分配。尽管人事部门有招录渠道，谁不知那是千军万马过独木桥啊！笔试，面试，一个岗位有时有几千人报考，最少也有近百人。竞争如此激烈，就免不了有人搞小动作向公平挑战，向法律试胆。所以，社会上就有这样传闻：笔试会漏题，面试讲人情，不跑不送凭真本事考上的把握性很小。一言蔽之，就像20世纪七八十年代的走后门，就像自己干了快十年的副职，不跑不送只能是原地不动了。

妻子知道老聂在跑关系方面很低能。丈夫上不上正科无所谓了，但女儿的就业可不能无所谓呀！因而她整日忧心忡忡的。去冬，女儿报考了太原市某单位公务员职位，结果笔试落榜了。后来，又报了长治市某中学化学教师一职，笔试达线了，面试在3月份进行。

老聂跑关系虽低能，但家里的大事还是他拍板。女儿第二次报考，就业城市选择了长治，就是他的明智之选。他对妻子说：长治市前不久处理了招录公职人员的舞弊者，严惩了犯罪分子，狠刹了不正之风，这回肯定公平公正。妻子听了赞许地说：这事还中我的意。

二

正月初七一上班，乡党委就召开了会议。聂立功不是党委委员，没有参加会议。他满头雾气地带着乡政府机关工作人员在铲雪。汗水浸湿了他的脊背，痒得他真想用锨把挠一挠。往年正月上了班，满院的雪由工勤人员和一般干部清扫，班子成员三三两两被乡政府所在地的站、所、村请去喝酒了。老聂在县城工作时不会喝酒，下乡近十年来别的长进不大，倒是学会了喝酒。九年前，被组织部门送到乡政府的第一天，乡里摆了酒宴为他接风，书记说，不会喝酒，就不会工作。这里的村干部全靠喝酒沟通……工作全靠酒来推动。似乎村干部是拖拉机，酒是柴油。听了领导的告诫，于是他不惜吐干自己的胃液学会了喝酒，与村干部沟通了情感，建立了信任。但他也体验到喝酒误事、失态、毁身体的危害。一次，庞云庆到乡里来调研，主要领导都喝醉了，只有老聂还清醒着。老聂仓皇接待了庞副县长，并陪庞到村里调研。庞副县长问及村干部的名字时，老聂半晌想不起来，蒙了。庞副县长笑着说，乡党委书记、乡长都醉了，你为什么不醉？老聂说自己年龄大了，喝得少，大伙照顾着哩。庞云庆说，莫不是久经（酒精）考验吧！弄得老聂脸红到了脖根。

当副乡长的头几年，老聂毕竟正值壮年，喝个半斤八两不在话下，可毕竟胃是肉长的。五年以后，他患了胃液反流症，晚上睡着了，有时胃液会流到枕头上，弄得妻子给他做了个又冰又硬的油布枕套。他几次下决心戒酒，不知是经不住诱惑还是为了促进工作，又接着往胃里灌酒精。去年，乡党委、政府出台了禁酒令、禁牌令，明确提出上班不喝酒，喝酒不上班；白天晚上都不准打麻将，正合老聂之意。过去，群众曾给乡机关干部改编了一首诗：春眠不觉晓，处处闻拳叫，夜来麻将声，醉汉输多少？

喝酒、打麻将不但输了健康输了钱，最主要的是输了形象。如今机关夜晚清静，看书学习的人多了。老聂的油布枕套也取了下来。胃液反流症被禁酒令这服药给治好了。

院内的雪被拢成了一座座小山峦，几个青年在堆雪人，堆起的雪人像个醉汉歪歪倒倒的。老聂看了想：如果大院里再有谁喝醉，就让他像这雪人一样站着。如果把身体喝坏了，不要给他打吊针输液，直接给他输酒精……如果谁敢违禁打麻将赌博，最好往大院里拉两百多块砖，上面刻上饼万条，让他搬到地上打……老聂想着想着自己扑哧一声笑了，旁边的人还以为他看见雪人笑了。这时，组织委员来到他跟前说：聂乡长，不要扫雪了，书记叫你。

三

张书记办公室里的烟雾还未散去。张书记是不抽烟的，自然也闻不得这么浓的烟味。可大正月天，让大家把酒禁了，再禁烟，他心里的确不落忍。烟是他给委员们发的，主席位上的两个云烟牌香烟空盒子告诉了老聂。

张书记给老聂倒了一杯茶，亲切地说：聂乡长，以茶代酒，祝你春节愉快！

其实，除夕之夜聂立功就收到了张书记发来的贺年短信，心里感到热乎乎的。不过，那不是专给老聂一人发的，而是群发给乡党委、政府机关每个干部职工的。这回可不同，张书记用茶水跟他碰杯了。张书记是去年春天从县纪委下乡当书记的。乡里的大小事情从不擅作主张，什么集体决策、末位表态、三重一大呀等等，执行得十分认真。中央的八项规定一出台，立即响应执行。最使老聂满意的是乡干部到十五华里以内的村下乡，如无特殊情况，一律不派公车接送。步行、骑自行车既便捷又锻炼身体，还能随时随地了解情况。20世纪80年代实行家庭联产承包责任制时，丰收的果实告诉人们，人叫人干人不干，政策调动千千万。如今干部转作风，根除庸懒散奢，除了加强教育，还得靠制度。去年，在广泛征求意见的基础上，乡政府机关出台了工作业绩与工资待遇挂钩的考核办法。旷工、超假现象明显减少。老聂从内心深深佩服这位比自己差不多小十岁的年轻干部。尤其是他从不跋扈的民主作风，尊重下属、平易近人的处事风格，让老聂十分感动。不像有些年轻人，早上才提了副科，晚上就改口叫他聂立功或老聂，这让老聂感到很势利。

这是自去冬以来，聂立功第二次单独被张书记叫到办公室谈话。第一次，张书记主动了解老聂的个人情况，问他家庭有什么困难，工作上有啥想法，身体状况如何。聂立功就讲了他下乡工作八年的情况，负责完成了某村的大棚菜建设呀，搞村村通时大约两个月没回家呀，分管林业未发生过火灾呀，四十六岁那年还被县委县政府授予全县新农村建设先进工作者荣誉呢……连续几年考察干部、推荐干部，都公示有名，可就提拔不起来……希望职务上能上个台阶……

那次从张书记的办公室出来，老聂对自己过多地摆功劳、讲苦劳就后悔了。自己不过在八年工作中兢兢业业，尽职尽责罢了，又不是打了八年艰苦卓绝的抗日战争。说的那些话岂不是伸手向组织要官吗？不显得自己很浅薄吗？

这回，老聂慎言了。一杯茶水喝得见底了，老聂闭口不问书记叫他有啥事。

张书记在屋里踱了几圈，做了个伸臂展腰的动作，才坐下和蔼地说：聂乡长，党委会研究决定派一名班子成员到官亭村任第一支部书记，你是人选之一，我想征求你的意见。

老聂说：张书记，这事我没思想准备。如果其他同志不愿去，我去！

四

初九那天吃过早饭，张书记和组织委员一起陪着老聂去官亭村上任。这和县里往乡里送新任的干部一个样，由级别高的领导和组织部门的干部一起去宣布任命决定。虽然是个没级别的村党支部书记，但毕竟是一把手，这让老聂觉得比当年送他当副乡长时分量都重。官虽小，责任不小，没有级别，担子不轻。官亭村是一个纯农业村，土厚地肥，村民们以种玉米为主，除了几个种粮大户，多数农户一年只能打一两万斤粮食，卖一两万元钱，人均纯收入三千元左右，农民增收严重滞后。原村支部书记年逾六十，去冬又患了脑梗。这是乡党委派干部任第一书记的原因。

他们是徒步到官亭村的。十多里的雪路走得很吃力，鞋内的十个脚趾通过鞋底把雪地抓得紧紧的，生怕滑倒。西风卷着雪粒吹打着他们的脸，三人红鼻子红腮地喘着白气，像小排量的汽车。

组织委员说：张书记，打个电话让车来送吧！

张书记笑着说：要想接地气，必须少坐车，区区十里路，不算回事。然后又诙谐地说：步行有五好，能吸上新鲜空气，能锻炼身体，能减肥，能随时接触群众了解民情，还能节能减排。

聂立功说：我赞同张书记的意见，短程还是步行好。

组织委员说：老聂，照你的意思，如果村里给你这第一书记配辆车，你还要让它生锈哩！

聂立功说：我肯定不会像有些一把手，把公车当私有财产，除了上厕所，到哪都坐车。

张书记说：你说得不准确。如果是私车，能步行的肯定不坐车；只要车姓公，才会发生连上厕所都可能坐车的怪事。

看来公车治理必须像禁止用公款大吃大喝一样的力度了。组织委员说。

张书记说：这还得靠完善机制制度，加强监管力度来实现，需要一个过程，否则会因噎废食呀！

他们边走边说，话题又转到官亭村农民增收的问题上。聂立功说他要召开党员大会，广泛征求意见，制订一个切实可行的发展规划。

想必老聂你是不是早胸有成竹啦？组织委员说。

张书记说：聂乡长你就谈谈发展思路吧！你在乡里工作九年了，对官亭村的情况还是比我们了解得多。

老聂就指了远处起伏低缓的山脉：这些荒山除了每年完成绿化指标外，每年要种植连翘两千亩，核桃林两千亩，争取五年内完成经济林种植两万亩；要成立经济合作社，负责药材的收购、销售；还要利用大量的玉米秸秆发展食用菌；组织剩余劳动力外出务工……只要扎扎实实干，争取官亭村农民纯收入两年翻一番不成问题。

张书记听了高兴地说：真是老将出马，一抵俩仨。看来，乡党委对你的选派是正确的。

五

在官亭村党员干部会上宣布罢聂立功的任职决定，张书记在老聂和村委主任的陪同下走访了村里的困难户和老党员。看望老支书时，正午已过，几个老党员和村干部找到老支书家，都争着请张书记他们到自己家里吃午饭。老支书执意不让，说：我早让老伴和好了三合面，炒好了松菇酸菜，不信问问张书记，这是他最爱吃的农家饭。

老支书说这话时舌头有点秃，大家还是听懂了他那有些含糊不清的字句。病后初愈的他有些激动。

张书记笑着说：大家就一起吃三合面吧，顺便聊聊今年村里的发展。

村委主任说：各自回家端饭去！

张书记才吃了几口三合面，回去端饭的人就来了。他们有的端的饺子，有的端的拉面。一位端着羊肉馅饺子的老党员深情地说：张书记，这是我自家养的羊，你尝尝鲜。说着就往张书记碗里拨饺子，两个饺子滑落在桌子上。村委主任就责怪老党员的冒失。老党员紧张得都出了汗。

张书记笑着说：不碍事，不碍事。说着就用手抓起桌上的饺子送进了嘴里，连说好吃！

屋里静了一刻。外面被春阳融化的雪水吧嗒吧嗒地从房檐落下，告诉人们雨水节气的来临。

张书记让大家坐下，边吃边聊。围绕官亭这个纯农业村如何发展，大家七嘴八舌地议论起来。

先是谈了种植核桃、连翘这些生产周期长的项目。接着又谈了食用菌这个投资大、技术性强的项目。

老聂说：不怕投资大，就怕收益低。周边地区已有食用菌项目了，要在市场占有一席之地，必须有自己的特色。

张书记说：聂书记说得对！如何搞成富有本地特色的食用菌项目，关键是菌类产品的特色。大家说，除了绿色、环保、新鲜、质量好，还有啥？

养羊的老党员说：好吃呗！

对！咱们要生产出口感好、味道美的菌类产品来。张书记兴奋地说。

聂书记，咱老支书的三合面除了白面、粉面、豆面的香味，还好吃在啥地方？

聂立功放下手中的笔，认真琢磨着张书记的话。张书记说的不是玩笑话。老聂乞溜咣当地吃了碗三合面，听着大家议起了村里的工作，就掏出本子开始记录。没想张书记提出了吃三合面的事，不是让村里开个三合面饭店吧？他咂巴了一下嘴，松菇酸菜的余香还在，就立马反应过来：张书记，你是说松菇吧！

还是聂书记反应快！张书记鼓励道。

村委主任说：咱村三合面松菇酸菜很好吃，就是天然松菇每年采摘得少，如果有了这个项目，单松菇酸菜面就能到城里开饭店，赚大钱。

张书记说：现在就能去。你不是经常在外打工做生意吗？看哪里有合适的铺面，就帮助愿意干饭店的农户去，不要都窝在家种玉米……

村委主任欣然同意张书记的建议，又说：用玉米秸秆生产松菇，这可是个技术难度大的活呀，人工培育松菇还未听说过。

张书记说：我们先干已成功的菌类，同时研发松菇。我有个同学在山西农大当老师，让他帮助解决。

技术的问题解决了，资金大家又犯了愁。最后，张书记表示，除了村民集资，其余缺口争取政策性资金和银行贷款补齐。

几个老党员又谈了饮水工程、街道亮化等事宜。

老支书说：先治坡后治窝。

老聂明白老支书的心思，他怕筹资难。张书记说：不要怕难，要一齐上。根据十八大精神和省、市政府的政策，在民生工程上要大力扶持的。

就这样，一顿午饭的工夫，就把官亭村的发展规划梳理了一遍。官亭村发展的思路和轮廓在老聂的脑子里更加清晰了。

张书记临走时，问还有什么困难。村委主任说：农村低保其他村去冬就落实了，可我们这里符合条件的多，指标少……

那你问聂书记吧！他有办法。

六

越是收入低的村低保指标越不好落实，这说明困难群众相对多。聂立功感到压力不小。他和"两委"班子制订了确定享受低保的办法：个人申报、群众投票，然后再上党员会评议。在充分发扬民主的基础上，最后由"两委"班子开会确定。真正让最困难的人优先享受低保。每个程序都做到规范、公开。群众没有什么意见。可投票和评议结果在最后排名出现了两个票数相同的困难户，这使"两委"班子成员很犯难。老聂就和村委主任到这两户进行了实地查看。舍谁留谁对老聂来说一看就明白。可对"两委"班子其他成员来说，对本村村民都是知根知底的，不看也明白，为什么揣着明白装糊涂呢？原来，这票数相同的两户其中就有王半仙。王半仙有两个儿子，一个在大煤矿上班，一个在煤运上班。哪个儿子一年的工资奖金都抵老聂的好几年。而另一户的儿子是农民，虽然申报表上都填着与儿子分居另过，实际上两户的经济条件无法相比。

聂立功明白了班子成员的苦衷：王半仙有一个当副县长的外甥女婿，就是庞云庆。庞副县长曾几次为村里帮助解决过帮扶资金、饮水工程资金呢，都是王半仙陪同老支书到县里办理的。

班子成员把王半仙吃不吃低保的球踢给了老聂，这让他很纠结。有两三天晚上都没睡成。妻子给他打电话的时候，他就忍不住地把这事告诉了妻子，妻子当下表示：一定不能犯糊涂，把指标分给王半仙！

老聂说：给了王半仙，那家困难户怎么办？我咋向群众交代？

妻子说：这我管不着，反正咱不能忘恩负义，难道你还等着庞云庆给你打招呼不成？

在老聂的同学中，数庞云庆对他最实在，最讲同学情义。十几年前，妻子从企业下岗后，整日愁得没事干，是庞云庆东奔西走，为妻子找了份工资虽不高但交养老保险金的工作，给他解决了后顾之忧。还有他提拔的事，庞云庆曾几次领着他去见县委书记、组织部部长，推荐他下乡当副乡长。甚至拿上自己的烟酒，开上车带着老聂去市里跑关系……

想起这些，老聂揪心得愈来愈厉害了。

他想，如果庞云庆给他打电话，或乡里张书记给他打电话，他就有了把指标给王半仙的理由。可党员干部能理解，群众能理解吗？都说新官上任三把火，自己一把火就点歪了，今后工作怎么开展？群众肯定会骂官官相护。

但事情并没有按他的想象去发展。连日来，竟没接到一个为王半仙说情的电话。他几次遇见王半仙，王半仙都龇出长长的门牙向他假笑示意。这老东西滑着哩！聂立功从王半仙眼神里看出老东西明白自己的心思。

聂立功又想，没人打电话给王半仙打招呼，也是好事。如果打了招呼反而不好办了。他经过一番思虑，决定还是按家庭困难的实际情况把指标分给那个农户。这样，对群众才能交代过去，自己也不违心。

王半仙没吃上低保，见了聂立功脸上再没假笑了。

七

正月十三，官亭村委会大院里扭起了秧歌。曲调跟往年一样，但歌词却让人感到新鲜：

十八大呀指航向

十亿农民建小康

民生工程得人心

和谐社会盛世来

主席台上，庞云庆副县长跟乡党委张书记说：这里的春节文艺活动搞得扎实。虽是老调，却是新词，起到了宣传鼓舞作用。

张书记说：我们乡虽是个农业乡，经济不发达，而文化方面还可以……

随着悠扬动听的乐曲响起，秧歌队接着唱了下一段令台上所有人心动的歌词：

八项规定入民心
干部作风大变样
农民致富有指望
城乡很快一个样

看完秧歌队演出，庞副县长一行在聂立功的陪同下，进行了入户走访。那位最后被评上低保的农户，把家里的红枣、花生、柿饼等吃食拿出来，让干部们吃，火炉上炖着一只香喷喷的野兔。农户说，这是他昨天专门套的，想让领导们尝尝新鲜野味……老聂听了，甚是感动。他知道，如果有条件的话，老百姓敢把兔子送到干部家里……多么朴实的农民啊，你给他解决一点小困难，他就倾其所有地回报你。

庞副县长还给这家农户送了二百元现金，农户夫妇非得让庞云庆尝块兔肉不可。

走访活动始终洋溢着温暖和感动。只是庞云庆一出农户的家就板着脸，好像他的笑意被冻回了一样，这使老聂很不安。

走访结束后，老聂随庞云庆去看王半仙。

庞云庆说：现在创建精神文明，千万不要搞封建迷信。王半仙说：这事我自有分寸，天天看电视学习哩。

村委主任说：今年耍秧歌的歌词就是他编的……

庞云庆笑着说：对，就是要把你的文化底子用到正事上，支持村里的工作……

庞云庆从口袋里掏了二百元钱说：生活上有困难给我打电话。

王半仙说：不缺钱，不缺钱……只要你下乡时来看看我就行！说罢眼眶里溢出了泪水。

聂立功见状本来也想拿出二百元给王半仙，可掏了掏，口袋里没钱了。聂立功感到十分尴尬，脸上火辣辣的。他想，老同学给王半仙钱是不是因低保的事故意做给他看的……

八

植树节一到，聂立功就带着村民上山栽连翘了。苗是林业部门提供的。每株三毛钱，每亩二百二十株左右，计六十六元；政府每亩补助三百元，还余二百三十四元。足够付运费、工资了。去年湿连翘卖给收购商每斤四元钱，如果成立连翘种植经营合作社，村民们还可多赚些。有些好劳力，在采摘季节，每天能挣一二百呢。显然，这是官亭村民增收的一条既稳妥又长远的好路子。老聂盘算着连翘种植的收益，心里美滋滋的。他似乎看见了一望无际金灿灿的连翘花，看到村民们从合作社领钱时脸上绽开的笑容。

连翘种植到五百多亩的时候，西北方向的山谷里升起一团烟雾。山林失火了！今春气候干燥，是森林火灾的高发年份。火警就是命令。聂立功毫不犹豫地向乡里报告了火情，当即要求除了五十岁以上的男劳力和妇女，其他人跟他拿上铁锹、斧头一起去扑火。

火势随着风力狂噬着干枯的杂草、灌木，一直蹿上山顶的幼林。火焰燎过留下一片黑乎乎的山地，像海潮一样，时倏时缓。

聂立功的心脏似乎要跳出胸膛。五六里的山路一阵小跑，大家累得气喘吁吁。他命令民兵连长，带青年人迅速登上山顶，在离火焰五百米远的地方，伐出一条隔离带，自己带着其余村民用锹奋力扑打两侧的火苗。

民兵们经过一番苦战，麻利地完成了隔离带作业，截断了凶猛肆虐的火焰。乡里救火队在张书记和乡长的带领下赶到了现场。大家一起又仔细地排查余火，防止死灰复燃。初步估算，过火面积三百余亩，烧毁幼林六十余亩。乡长及时将损失上报了县政府及林业部门。

乡长松了一口气说：老聂，幸亏你们扑救得及时，否则烧的可不是三百二百亩。老聂站在山顶顺着风向远远望去，东南方起伏的山岭全是郁郁葱葱的幼松。

张书记说：森林防火不可有一丝侥幸，一旦酿成大祸，首先追究的是政府干部……

老聂明白张书记的意思。这次损失虽小，他和乡长是免不了处分的，最轻也是行政记过或通报批评。

乡救火队撤走后，聂立功接到庞副县长的电话。庞云庆用埋怨的口气说：立功你是干什么吃的？这把火着得让我怎么再向常委会推荐你……你要谨慎再谨慎，可不能新官上任三把火呀！

庞云庆的一番数落，倒使老聂心里好受了一些。跟上王半仙吃低保一事，一个月来自己老觉得对不住老同学。这次失火实在蹊跷，村民们都在山上栽连翘，没人放火烧塄呀？

第二天，老聂把不能上山栽连翘的几个中老年安排在山垭路口，加强了预防力量。王半仙戴着防火检查的红袖章，认真地检查着每个路人。见了聂立功，不冷不热地打了个招呼，眼神里透出幸灾乐祸的光束，好像是说：谁让你不听我的忠告，不系红裤带呢！

九

聂立功已有四十多天没回家了。从那天妻子在电话上说他不能忘恩负义起，他一点回家的心思都没了。整日不是在山上栽连翘，就是到地头检查有无烧地塄的。县里的处分还未下来，他不能再犯第二次错误了。春风把他本来就不白的脸吹得黝黑，两眼塌陷，胡子里不知何时冒出了几根白的，说起话来，嗓子有点嘶哑，仿佛几天几夜都在救火。

在山垭路口值勤最负责任的还数王半仙。老聂表扬了他几句，王半仙就来劲了，说什么年年植树不见树，却为烧火打基础。

老聂认真地问王半仙：你说的是咱村？

王半仙忙说：不单指咱村，主要是说别处……从去冬到现在，就咱山西来说，发生了多少森林火灾。要想杜绝，必须严惩涉案人员……必须像我老汉一样严防死守。不过待遇也不能低……

聂立功明白王半仙的话，像他这样负责任的人不能亏待，村委会以后得把低保给他弄上。如果亏了他这种负责任的人，预防工作就搞不扎实，就可能发生火灾。你聂立功就会受到上级严厉处分。

聂立功不想与王半仙费口舌。他绕着一条羊肠小路上了山顶。满山遍野的桃花竞相开放。准备第二拨争艳的马茹花、连翘花也都养足了精神吐出了苞芽。他计划在连翘基地的南边缓坡上搞核桃林。远山在天边叠翠起伏，多么美的风景啊。静思了一会儿，他突然想起了女儿。女儿招聘面试的事不知怎样了，自己提拔无望，可女儿不能没工作呀！都是王半仙吃不吃低保给害的，弄得自己有家不能回，对女儿的情况一无所知。

聂立功掏出手机，他想给女儿打电话问问招聘的事。他在输女儿手机号码时，来电显示上出现了庞云庆的名字。

聂立功急忙按了接听键问：处分下来了吗？老同学！

庞云庆笑着说：不是处分，是好事！我郑重向你道喜，昨晚县里召开了常委会，决定提拔你为乡人大主席。

什么？开什么国际玩笑，县里不处分我就行，咋会提拔我……

庞云庆说：老同学，我何时给你开过这么大的玩笑……

庞副县长说：经查实，失火山林不在我县境内，你们村在我县的北部边缘，火灾发生时被森林防火预警卫星监测到，邻县接到通知后，火已被你们扑灭了。于是，省护林防火指挥部通报表扬了我县……你是功臣呀！

庞云庆许诺说，等聂立功回县里参加任职谈话时，他拿最好的酒祝贺老同学功德圆满……

聂立功哭了，周边除了山野谁都不知道他激动得流出了眼泪。

电话铃又响了，是女儿打来的。女儿风风火火地说：老爸，报告你一个好消息，我被晋城二中招聘了！

什么，不是在长治吗？老聂迷惑了。

女儿说，在报考长治的同时，她也报了晋城。想不到在晋城笔试、面试一路过关斩将如此顺利。

父女俩在电话上高兴地聊了足足半个小时，直到女儿手机耗完了电。

下山时，妻子也打来电话，重复了庞副县长和女儿的电话内容。

老聂冷冷地说：如今机制制度更加完善了，公正选拔干部、逢进必考，不容置疑！你听社会上的传闻和王半仙的胡扯，真是妇人之见……

双喜临门，妻子听了老聂的责备一点也不在意，只是关切地劝他注意身体。

王半仙远远看见聂书记满面春风地从山上走了下来，拿起一瓶矿泉水说：聂书记，喝口水吧！

聂立功露出齐白的牙齿笑着说：谢谢！

电话铃又响了，是张书记打来的。说：组织部通知，明日来我乡考察干部，请你明天上午9点前赶回乡政府。

王半仙在一旁听了，疑惑地问：聂书记是不是高升了？

聂立功平静地说：算不上什么高升，是进步了！

聂立功没有趁此机会问王半仙：你不是掐算得我就是个副科级了？我女儿五年内找不上工作吗？

王半仙喝了一口水歉疚地说：聂书记，别人叫我王半仙，其实不是什么半仙，还是叫我王百贤吧！以前，我说过的话纯当是开玩笑。你能得到上级提拔，除了工作努力，能扑下身子为我们办实事，主要是国运好啊！

聂立功听了，觉得王百贤的话有道理，心里说：是啊，国运关系个人命运，国运一天比一天好，自己还有什么理由不好好为群众多做点实事呢！

清风阵阵，芳香扑面。聂立功陶醉在本命年的春天。

大米啊，大米

一

　　圪瘩叔扛着铁锨走下山时，太阳暖暖地照在身上。他是最后一个从北山地里往回走的，北山腰里揣着一大垛梯田呢。

　　圪瘩叔这会儿心情很好，爽朗得像今个的天气一样，没有一丝阴霾。整整一晌，没见队长马抗娃的影子。妇女主任水仙说，队长和民兵连长马锁柱到公社开一个重要的会议。意思是上午的劳动由她负责。大伙见队长不在，就七嘴八舌地议论起昨晚民间艺人王瞎子唱的书段来：

　　　　说起那王保国呀，不是个好东西！
　　　　当了个小队长，觉得了不起。
　　　　东家出来西家逛，逛地吃东西。
　　　　……

　　艺人王瞎子弹着三弦唱了一个生产小队长王保国倚权逛吃的故事。大家觉得有趣，就对号入座，不约而同地想到了队长马抗娃。瞅了瞅队长媳妇也没来上工，几个青皮后生把书段中的王保国改成了马抗娃，仿着王瞎子的腔调唱了起来：

　　　　说起那马抗娃呀，不是个好东西！
　　　　……

水仙听了和大伙一起发笑，并对唱者把王瞎子模仿得惟妙惟肖报以掌声。劳动的气氛立刻活跃起来。要是抗娃媳妇在场，又要骂她狐狸精。水仙和大伙站成一排从前塄退着往后翻，额上沁出微微的汗珠。她不时地用手指往耳根拨着散开的一缕头发，露出白白的脸颊。水仙很会处事。前晌深翻土地，男劳力每人两米宽，女劳力一米半；她给圪瘩叔分了一米半，理由是今个上工的数圪瘩叔年龄大，圪瘩叔感到心里热乎乎的。

土地还没上冻，软绵绵的，把铁锨磨得锃亮。水仙甜美的笑声感染了大伙，也感染了圪瘩叔。他和年轻人一样浑身上下来了精神，嚓嚓地往后翻着，一点也不觉得累。

水仙就像这绵厚的土地一样，讨人喜欢。可长时间不犁不翻就要荒芜，就没了活力。她丈夫在九十华里远的一家煤矿当工人，长年不在家。村里肯定有不安分的男人打她的主意呢。圪瘩叔不敢再往下想，毕竟水仙和自己女儿年龄不差上下，否则，就是老不正经了。

同样大的一块地，也是这么多劳力，队长抗娃不在倒早早翻完了。要是平日，非磨到午饭时不可。水仙也不给大家加任务，揩了额上的汗，把锨往土里一插：下工回家！这女人真行，说说笑笑就让大伙轻松地干完了活，还能早早回家。女劳力们自然喜欢，她们早就惦记着回家给娃们做啥午饭哩；男劳力正想凑中午暖和，回去干点垫垫猪圈之类的私活。

圪瘩叔在后边磨蹭了一会儿，他想去麦囤爹娘的坟上看看。

麦囤是圪瘩叔年轻时的好伙伴。当年，他和麦囤一起被日本人抓了差，游击队袭击日伪抢粮队时，他俩走散了。圪瘩叔从此再也没有见到麦囤。有人说麦囤被日本人杀了；也有人说麦囤还活着，只是远走他乡；还有人说麦囤曾上坟给他爹娘烧过纸。

圪瘩叔在一道山梁的草丛里找见了两个几乎塌平的坟堆。左边是麦囤爹的，右边是麦囤娘的。他仔细勘查了一番，丝毫没有烧过纸的痕迹。地鼠把左边坟头钻了个洞，圪瘩叔培上土把洞堵实了。圪瘩叔长长叹了一口气。他想，不管麦囤是否活着，以后清明时，都要顺便给他爹娘烧张纸。即使麦囤真死了，他也会在九泉之下感激不尽的。

正午的太阳把圪瘩叔的影子蜷缩成一团,他和影子一起下工。风从背后刮来,一阵一阵的,不很大也不刺骨,只是脖颈有些冷。快到小雪节啦,天还是这么暖和。队里就在农闲的空当里让大伙深翻土地。有人嚷着说,他娘的,要求翻二尺深,把生土翻上来,熟土翻下去,明年的庄稼咋长啊!队长抗娃却说,明年拿出一多半地来种高粱,高粱亩产一千斤不成问题。那人又道:高粱面涩巴巴的不好吃,喂牲口还差不多。抗娃就火了:你他娘的是欠斗,以为你三代贫农呀,以为你历史清白呀!这是学大寨,不是种自留地!大米白面好吃,给你一块地你有能耐种出来吗?那人哑了。大伙都沉默不语,生怕被队长抓了把柄上纲上线,弄不好还要挨斗。圪瘩叔更是心生畏惧,因为他怀疑队长抗娃说的以为你历史清白呀,是在敲打自己。不过,那人说得有理,连三岁小娃都懂得大米白面比高粱好吃。

二

太阳把圪瘩叔的影子缩成一个点时,他走到了村口的石板坡上。圪瘩叔被挤满北街胡同里的队伍惊呆了。解放军战士头上编的枯草伪装还未卸下,枪支在太阳下闪闪发光。队长马抗娃急急忙忙顺胡同边跑边喊:圪瘩,老东西,解放军来了,快回来!你还毬磨蹭什么!

听到抗娃的咋呼声,圪瘩叔吓得两腿发软,眼前一黑,差点从坡上栽下去。清早上地的时候,门前软枣树上的乌鸦哇哇地叫,他就觉得这是不祥之兆,还对着乌鸦狠狠呸了一口骂道:叫你个黑毬,不怕软枣撑死你!

一晌的劳作,一晌的小心,生怕惹出什么事端来。抗娃不在,大家无拘无束地又说又笑,他只敢跟着抿嘴笑,几乎连一句话都没说过。青年们对抗娃发泄愤愤不平的时候,他吓得转了身,扭过脸去翻地,生怕惹上麻烦。谁知道,躲了一晌,还是躲不过。这大军压境的,肯定又是什么倒霉事摊到自己头上了。

圪瘩叔愣怔中只觉腋下一只有力的大手托住了他:圪瘩叔,不要怕,解放军拉练来了,要住你的房子。民兵连长马锁柱扶着圪瘩叔下坡走进了胡同。

北街胡同尽头是队长马抗娃的房背后，墙上贴了崭新的标语，上面写着"阶级斗争一抓就灵！"看见这幅标语，圪瘩叔心里就发怵。他们马家村新中国成立前只有一户小地主，土改前中风死了。村里的阶级斗争没了对象，马抗娃就拿他这个曾赶着驴车随日伪到北边山里抢粮的历史反革命嫌疑来批斗。

圪瘩叔回到院里时，外面响起了《三大纪律八项注意》雄壮有力的歌声。几名解放军战士在抗娃和锁柱的带领下，抬着炊具踏着节拍走进了圪瘩叔的院里。

圪瘩叔的院子原是一座四合院。南面四间房被日本人烧成了四堵狗牙一样的土墙。墙内空地上种了几畦青菜，几根干枯了的茄秧仗着四堵破墙与寒冬抗争着，这里埋锅造饭再也好不过了。最方便的是西房与南房交角处有一眼水井，井水清纯甘洌，大旱年份水位不降。圪瘩叔把堂屋腾开，一家住进了西屋。东边是个棚厦，正好给炊事班放东西。

部队炊事班就驻扎在这里了。

三

炊事班的到来，给圪瘩叔一家人脸上添了不少光彩。因为，驻村部队只有一个连，村里有的是房子。好多户人家没有亲人解放军住，他们提出了抗议，有的甚至言辞过激：我家三代贫农，难道连个帮过日伪抢粮的人也不如？弄得队长抗娃只好说，下次到你家，下次到你家住！

的确，解放军住谁家都是一种荣耀。连部驻在队长家，队长的媳妇上地时走路的姿势都变了，把两个大奶胸脯挺得老高。平日在路上把铁锨在手中提着，现在上肩了，嘴里还哼着《红色娘子军》的歌曲：向前进，向前进……民兵连长锁柱把脸刮得铁青，把一件旧军衣洗得干干净净，腰里还扎了皮带，两眼透出兴奋的光芒。锁柱用民兵训练时的口气给年轻人讲解着部队的武器情况。因为机炮排的一个班就住在他家，青年们未见过火箭筒之类的重武器。圪瘩叔的老婆李氏更是掩饰不住内心的喜悦，脸上显出少有的神气。上地时，还把压在箱底多年的一件新蓝布衫穿在身上，惹得其他村妇心里老不舒服。更令人心气不平的是，部队在村里住了两天整，吃了五顿饭，每次剩下的饭菜统统被老圪瘩一家独吞了。白花花的大米饭，香喷喷的猪肉烩菜，马家村村民自古以来未曾享用过。

炊事班给战士们打完饭后，锅底总要剩一勺一半碗的，包括黄黄的锅巴，都送给了圪瘩叔。圪瘩婶很谨慎，队伍上给的饭菜是不敢白天吃的。抗娃一下工回来就往圪瘩叔家跑，说是看看还有柴火烧嘛，可眼睛老盯着炊事班的锅台。望着长长的队伍唱罢歌打饭时，只好闻着香气咽着口水说：老马，看看还有啥事，你帮把手，不要让解放军同志有意见，我回家吃饭了！说罢失落落地走了。

就在部队来的这天夜里，家家都关门睡觉了。圪瘩婶才捅开火，把炊事班送的两碗饭菜倒进锅里，再添上两碗水小煮片刻，端下晾着。她小声地叫着熟睡的儿子麦仓。麦仓醒不来，圪瘩婶对住麦仓的耳朵说有好吃的，麦仓像蚂蚱一样从被窝里蹦了起来。

吃大米吧！麦仓白天看见解放军叔叔送来两碗大米饭，心里惦记着呢！

真香！大米饭真好吃，肉菜真好吃。麦仓呼噜噜吃了两碗，还要吃，圪瘩婶把自己的半碗倒进了儿子碗里。

圪瘩叔吃了一碗说，再有了给闺女送点吧！

麦仓边吃边说，不行，都是我的！

圪瘩叔轻轻拍了麦仓的后脑勺说，别独槽，让你姐姐也尝尝稀罕！

三更鸡叫了，外面传来战士换岗的口令声。黄河，延安！这时，圪瘩叔一家三口才细品着大米烩饭的美味幸福地入睡了。

圪瘩婶一共生过四个娃。在新中国成立前的苦难岁月里，先后夭折了两个，现在有一男一女。女儿出嫁在十里外的王家庄，名叫米香。米香比抗娃小两岁，十八岁那年，抗娃就托人上门提亲。抗娃在学校时爱打架滋事，调戏女学生。有一次，抗娃扒茅墙看女生解手，差点被学校开除。这事给米香留下了很坏的印象。说起抗娃来长得并不差，高高的个头，粉红脸皮，除了两腮长着长年不落的粉刺疙瘩，一双大眼水汪汪的。尤其是笑起来，一口齐白的牙齿挺讨女人喜欢。也许太知底细的原因，米香和父母都不同意这门亲事。从此，抗娃对圪瘩叔一家心里老是梗梗的。

四

　　一阵嘹亮的军号声把抗娃吵醒了。他正在做梦哩。梦见自己当了解放军，排着队拿着搪瓷碗准备打饭。白花花的大米，香喷喷的肉菜，多诱人啊。可当他走到锅前时，炊事员就是不给他打。他饿急了就去夺勺，可怎么也夺不出来，他愤怒地瞪着炊事员，仔细一看，原来是老圪瘩。奶奶的，这老东西甚时也当了兵，穿上了军服？抗娃大声揭发道：老圪瘩是混进队伍里的历史反革命……这时，军号响了，惊醒了抗娃。

　　大米是什么滋味，抗娃根本不知道。他上高小的时候，正是"大跃进"的年份。老师在堂上讲，到了共产主义天天吃大米白面。白面，北方人都见过；可大米，山西不产，连老师也未必见过，更别说吃过。

　　抗娃说，老师，大米就是比小米的颗颗大吗？

　　老师说，废话，没小米的颗颗大，还叫什么大米。

　　那不成了玉米了吗？坐在抗娃身后的一个学生好奇地问。

　　老师说，都说得不对，我在书上看到描写大米的样子是白花花的。你们想，白面好吃，因为它是白的；大米也是白的，你们说大米能不好吃吗？说得大家直流口水，可究竟大米是什么味道，只能凭各自的想象了。

　　于是抗娃咽了口水问，老师，书上没写大米饭是什么味道吗？

　　老师笑了说，书上没写那么详细，肯定比小米好吃。你们一定要好好学习，建设社会主义，实现共产主义……

　　抗娃身后的那位男生又问，老师，到了共产主义就能天天吃上大米白面吗？

　　老师认真地说，是的，同学们，到了共产主义，物质极大丰富，不但大米白面能天天吃，而且由于科学技术的进步，树上都可以长出饺子来……

　　话未落音，教室里一片哗然。饺子大家都吃过，太好吃了，只有在过年时才能吃上。如果将来真的树上能结出饺子来那多解馋啊！不少同学流出了口水，有的被刺激了食欲，肚子饿得咕咕响。

　　抗娃扭过头和身后的男生说，你要练好爬树的功夫，不然，只能吃些落地的烂饺子。

老师见同学们讨论得热烈，就敲了桌子说，大家不要讨论了，大米白面将来肯定能吃上，树上结饺子也一定会实现。但有一条，你们必须好好学习，学会建设社会主义的本领。大家说是不是？

同学们齐声说：是！

抗娃背后的那位男生拽了抗娃一把，抗娃扭过身正要发火，老师问：你俩咋回事？

后边的那位男生站起来说：老师，饺子结在树上会不会长成肉包？

老师不高兴地说：你就一门心思地知道吃！大家哄地笑了起来。

在抗娃的记忆里，饱饱吃顿小米捞饭是少有的事，不要说大米白面做的饭。多次在梦里梦见吃好饭，都被无情的饥饿搅醒。这次梦见了香气诱人的大米饭，又被刺耳的军号声给搅散了。如果梦在继续，他一定会从冒充解放军炊事员的老圪瘩手里夺出铁勺盛上大米饭的。

抗娃穿好衣裤，正在洗脸，就听得锁柱在外叫道：抗娃哥，部队要开拔了。

咋呼啥！连部在老子院里住着，我能不知道？

抗娃开门出去，就见连部在搬东西。连长向抗娃敬了个礼说，队长同志，谢谢你和广大贫下中农的支持，我们今天就出发了。话毕，指导员拿了一个比书本大一些的铁质毛主席像送给了抗娃。像的边上镀着金色，中间稍凹，是蓝色的底；伟大领袖毛主席身穿军装神采奕奕，微笑着挥手致意；后面有镜子一样的支架，能往桌上摆放。在金黄色的边上有两行红漆字：发扬革命传统，争取更大光荣。落款是×××部队三营二连。

抗娃接过主席像心里比吃了蜜还甜，激动地说：连长同志，指导员同志，我一定听毛主席的话，带领广大贫下中农把工作干好！欢迎你们下次再来。

这时，队伍已集合好。连长、指导员与抗娃、锁柱握手告别。一百多号人的队伍，在村民们的拥送下离开了马家村。村民们依依不舍，有的甚至流下了眼泪。

是啊，在这短短的两天里，亲人解放军一边休息一边为群众做好事。担水呀，理发呀，修缝纫机呀。临别，凡住房子的至少都送一张纪念画，贴在墙上多光彩呀！想到这里，抗娃问，锁柱，解放军给你送的啥纪念品？锁柱说一只搪瓷茶缸。抗娃心里一阵不悦。心里想锁柱你他妈的只配一张纸画。可转眼又想，毛主席像比一只茶缸珍贵得多，是政治纪念品；锁柱他妈的是生活纪念品。想到这里，抗娃心里才好受了些，可肚子咕咕叫了起来，比在梦里的饥饿还难受。

锁柱说，回吃饭吧，我肚饥了。

先别回，回去还不是两碗稀糊糊，走，到老圪瘩家看看！

抗娃似乎还没有从黎明的梦中醒来。

五

圪瘩叔天不亮就被院里的走动声惊醒了。他知道，部队今个要走了，炊事班的战士们要早早起来做饭。只听得外面铁桶咣当响了一下，炊事员小王哎呀一声，院子里就乱了起来。

不好，一定是在井边滑倒了。圪瘩叔急忙点灯穿衣。

井边被一层二尺多宽的冰围住了。在手电光的照射下，井口往下一米内可以看到参差不齐的冰柱，比雪消时屋檐下吊的冰柱大多了。小王正在揉膝盖。

圪瘩叔问，摔重了吧！

没事，没事。小王嘴里喷着热气说。

炊事班长把桶拎起，再次提着井绳试探着去打水。不可，不可！圪瘩叔说。

他家这眼井没有辘轳，全靠人力往上拔。昨天战士们打水时桶里往外溢得多，井边就结了冰层。人滑得站不住，哪能用力拔水啊！圪瘩叔立马找来了两条麻袋，往井边一铺，踩在上面把桶吊下井里，只见他将绳子一摆，扑通一声，接着两手倒替着把满满一桶水拔了上来。战士们接过水，飞快地送到锅里……

谢谢大叔，谢谢啊！炊事班长操着湖南腔的普通话说。圪瘩叔抹了抹额头上的汗，忙说应该的应该的。

在手摇鼓风机的吹动下，灶中的火苗旺得窜出了外边，把南房圪廊映得一片光亮，直径足足有二尺三长的大锅很快沸腾了。小王跛着右腿把淘好的一盆大米缓缓下进了锅里。那边，炊事班长在马灯下和一名战士切菜……一切井然有序。不到三十分钟，满院就弥漫着大米的香甜和猪肉烧白菜的香味。圪瘩叔知趣地躲回了西屋。直到队伍吃罢饭，圪瘩叔才出来帮炊事班拾掇东西。炊事班长给小王使了个脸色，小王就把剩下的多半盆大米饭送进了西屋。圪瘩叔看见这些，心里的感激难以言表。他想谢绝，但又觉得多余和不实在。

解放军太好了！圪瘩叔抑制不住地流出了泪水。

拿什么回报班长和小王他们呢？家里实在没有什么稀罕之物。圪瘩叔正在犯愁，西屋就传出老伴与小王的相让声。顷刻，小王端着满满一盆深红色的软枣出来了。炊事班长笑着说，这东西在南方是稀罕物，闲下时分给大伙尝尝。圪瘩叔有意识地仰望了院里的软枣树，上面稀稀拉拉还剩些被乌鸦啄过的软枣。也许，炊事班长和小王注意过树上的东西。入冬以来，只顾忙着深翻土地，没有工夫摘打软枣；是儿子麦仓放学后爬上树摘了些。圪瘩叔家的软枣肉厚籽小，比柿饼还甜，给亲人解放军尝尝也算表表心意吧！

炊事班送给圪瘩叔家一张画，上面是雷锋同志手握钢枪，背景上方有毛主席他老人家"向雷锋同志学习"的题词。

圪瘩叔与老伴正商量这张画往堂屋贴还是往西屋贴时，院里就响起了锁柱的叫喊声：圪瘩叔，队长来看你来啦！

圪瘩叔心里一愣，慌忙掀起门帘说：快进屋！快进屋！

队长抗娃并没有急着进屋，而是走到余火未尽的灶台边瞅了瞅。两个火灶像两张又黑又阔的大嘴，嘴底含着灰烬和烧黑的残树枝。一个还冒着烟，一个已被完全泼灭。

它们曾在鼓风机的吹动下燃起红红的火舌去舔那两口盛着大米和荤菜的大铝锅。它们吃的是柴火，吃不到那诱人的饭菜，因为隔着锅皮。间或也能尝一些从锅里溢出的米汤或油水，咪啦，香极啦！它们比自己幸运些，自己只能当柴火烧，而溢出的汤水都让圪瘩这老东西独享了。抗娃心里愤愤地想。

早饭的香味还未散尽，抗娃和锁柱咽下了口水，才背着手走进了西屋。圪瘩叔绽开皱纹笑着说：队长请坐，锁柱你也坐！

抗娃看到圪瘩婶两手抖着在卷一幅新画，走到跟前把画展开，哟，向雷锋同志学习嘛！高尚，高尚！说着在炉台和碗柜边瞅来瞅去，并伸手掀了纱布帘，深深吸了一口气，好香啊！给解放军又是拾柴，又是打水，就没留点好吃的？

锁柱在一旁笑着说，部队的饭菜肯定不会吃得一干二净。要么，留了些藏起了，舍不得吃；要么，倒猪圈了。

圪瘩婶面色紧张地说：今早剩的不多，小王急得倒进了猪槽，真可惜！

抗娃说，你家猪过年啦！说罢不高兴地和锁柱一起出了屋。圪瘩叔说，队长，这……

抗娃出了门有意朝猪圈探头望了望，猪槽被拱了个底朝天，一头百十来斤的黑猪瘪着肚子夯着鬃毛正在拱地。听到有人来，抬头耸了耸黑圆的拱子哼了一声算是打招呼。它知道抗娃不是主人，无须吱吱叫着要食，接着继续把拱子戳到土里寻食。

抗娃说，这家伙吃了有油水的东西，料大得有劲没处使。

六

黄昏时分，麦仓在去王家庄的路上被抗娃和锁柱截住了。麦仓头上戴了一顶旧军帽，腰里扎着皮带，一副很威武的样子。他左臂扛了个荆条篮，篮上面盖了块羊肚手巾。

抗娃笑着问：麦仓，这不过年过节的掂着篮篮跑哪门子亲戚？

麦仓说：我姐生病了，我娘让我去看看。

锁柱说：篮里掂的是馍还是豆包？

你管掂的啥又不是去看你。麦仓一脸不高兴。

抗娃说：麦仓不要怕，我俩又不吃你的东西。你知道，这几年上级要求过一个革命化的春节，跑亲戚都列为牛鬼蛇神了，你姐病了我不拦你。只要让我们看看拿的啥东西就放你走。

麦仓说：篮里放了两碗大米，是解放军叔叔临走时剩下的；我娘还送了他们一盆软枣呢。

礼尚往来嘛，天不早了，要不我俩送送你？

用不着了，队长。麦仓说罢雄赳赳地朝王家庄方向奔去了。

解放军的到来，在学校反响很大。戴单军帽的，往里面支圈硬纸，让前面高高隆起；戴棉帽的则设法做一个红五星让母亲缝上；有的腰里还扎着一条军用皮带。这些同学走路都学着解放军的样子，浑身透着威武之气。麦仓没有军帽也没有皮带。民兵连长的儿子敦敦又有军帽又有皮带，在班里神气兮兮的。敦敦说，麦仓，给我吃点软枣我让你戴军帽。麦仓说，敦敦，你大是民兵连长，家里肯定不缺军帽，我给你吃点软枣，再给你尝点连你大也没吃过的东西，你敢送我一顶军帽？敦敦拍着胸脯说不成问题！就在大人上工的空当里，麦仓把敦敦领到家里，给敦敦吃了半碗大米饭。敦敦还想吃，麦仓说，行了，还要给我姐送哩。麦仓又给敦敦满满装了两兜软枣，这才换回了一顶旧军帽，腰带只能扎五天。

后晌放学回来，锁柱媳妇发现敦敦的腰带不见了。敦敦说，我大还是民兵连长哩，连炊事班都不能让住到咱家；看人家麦仓，大米饭吃不完，还要给他姐送哩……

女人心窄，一听圪瘩家沾了大光，马上寻着锁柱数落了一通。锁柱说，队长还沾不上哩，哪能轮到咱家，说罢迅速把情况报告了队长。

七

队长和民兵连长二位大人又上门了。幸亏圪瘩叔没让老伴把大米饭全送给闺女，盆里还留了一些。抗娃说，老马呀，解放军给留了点大米饭这没啥见不得人的，说明军民情谊深嘛！说明你支持了炊事班的工作。锁柱接着说，麦仓是个好娃，独吞不下好吃的，还给我敦敦尝了尝稀罕。这不，刚才他去王家庄还扎着敦敦的武装皮带呢。

锁柱的话使圪瘩叔老两口才明白了米饭盆里为啥有了个坑。原来是麦仓和敦敦他们吃的。麦仓去王家庄的事锁柱已经点破，看来解放军给大米的事再也瞒不下去啦！

圪瘩叔拿起烟袋，摸索着装了烟丝，凑到灯上狠狠吸了一口，烟丝吱吱地就燃红了。油灯把他的头影放大在对面墙上，羊肚手巾的角像兔子的耳朵。抗娃用手指了指墙上的影子，在空中摸了一把，与锁柱开玩笑。意思是一把就抓住了这个兔子。

"兔子"消失了，圪瘩叔鼻孔长长喷出两股烟后，对老伴说，拿两个干净的碗来。

老伴说，饭还没成哩。大家知道圪瘩婶在装傻。

让你拿，你就拿，把剩下的大米饭给他们一人一碗。

你说啥？我咋听不懂，有大米饭你自个去弄，我不知道！圪瘩婶啪地摔了一下门帘出去了。

屋里静得只能听见炉上罗锅里的水呼啦啦地滚沸。僵持了一袋烟的工夫，抗娃突然站起来气呼呼地说，锁柱，咱是来讨吃来了？吃不上东西赚一肚气，还不如你家敦敦……说着就要走，被圪瘩叔一把拽住了：

队长，不要跟老婆们一般见识，我是这家的主人。要不是你安排炊事班到我家住，这几天我能有这么风光吗？你无论如何要收下我的心意。圪瘩叔乞求着说。

这不就对了！队长赏脸，就得把面子拾起来。一碗大米饭吃不吃不要紧，重要的是情理。你知道这次给你家安排驻军，群众对我们有多大意见吗？锁柱说着也站了起来，一副治气要走的样子。

那是，那是。队长和你对我的好我心里再也明白不过了。圪瘩叔见二位执意要走又说，一会儿麦仓回来，我让他把大米饭给你俩送去。真对不住了……

我们没那么下作，大米饭留着让你家过年吧！

队长抗娃把门帘一摔，和锁柱一起走了出去。门帘板在门框上"啪"的一声，震得圪瘩叔心往上提了一下。他知道事情让不开窍的老伴弄糟了。人有大小，嘴可没大小。这年头，在吃的上，队干部会跟社员一般见识的。

八

麦仓到队长家送大米饭时，抗娃一人围着炉台吸闷烟。

王家庄这夜放电影，抗娃媳妇领着女儿去看了。麦仓本想看了电影再回，可想起香喷喷的大米饭，他不到一小时就窜了回来。

抗娃把大米饭倒进了一个大茶缸里，说，给锁柱了吗？不够的话，就把我这份给他送去。

麦仓听后就笑了。因为，刚才他给锁柱送大米饭时，锁柱也这样说：不够的话，把我这份给队长送去。可都不敢说麦仓你拿回去自己吃吧！

抗娃说，麦仓你笑啥？

麦仓说，这是特意给你留的，锁柱的我已送了。

麦仓老弟，你说这就不对了，都送一碗，还有什么特意不特意的。

麦仓不知话里有话。队长能与民兵连长一样吗？锁柱一碗，他是队长，至少得两碗。

抗娃从炕席下翻出迎泽牌、勤俭牌，还有一个大前门牌的香烟盒给麦仓，让麦仓叠三角打。麦仓高兴地说，还有大前门呀？抗娃说，以后有了好烟盒都给你留着。

麦仓走后，抗娃端起茶缸在鼻子上狠狠闻了一下，心里想，有两碗来多好啊，留下一碗给老婆孩子尝尝……他吸了一会儿烟，就着昏黄的油灯翻了一会儿报纸，然后麻利地把一缸饭装进一个军用挎包里，又塞进几张报纸，挎在身上，吹灯锁门，消失在黑暗里。

九

一阵震人肺腑的锣声把马家村的社员往村小学的一个大教室里集中。大教室是麦仓和敦敦他们四年级的。为了给队里腾出一晌时间，学校把课调成了劳动课。老师领着学生去山上拾羊粪蛋了。

人们三三两两地来到了学校，见队干部还未到场，就有人又仿着王瞎子唱道：

> 说起那王保国呀，不是个好东西，
> 当了个小队长，觉得了不起。
> 东家出来西家逛，逛地吃大米，

利用权力搞腐化，乱胡睡妇女。

屹瘩叔听了吓得连连劝道：年轻人呀，不敢乱唱，说点别的吧！

那年轻人笑着说：我唱的是书段里的王保国，又不是咱村的，你怕啥？哎，屹瘩叔，以后有了啥好吃的，也给咱留点，不能光巴结队干部……

是呀，屹瘩叔，你家还有大米吗？

年轻人们七嘴八舌地嚷了起来。屹瘩叔惶恐地躲到了教室的一角。

昨夜轮到屹瘩叔喂牲口，他没去王家庄看电影。麦仓给抗娃锁柱送饭后，狼吞虎咽地吃了一碗大米饭。说王家庄今夜放两部电影，这会儿去还能赶上看第二部，就陪母亲去了王家庄。

牛马圈在水仙家的西北角。屹瘩叔第一次添完料草回来时，望见水仙家亮着灯，心里感慨道：水仙真是好媳妇，让公婆去看电影，自己留在家看门！

屹瘩叔这会儿心里好受了些。因为队长收下了麦仓送去的大米饭。人嘛，都是为了一张嘴。何况平日在饭头上抗娃就爱端上碗串门，碰见谁家做了好饭，总要吃点才走。给抗娃吃点是应该的。如果不是他安排炊事班到自己家里住，大米饭甭说吃，恐怕连闻都闻不上。给干部送吃的何尝不是一件好事，有些人想巴结都巴结不上哩。想到这里，屹瘩叔心里畅快多了。

屹瘩叔看了看盆里还剩些大米饭，就立马决定，一会儿喂牲口时，顺便也给水仙送一碗。水仙大小也是个干部，虽说是个妇女主任，可说话办事让人佩服。特别是对他这个历史上有嫌疑的人，从不歧视，还经常护着。给水仙送点，是自己的心意，屹瘩叔有点激动了。

屹瘩叔蹑手蹑脚地来到了水仙门前，他觉得自己像个贼。尽管村里很多人去了王家庄看电影，但他还是不想让人知道自己给水仙送过大米饭。

水仙门顶窗格里伸出的铁皮烟筒冒着浓浓的烟雾，她家冬天能生上铁炉，还能使上铁皮烟筒，都是她丈夫从矿上弄回来的。铁炉暖和，可不注意就会中煤毒。屹瘩叔听到水仙一声尖利的呻吟，就赶紧敲门，屋里的油灯即刻熄灭了。

圪瘩叔轻声地叫道：水仙你咋啦？是不是中煤烟了。

屋里窸窸窣窣地响了一下，传出水仙的声音：没有，牙疼，圪瘩叔有啥事？

我给你送了点大米饭……

放到窗台上吧……

圪瘩叔喂完牲口，寻思着再路过水仙门前时，看看水仙把饭拿回去了没有，小心别给猫糟蹋了，怪可惜的。他快走到水仙房前时，看见一条熟悉的身影从水仙屋里溜了出来。圪瘩叔惊得出了一身冷汗：这不是队长抗娃吗？

村里早有传闻抗娃与水仙关系暧昧，圪瘩叔本着上辈不管下辈事的古训，从不去琢磨它，尽量回避，可这事偏偏就给碰上了。该死的，才五十出头，咋就这么糊涂呢？那是中了煤烟的呻吟声吗？明明是女人的欢愉声，自己还傻乎乎地去敲门。说自己不懂谁信？耳不聋眼不花，又是过来的人。

早饭时，水仙打发儿子红红把送大米的碗送了回来，圪瘩婶脸上立刻泛出了浓浓的醋意。

麦仓不能送吗？人家公婆和儿子都去看电影啦！你一个大男人家家的……

我是怕你不同意……圪瘩叔低声下气地给老伴解释。

可他越说越麻烦，圪瘩婶不把他当作水仙的长辈看，把他当作男人看了。是呀，在一个村里几乎无人的夜晚，一个还不到六十的男人，端着一碗连自己都舍不得吃的大米饭，偷偷去给一个貌美的少妇送，他仅仅怀着一颗感激之心吗？

本以为夜里的事只要烂在肚里就会慢慢过去的。可谁知，连他去送大米饭的事都让青皮后生们咧咧得清清楚楚。

狗娘养的，你们不去看电影，倒圪瞅这闲事。

抗娃水仙能不认为是自己把事捅出去的吗？

圪瘩叔陷入了里外不是人的尴尬境地，他真想找一个洞，像老鼠一样钻进去。

十

抗娃让锁柱登记了到会人员后，就直奔主题说，现在已上冻了，深翻土地暂告一段落。按照公社革委指示，抽出农闲时间搞搞政治学习，抓抓阶级斗争，为下一段农田基本建设做好思想准备。下一段农田基本建设干啥？垫滩！如何完成这一艰巨任务？抗娃说到这里停顿了一下，瞪着充满血丝的眼睛扫了众人一眼，然后狠狠盯了圪瘩叔一下，又把目光落在了几个唱书段的年轻人身上，接着说，要时刻绷紧阶级斗争这根弦，要密切注意咱们队阶级斗争新动向。这段时间，一些年轻人不求上进，受阶级敌人的蛊惑，胡编乱唱，放着那么多的革命歌曲不唱，一个王瞎子的歪词倒念念不忘，什么意思？受谁的指使？

水仙没想到抗娃敢把这等烂事拾起来热处理。她心里为他捏了把汗，生怕哪个愣小子把他俩的事抖出来，可败大兴啦。谁知抗娃这一招还灵，会场一时间静得鸦雀无声。几个青皮后生面面相觑，一个好像正要冲动发火，被身边的人按了下来。毕竟，没有人把他俩成双成对地按在热被窝里。捉奸捉双，拿贼拿赃嘛！况且他俩是为队里的工作才单独接触的。谁敢站出来在抗娃脸上扒皮，抗娃就敢找个理由治他。年轻人想当兵、招工，没门！马上就要分返销粮啦，谁吃得撑了惹事。

可昨夜明明看见后生们都去王家庄看电影了，难道又返回来专门盯抗娃？抗娃这几年当干部惹了不少人，动辄就扣工分，要不就少分粮食，当兵、招工的好事先让自己的亲戚去。昨夜，就在他俩情欲炽热的时候，老圪瘩撞到了门前，抗娃听到敲门声几乎崩溃了。

老圪瘩究竟是来给水仙送大米饭还是借故专门来给抗娃弄难堪，水仙跟抗娃的意见不一致。水仙认为老圪瘩送饭是真的，一个老实本分的人没有那么多邪念。可抗娃并不这想，抗娃说，阶级斗争是复杂的，貌似恭厚，内怀奸诈，往往是一些上年纪人的品质。

老圪瘩为啥趁你公婆不在的时候亲自给你送大米饭？我不是也来给你送饭吗？

抗娃的话像他腮帮上的粉刺疙瘩一样令水仙厌恶。

他不但认为老圪瘩是故意来坏他的好事，而且认为老东西有可能打水仙的主意，或者与水仙已有不一般的关系啦。抗娃把老圪瘩当作和自己一样的男人来看待，抗娃吃醋了。

抗娃的狭隘、刁钻使水仙感到非常失望。水仙心里决定，以后再也不能跟这种男人勾扯了。

队长抗娃讲完话后，水仙开始念报纸。第一篇文章的标题是《政治挂帅是大寨的一条根本经验》。水仙神情有点抑郁，但她还是极力克制自己的情绪，面带微笑。她抑扬顿挫地读着文章，人们静静地听着。读第二篇时，下面有些骚动，有人坚持不住了。队长抗娃在台上指着后面：叽叽什么？这是政治学习，有没有政治觉悟？有本事你上来念念，斗大的字不识一箩筐……

水仙的脸红了一下又继续往下读。

抗娃媳妇听得不耐烦了，拽了锁柱媳妇一把小声说：走，去茅房一趟。

在茅房里，锁柱媳妇问：队长家的，你说部队上的大米饭咋就那么好吃？

你说啥？大米饭，我没尝过！

不会吧，昨晚，老圪瘩让麦仓提着篮一家送了一碗呀！……

抗娃媳妇立刻从今天青皮后生的唱词和抗娃的一番训话中悟出了事情。出了茅房径直跑到村供销社买了一毛钱的糖果，返回了学校。这时，水仙的儿子红红刚刚下课。

红红，想吃糖不？

红红把食指伸进嘴里，半天才怯怯地说：想。

想吃糖的话，我问你句话，告诉我就把这六颗糖全给你。

红红点了点头。

夜里看电影回来，你妈妈给你吃什么好东西来吗？

大米饭，还有肉！红红把指头从嘴里拔出，流着口水说。

抗娃媳妇把糖果塞进红红手里气呼呼地往会场返。这时会散了，抗娃与锁柱、水仙留在教室商量垫滩的事。抗娃媳妇二话不说，进去揪住水仙的头发就打，抗娃使劲抱住了媳妇，锁柱把抗娃媳妇抓头发的手掰开，才给水仙解了围。抗娃媳妇扯开嗓门骂水仙是一碗大米饭就能给男人睡的贱货。抗娃怒不可遏地打了媳妇一耳光。

水仙噙着泪水气冲冲地说，圪瘩叔能给队长、民兵连长送大米饭，就不能给我这个妇女主任送吗？

一些未走远的社员闻声返回学校看热闹。抗娃媳妇哭喊着又与丈夫撕打起来。众人把队长两口子劝住后，抗娃让人唤来了圪瘩叔。圪瘩叔如实说了自己给水仙送大米饭的事，抗娃媳妇的泼劲才下了一些，但她还是不相信抗娃能把麦仓送的大米饭独自吞下。

十一

马家村人把队长与妇女主任的绯闻传得津津有味的时候，公社发出了"抓革命，促生产，学大寨，战河滩"的号召。在全社垫滩动员会上，"抓革命"是不可缺少的议程。这天，在公社书记、革委主任讲话后，在队干部代表、贫下中农代表表决发言后，一声令下，荷枪实弹的民兵把十多个地、富、反、坏、右分子押上会台进行了简短的批斗。被斗者每人由两个民兵抓了臂膀押着，胸前挂个大牌子，上面按类写着地主分子某某某、右派分子某某某……不知是牌子太重，还是背着半自动步枪的两个民兵按得太狠，阶级敌人个个低头弯腰，面如土色，像要押赴刑场执行枪决的犯人。

圪瘩叔作为陪斗人员站在后面低着头，和他一样的有五个人。

这次上台陪斗，圪瘩叔一点思想准备都没有。

在来的路上，队长抗娃推着平车和蔼地说：上车吧老马，我拉你！

见抗娃对自己如此宽宏，圪瘩叔受宠若惊地说，不敢，不敢，队长还是你坐上我拉你！

谁年纪大谁坐！抗娃坚定地说。

抗娃又招呼了两个五十多岁的老汉与圪瘩叔一齐上了平车，把车头一掉，实实在在地当起了老黄牛。有人起哄说，队长肯定没少吃解放军的大米饭，料大的，有劲没处使，空车不好推，寻人坐上拉。

冤枉啊，料大不料大问问圪瘩叔。

圪瘩叔正坐在车上看景呢，看南山上的雪和崖上的冰柱。抗娃的话他漫不经心地应道：

是，是，队长说得对。

滩地上按生产队用白灰画了线。马家村就在正中间偏东一块。圪瘩叔踮起脚伸头看哪些村在哪一块时，锁柱挤到他身边小声说，圪瘩叔你出来一下。他被带到了会台旁的一个铁皮房里。

公社武装部长挎着一把大匣子，枪把上的红绸从套口上垂落下来，跟年画上的杨子荣一样威风。

部长用审坏蛋栾平的口气问，你就是马福吗？

是，我是马福，小名圪瘩。

经滩地指挥部决定，你作为陪斗人员接受教育。部长冷冷地说。

部长，我，我是冤枉的……

老实点，你的问题你能说清吗？把你作为陪斗人员就算便宜啦！要不弄个历史反革命的牌牌戴上？

不，不，不！部长，我听你的。

圪瘩叔额上沁出了汗。他心里清楚，这种事是无法抗拒的。虽说这几年他在村里已被批斗过几次了，已有了这种历练，可丢人还没在全公社丢过呀！以后儿子麦仓还念不念高中？还娶不娶媳妇？这个家让我毁惨了！圪瘩叔心里一阵酸痛。之后，他的大脑空白过一会儿。武装部长一声令下：把地富反坏右分子押上台来！他才回过神来。和他一样的五个人尾随五类分子被推搡着上了台。他把头低得只能看见脚上的一双破棉鞋。听得武装部长高呼道，抓革命，促生产，促工作，促战备……千万不要忘记阶级斗争！打倒地富反坏右分子……台下群众随之而应，如雷贯耳。他闻到一股熏人的骚气，原来是前面一位挂牌子的尿了裤子……他庆幸还没有被作为真正的阶级敌人站在前面出丑。可他觉得有一万双眼睛在盯他，有上千人在议论他。

他想，武装部长咋知道他这个人呢？娘的，马抗娃不上报，还缺他马圪瘩这个陪斗的吗？于是，这天下工后，圪瘩叔在回家的路上跟马抗娃争辩起来：你这是欺负人，我是清白的，有屌势也给我挂个牌牌上台斗斗。

你违反了政策，还有你那见不得人的事……我要告你！

老马呀，解放都二十年了，你还没找到证明你清白的人，上级能凭你的嘴瞎咧咧？怎么就不讲政策啦，没让你挂牌牌站在前面挨斗，政策对你够宽大的啦！想挂牌牌是不？这是不服教育的表现！是自愿加入阶级敌人的行列，死心塌地与人民为敌！凭这点足以给你扣顶坏分子的帽戴……

其实，圪瘩叔不过是对着村人发泄，给自己今天上台陪斗挽回个面子。殊不知他的一番话让抗娃吃了一惊。

在垫滩动员会前，抗娃参加了预备会。会上队干部们一致要求，加上批斗阶级敌人这一议程。一是震慑敌人，二是教育落后分子，以达到抓革命促垫滩的目的。可又有人提出，地富反坏右好办，不听话就斗他，可那些捣蛋圪料货咋办？最后，公社领导拍板，挑几个典型陪斗！此议对抗娃来说正中下怀。近段时间以来，他陷入了深深的痛苦之中。除了跟水仙的事弄得他声名狼藉外，最要命的是那夜他在水仙身上喷薄欲放的瞬间，老圪瘩的叫门声惊吓得他落下了房事不举的毛病。在后来的日子里，媳妇终于明白了抗娃不举的原因：一定是与狐狸精胡来时被人逮住吓出的……抗娃有口难辩，忍受着媳妇的责骂与奚落。

老圪瘩把他害惨了，他非报这一箭之仇不可。

抗娃知道动员会后，老圪瘩肯定不服。不服咋的，已陪斗了，已丢人了。让你尝尝丢人的滋味。你风光的时候，吃那香喷喷的大米饭的时候，就没想到老子？还他娘的端上大米饭去勾引水仙，把老子害得落下这断子绝孙的病痛……不给你戴牌牌跟"地富反坏右"们站在一排就算便宜啦！

可现在老东西嚷着要去公社告。告自己违反政策不怕，就怕把他与水仙的事捅出来，在领导那里给自己造成乱搞男女关系的坏印象，弄不好还要丢官免职。

抗娃来了个先发制人。第二天上工，他找到了武装部长，部长是滩地的副总指挥。听了抗娃的汇报，把驳壳枪卸下往桌上一放：马福不老实，我们就专他的政！

三日后的一个晚上，马家村生产队召开了批斗会。会场还在小学的那个大教室里。武装部长亲自坐镇，几个民兵还背了半自动步枪，枪上的刺刀在昏暗的马灯下闪出微弱的寒光。整个会场如临大敌。队长抗娃愤慨地批判了历史反革命嫌疑分子马福不服从教育、公开叫嚷以人民为敌的反动言论和不肯悔改的恶劣态度。

抗娃发言结束后，武装部长拍着桌子问：马福你知罪吗？

圪瘩叔不服气地说，我没罪，我是冤枉的！

看来你是顽抗到底啦！

部长的话还未落音，抗娃就振臂高呼：打倒历史反革命嫌疑分子马福！

台下没有响应，只是轻轻骚动了一下。因为过去几次批斗圪瘩叔都没有喊过这样的口号，只是控诉一下他曾随日伪去北边山里抢粮的"罪行"。圪瘩叔没剥削过人，也没血债，每次运动都能轻易过关。然而，这次就不同了，老圪瘩竟敢与公社领导顶嘴，他吃枷司（受刑罚）吃定了。台下的人为他暗暗捏了把汗。果不出众人所料，讲台上两盏马灯立刻不约而同地熄灭了。黑暗中圪瘩叔被民兵按倒在地，拳脚稀里哗啦地落在了他身上。

一个熟悉的声音被圪瘩叔牢牢记住了：日，日，日！

抗娃每踢一脚都喊一个日字。抗娃干什么连续出力活时，经常喊这样的号子，好像他天生只知道"日"。

锁柱急了，说，部长，点到为止，小心出人命！

水仙在一旁帮腔说，教育教育就行了，又没啥罪行。

部长说，点灯吧！

圪瘩叔在地上蜷缩成一团，一只破棉鞋也掉了，他抱着脑袋不停地颤抖。

马福，你听着，你再不老实，我们就像批斗"地富反坏右"一样专你的政！武装部长语气坚定地说。

我老实，我服从领导……圪瘩叔服软了。

散会！抗娃得意地喊了一声，就和其他队干部拥着武装部长吃夜饭去了。

十二

不到一个月，垫滩工程就基本完成了。正当人们思谋着闲下来干什么的时候，一个特大的喜讯再次轰动了马家村——又一支拉练部队要路过马家村并驻扎几日。因为马家村在国道旁，离公社机关仅十华里，离县城三十华里。

大雪纷纷地下着。抗娃和锁柱从公社领了任务。这次驻村的部队还是一个连，由于大雪封路，部队要在村里多住几天。马家村人像过年一样张罗着。村里显眼的地方都贴上了"欢迎亲人解放军""军民团结如一人，试看天下谁能敌""中国人民解放军万岁"等红标语。抗娃还特地吩咐水仙要写标语的小学教师把标语的感叹号至少写成两个，小学教师心领神会地都写成了"!!!"。

鉴于上次安排住户的教训，抗娃先号上了上回没有驻过部队的贫下中农的房子。接下来就是连部和炊事班了。抗娃说，锁柱，你是民兵连长，这次连部就安排在你家。锁柱一听高兴极了，立即回答说：是！可听到炊事班住在抗娃家时，锁柱顿时明白了抗娃的心思。抗娃不能把好处让给别人，这回部队剩下的大米饭他吃定了。

锁柱故意说：队长，我看炊事班还是驻老圪瘩那里吧，那院宽敞，用水也方便！

抗娃似笑非笑地说，这你就不懂，老圪瘩是公社定过的陪斗对象，也是咱们村的革命对象，住到他那里，政治影响不好。再住，他又会翘尾巴，其他没住上的贫下中农肯定会有意见。

有理，有理，还是队长考虑得周全。

十三

解放军驻村了。说是休息几天，可哪天也没闲着。不是唱歌，就是帮助村民们担水、扫雪……圪瘩叔铲完自己门前的雪失落落地在家生闷气。

外面颗粒状的雪下得很猛。他被部队的起床号叫醒后，再也睡不着了。外面的出操声乃至沙沙的落雪声一直搅动着他的心。他想，如果像上回那样，这会儿炊事班的灶火早已点着了；雪厚厚地把井台围着，炊事员又要让他帮忙打水啦……战士们大爷大叔地叫着，他心里甜甜的那个滋味呀，比三伏天吃了沙瓤西瓜都舒服；那香喷喷的大米饭呀至少送他三碗五碗的；那写着部队番号的纪念画呀，贴在墙上够光彩几年的。大米饭嘛，趁早让麦仓给抗娃、锁柱送上一碗两碗的，让他俩解解馋；还有的话，再给抗娃送一碗，让他去讨好水仙吧……本来甜美顺当的事不知怎么就鬼使神差地弄成了这个样子，自己挨了斗不说，自家这么宽敞的地方连一个解放军战士都住不上，多丢人啊！

他披上棉袄，点着煤油灯，吸了一会儿旱烟，把一肚子晦气同烟雾一次次长长地吐出，可心里还是堵得慌。外面有了战士们铲雪、扫雪的声音。有这么一会儿，他听到这声音越来越近，可渐渐又走远了。战士们把村里街巷的积雪几乎清了个遍，就是快到他家大门前这段路时突然转向了。

圪瘩叔起床后，第一件事就是出大门看了看清雪的事。他心里梗梗的，二话没说拿上木锨从院里开始铲起。雪好厚呀，木锨与雪摩擦发出的脆音和软和的手感渐渐冲淡了他心里的不快。他知道这都是抗娃的安排，解放军怎能给一个历史反革命嫌疑分子扫雪呢。

圪瘩叔望着窗外的雪发呆。

圪瘩婶舀了一碗热气腾腾的高粱面糊糊放在炉台上。吃饭吧！老伴怯生生地说。她把眼圈哭红了，这一切好像都是她的错。玻璃上的薄冰被屋里的热气融化了，流下一道道水痕。天已大亮，光线被雪柔和地反射着，外面看得更清楚了。南面房圪廊里的灶台被雪包裹得只剩下个膛口。

雪又下大了，外面又响起了清扫的声响。饭凉了！老伴催促道。炉后卧着的猫不知趣地伸了懒腰缓缓走到碗边，正要伸头去嗅，被圪瘩叔一巴掌打得滚在一旁。圪瘩叔两行老泪跟玻璃上消融的冰水一样流了下来。假如上回部队压根就没来他家住过，后面的事就不会发生。他这会儿就能像常人一样端着一碗高粱面稀饭串门，说说部队的装备呀，听听战士们为村民做了哪些好事呀，他会和大伙一起分享子弟兵到来的幸福。可现在，他成了陪斗人员，成了历史反革命嫌疑分子。他的心口被一块石头堵着，一点胃口都没有，肚里根本不知道饥饿。

外面清雪的声音更近了。铁锨与地面的撞击声来到了街门口，声声叩击着圪瘩叔的心扉。他正想起身出去看看，就见队长抗娃手里拿着木锨，领着几个拿铁锨、扫帚的战士进院了。他们开始清扫院里的雪。抗娃踩着一脚腕深的雪走进南房圪廊，一个战士也跟着进去铲雪。

圪瘩叔立马意识到：部队要到自家院里做饭了！

抗娃家不是做得好好的吗？怎么……圪瘩叔一脸困惑。

锁柱领着两个战士，抬着一口大锅进来了。抗娃放下锨在锁柱耳边嘀咕了一声，然后嘶跟着朝堂屋走来。他俩在门口使劲跺了跺脚上的雪，锁柱掀起门帘大声喊道：圪瘩叔在家吗？

哎，有啥事？圪瘩叔疑惑地站起来望着二位。

抗娃不自然地笑着说：恭喜你老人家啦！

我能有啥喜事？队伍需要住的话，我就把堂屋腾开，搬到西屋去。圪瘩叔有点卑恭地应道。

锁柱说肯定是喜事。啥事我也说不清楚，反正驻村部队接到通知，说是有位首长要访问咱村。县武装部也通知我们配合部队做好准备，在你家院里支口锅，做大米饭吃，咱快去乔柴火吧！

大米饭菜的香气弥漫了圪瘩叔院子的上空，诱来许多邻里来看热闹。圪瘩叔院里好久没有来过这么多人啦！尤其是抗娃媳妇，热情得让圪瘩叔和圪瘩婶都不好意思。婶，婶地叫个不停。圪瘩婶不自然地搭腔，有点受宠若惊。邻里们不知道为什么部队又在圪瘩叔院里支锅做饭，反正不是坏事。

十四

饭菜准备停当的时候，村里驶来一辆吉普车。一个军官模样的人被簇拥着到了连部。少顷，又被抗娃、锁柱和公社武装部长领着到了圪瘩叔院里。霎时，村里的男女老少们把个院子挤了个水泄不通。

雪还在下着，下得纷纷扬扬。人们从嘴里和鼻孔喷着热气，在小声议论着，圪瘩叔成了人们议论的中心话题。这次他不是斗争对象，也不是陪斗人员，而是一位解放军首长上门访问的对象。

圪瘩哥，不认识俺了吗？首长操着浓浓的豫北口音。圪瘩叔愣住了，眯着眼看了一会儿，还是认不出来；首长把军帽一掀，我是麦囤啊！

你真是麦囤兄弟？你还活着？圪瘩叔哽咽着，眼眶里涌满了泪水。快进屋！圪瘩叔转身去掀门帘。

公社武装部长说，老马，别急！现在当着大伙的面宣布一件事。武装部长吐了口痰，清了清嗓子，从口袋里掏出了一张折叠的信纸。

锁柱大声喊道：大家静一静，现在请公社领导宣布一件重要事情。

有的人还在惊奇地议论，抗娃推开人群挤了进去，漫无目标地吼道：谁还在叽叽，谁还在叽叽，闭上嘴，支棱起耳朵，好好听领导讲话！院子里除了灶内的湿柴偶尔吱巴地响一下，马上沉寂下来了。

现在，我向大家宣读一个证明，大家听好了！武装部长异常庄重地说。

兹证明：1944年秋季马福同志和我一起被日伪抓去当民夫，不是给敌人当抢粮的帮凶。该同志在被抓期间表现非常勇敢。在抗日游击队袭击敌人抢粮队时，马福同志迅速把一车粮食推到沟里，后被游击队运走；并主动留下与敌人周旋，使我顺利脱身投奔游击队。

证明人：徐麦囤

1970年12月10日

武装部长念完后，进一步说明道：也就是说由徐团长做证，马福同志的历史是清白的，以后和广大贫下中农在一条革命战线上啦。下面让我们以热烈的掌声欢迎徐团长讲话！

徐团长脱帽致意后，向乡亲们行了个军礼。他说年龄四十以上的还记得不？在村东头的庙里，日本人来的头一年住了一户河南逃荒的，就是我家。先是我爹病死了，两个妹妹为了活命卖给了人家。1941年，日本鬼子的飞机轰炸时，我娘又不幸遇难。多亏了圪瘩哥和乡亲们东家一口西家一碗，才没把我饿死。那年，我和圪瘩哥赶着驴车进城给村里的地主马秀才买东西，不料被去北边抢粮的日本鬼子连车带人抓了差。第二天，在回来的路上游击队伏击了鬼子，截了粮食，我趁机逃了出来参加了游击队……二十多年来，我在梦里常梦见圪瘩哥和乡亲们。可以说没有圪瘩哥和乡亲们，就没有我徐麦囤的今天，我给大家磕头了！

徐团长讲得很激动，他正要下跪，被武装部长和圪瘩叔四只手紧紧拉住，他只好向大伙鞠了个躬，敬了个礼。他说，我这次拉练路过，正好休整两天，借这个机会来看看圪瘩哥和乡亲们，也没有啥好送的，就一锅白米饭，大家吃个稀罕。

准备好了吗？徐团长问驻村的张连长。

报告，准备好了，请首长指示。

徐团长笑着对抗娃说，你是父母官，你发令吧！

抗娃一听来了精神，扯着嗓子说：大伙听好了，一家来一人，拿一个碗。

大伙正欲扭身回家取碗，徐团长发话了：不就小三百口人吗？一锅不够再焖一锅。张连长，伙食费我自己管。

张连长迟疑了一下，敬礼道：是，首长。

武装部长和抗娃、锁柱亲自掌勺打饭。是怕有不自觉的家户吃饱了还多打一份。那样下来，恐怕三锅五锅也不够。这年头，人们饿怕了，难得吃上一顿做梦也想不到的好饭。

十五

徐团长和圪瘩叔回到屋里吃着饭述说着过去的事和分别后的思念之情。圪瘩叔感慨地说，兵荒马乱的，我以为你不在人世啦！为了念记你，我给娃起名叫麦仓。老天有眼，你总算活着回来了，不然，我这"帮日本人抢粮"的事可永远说不清了。

徐团长笑着说，这会儿不是说清了吗？你多吃点，娃多大了？

十六。

好，过两年到我们部队当兵。

圪瘩叔感动得不知如何说好。

徐团长望着圪瘩叔狼吞虎咽的样子，不禁想起了当年他娘死后，自己三天没吃饭，饿得头晕眼花，昏倒在圪瘩叔家院外。圪瘩叔把他扶回家，给他喝了三碗细糠糊糊，吃了一个豆皮窝窝，才活了过来。那顿饭他吃得狼吞虎咽，他终生难忘。当时，他娘的尸体还停放在村外的野地里。圪瘩叔砍了自家房后的一棵杨树，做了一口薄皮棺材，才把他娘葬在了他爹的坟旁。尽管没有合葬，但总算在一块团圆了。

雪还在下着，第二锅饭做成了。圪瘩叔又吃了一碗。徐团长说，他要到爹娘的坟上看看，烧支香。圪瘩叔说，行，我带路。锁柱、抗娃也争着要去。武装部长说，留下一人打饭，抗娃就留下了。

圪瘩叔吃得太饱了，稍往上一努，就能把肚里的米饭吐出来。有好几次，在上坡的时候，他咳了一下，香喷喷的饭菜就从嗓子眼涌到嘴里，他舍不得吐，像牛反刍一样嚼了几下，又咽回去了。锁柱也吃得直瞪瞪的，在徐团长父母坟前鞠躬的时候连腰都弯不下。

祭奠完毕后，他们在快回到村口的时候，圪瘩叔指着远处被雪覆盖的一堆废墟，跟徐团长说，这就是村东的那座庙……话未落音，脚下一滑被重重摔倒在地。大米饭吐在了雪地里，然后就是吐血。

不好，可能是胃被撑破了！团部随行的参谋说。

一位年轻的战士背上圪瘩叔快步往村里赶。

这时，张连长从村里慌慌张张地跑到徐团长跟前，连军礼也来不及敬，就报告了一个令大家十分吃惊的消息：马家村队长抗娃跌破了胃，吐血不止……

原来，抗娃吃了第五碗大米饭时，水仙来了。水仙笑盈盈地把碗递给了抗娃，抗娃打着嗝说，人家二轮都吃上了，你咋才来……抗娃好久没见水仙脸上有笑容了，今儿个笑得那样妩媚，心里不觉升起一股男人的冲动，把饭递向水仙时，两眼直瞪瞪地盯着水仙，水仙的脸唰地红到了耳根。正巧，抗娃媳妇领着王兽医进来了。抗娃见状心里发虚，生怕媳妇再闹出什么难堪来，急忙前去迎接王兽医，不慎脚下被柴火绊了一下，摔倒在地……跟圪瘩叔一样，先是吐饭，然后吐血。王兽医诊断道：胃被撑破了。

王兽医是抗娃媳妇请来的。

自从抗娃有了房事不举的毛病，媳妇就到处打听医治的办法，终于求得一个偏方——连吃十个牛蛋，必须在冬天吃才有效。媳妇跟抗娃一说，抗娃兴奋地叫道，这太好办了！不说十个，二十个也能骗到。不想，媳妇今儿个就急火火地请了兽医来骗牛蛋。媳妇打了个小算盘，让兽医美美吃上一顿大米饭，省得自家管。

圪瘩叔和抗娃的病情不容拖延，徐团长命令：将马福、马抗娃搀上吉普车，直奔县城医院；驻村连部用无线电话向拉练部队卫生队请最好的军医，带上必要的手术器械火速到县医院集结。

十六

五个小时后，圪瘩叔和抗娃下了手术台。按军人家属的待遇安排在一个病房里。从这天起，抗娃再也不敢在圪瘩叔面前耍威风了，而是恭恭敬敬地叫圪瘩叔！

第二天晌午，徐团长到医院看望了他们。并告诉他俩一人一百斤大米已送到家里。徐团长给了圪瘩叔现金五十块，抗娃三十块。算是给他俩补身体的营养费。村人都说，抗娃这次赚了，全是跟圪瘩叔沾的光。后生们可笑地又唱道：

> 说起那马家村呀，真呀真稀奇。
> 支口大锅焖大米，全村好福气。
> 三碗五碗尽你吃，不怕撑死你。
> 撑坏了圪瘩叔，撑破了抗娃哥。
> 部队救命又治病，给钱又送米。

可抗娃赚的不只是这些。不知是住院期间，媳妇给他连炖了九颗香喷喷的牛蛋滋补的原因，还是解放军给他输了啥好药，他不但伤口愈合得好，而且在第九天头上，他一觉醒来后，裆里的家伙直挺挺地恢复了功能。

穴居人

一、拐洞庄

白家村河滩隆隆的钻井机声搅得白家富彻夜难眠。天刚擦亮，他就带上早已磨好的镰刀斧头向拐洞庄出发了。

太阳还没露头，拐洞沟里泛起淡淡的氤氲。高处松林里不时传出山鸡咯咯的惊叫声和清脆的鸟语声。荆秧、黑刺、酸枣刺和黄花条已从山上蔓到沟下，掩没了通往沟后的小道。酸枣刺几次挂住了他的裤腿和衣襟，仿佛妻儿拖住不让他离家出走一样。

妻是没了，儿子也成了病秧子。老白心里念叨着，然后长叹了一声。他所念的妻是和他生下儿子连生的原配红秀。

红秀要是活到这会儿肯定会阻止他这荒诞的行径，就会大声地嚷嚷：老短寿，你是大肚老朱呀，家里缺你吃的还是喝的？

不过，要是红秀活着，这三十年来，他肯定又是另一种活法，就不会有第二个女人春桃的背叛，儿子连生也不会得尘肺病……

晨光射向沟西畔山顶树梢时，老白一路披荆斩棘来到了日思夜想的目的地——拐洞庄。严格地说，拐洞庄不能算庄，没有房舍，连孔像样的窑洞都不曾有过。先前讨荒人老朱挖凿的拐洞消失在一片灌木和杂树之中。欣慰的是庄前由泉水汇集的一汪潭水还在。

几只在水边觅食的螃蟹伸开钳子瞪着眼睛吃惊地打量着老白这位不速之客，须臾，吐着泡沫不情愿地退回了深水中。微风吹过，撒下一把粉红的荆秧花瓣，一群小鱼即刻把水面搅出了漩涡。

一只松鼠嗖地从老白脚前跃起，惊得他差点被铁栏杆草绊倒。小松鼠翘起蓬松的大尾蹿上了一棵老桃树。桃树有五十年了，它是大肚老朱栽的。小松鼠捧了一颗毛桃颤抖着腮帮用两个门牙啃啃，一双圆眼警觉地盯着老白。

老白知道，小松鼠和树上的山鸡、鸟儿，水里的螃蟹、鱼儿，它们才是这里永久的主人。他和当年的大肚老朱一样，都不过是暂居的外来户。

白家富找了一块没被荆棘、蒿草掩了的石头，割了一把蒿草，扫去了上面的鸟屎，坐下来歇息。太阳把树木斑驳的荫凉轻轻地洒在他身上。他点了一支香烟，望着自己呼出又很快散去的烟团，不禁两眼迷茫。

白家富是三十多年前外出谋生的。离土的原因不是家乡贫困得生存不下去。白家富祖祖辈辈居住的白家村地处沁河西畔的大山深处。一条小河从村前绕过，淤积了百十亩的滩地。先人们在小河上游凿渠引水，这百十亩的滩地就成了水浇地。棉花、花生、西瓜和各种蔬菜旱涝保收。村后山上的梯田土厚壤沃，只要你肯出力，洒下的汗水定能换来金黄的小麦、玉米和谷子。农业学大寨以粮为纲的年代，白家村是远近闻名的好村。好村的标志是分粮多，吃得饱。不少大村镇的姑娘为了不饿肚子，才嫁到这偏远的山村。

白家富的媳妇红秀就是沁河流域楒山镇人。那里人多地少，常常靠吃国家返销粮过日子。红秀嫁到白家村，不但自己得到了温饱，而且每年都有二三百斤的粮食接济娘家。可山里仅是有粮能吃饱肚子，并不是什么都好。

红秀生二胎时难产大出血，公社卫生院没了辙，建议白家富把媳妇送到距离最近的楒山镇煤矿职工医院去救治。拖拉机在崎岖的山路上与死神赛跑。三个小时后到了煤矿医院，红秀的血已快流干了。弥留之际，她依依不舍地望了一下爹娘，盯了白家富一下，眼角洇出了泪水，意思是丢不下儿子连生。红秀就这样让那该死的山路，那慢了轻颠快了重颠的拖拉机拖拖拉拉给耽搁了。

处理了红秀的后事，白家富决定搬到楒山镇居住。镇上有医疗条件好的煤矿医院，有师资充实的小学、初级中学，更有能让儿子连生得到爱抚的姥姥家。自己若续弦再娶，怀了孩子，肯定不会让红秀的悲剧重演。

白家富把自己的想法讲给了丈人丈母。当然，他没敢讲续弦的事。老岳父抚摸着连生的头说，来吧，搬下来吧！这里有煤矿，有的是活干。

就这样，白家富红头油汗地在椹山镇忙碌了三十年。虽然没有大发，但钱没有少挣，腰包着实鼓起来了。可儿子连生并没有按预期的目标成长，要命的是连生的身体垮了，结婚五年了，连个娃也生不出。这让白家富很是失望。他发现自己的身体除了日渐衰老外，有时也莫名地出虚汗、轻咳。早上起来第一口痰，黏糊糊的，黑油油的。矿区的空气弥漫着拉煤粉尘车的尾气，天天吸着这些东西能不生病吗？他千万不能病，病了快快死了还好，半死不活就成了连生的累赘！

三十年河东，三十年河西。就在这年春天，山花还未开败的谷雨时节，白家富回家了。这次回来不是像往年回家祭祖或春播秋收顶多住一宿两宿就走。这次是坐着工具车拉了满满一车厢家当回来的。村村通工程把崎岖坎坷的山路修成了平缓光溜的水泥路。阳光下，一条灰色银带迤逦在青山绿水之间。除了转弯时的向心力把自己往外甩的感觉外，屁股一点儿也不颠地就窜回了白家村。

白家富像一片叶子，历经风雨霜雪后从高高的枝头悄然落回了树根。他贪婪地吸纳着家乡的空气，品味着清新的花香。

给连生治病的医生说，新鲜的空气能净化人的呼吸系统，特别是远离工业远离城市有山有水有树木的地方。按此说来，自己的家乡就是标准的肺病康复乐园。白家富自然联想起了村里的老人，尽管他们经历了饥荒、战争，但高寿者不少。自己的父母和爷爷奶奶都是八十多岁才去世的。先人们几乎都是半饥半饱地过了大半辈子，可他们个个像盏吹不灭的油灯，在风雨中摇曳着黄豆大小的火焰，顽强地发散着孱弱的光亮，直到熬干最后一滴油。可现在的人，生活好了，灯里的油还大半瓶呢，说灭就灭了。

白家富做着长寿梦回归了家乡。他要过吸新鲜空气、喝矿泉水、吃用农家肥种植的粮食和蔬菜的田园生活。

然而，立夏不久的一天，村主任领了一伙外地人在村前的河滩地里走了一圈，说是要钻井采气。半个月后，河滩地里就竖起了高高的钻井架。

　　他在樾山镇生活了三十年，知道在河边钻井采气的厉害。虽然没有像采煤一样严重，其后果必然是抽干了资源，留下难以修复的后遗症。

　　白家富的田园美梦被隆隆的钻井机声打碎了。但他心不死，愤怒、恐慌、沮丧之余，他想到了拐洞庄。他要把大肚老朱遗留下来的这块净土重新开发出来，做最后的隐身之处。

二、大肚老朱

　　白家富十岁那年，老朱从河南逃荒来到了山西，辗转多地，最后落脚白家村。按老朱的说法，白家村一带山清水秀土厚养人，气候夏不炎热冬不凛冽，水不苦地不碱；只要你勤快，荒山漫坡沟壑无林处的茅草下，肥沃的黄土任你开垦，撒下的种子定有收成。老朱说得极是。白家村一带在县城偏远的北部，交通不便，地广人稀。新中国成立前后，每逢灾荒年，都会有山东、河南、安徽等地的灾民逃荒到此落户，逐渐融入本地土著。这里是中条山东部的小粮仓。

　　老朱是单身一人逃荒出来的。他的饭量大得惊人，一顿能吃半水桶玉米圪糁稀饭或二十多个窝头。据说，他在上山西之前，从未吃过一顿饱饭。在旧社会为了不被饿死，他曾在军阀部队里当过伙夫。一次，他把几个外出执行任务官兵的晚饭当剩饭给报销了，结果被狠狠打了二十军棍，赶出了炊事班。人民公社化"大跃进"时，老朱饿得眼冒金星，浑身浮肿。无奈之下，只好背井离乡，上山西讨饭。

　　在一个春末太阳落山牛羊归圈的时分，老朱穿着一件黑色的破夹袄，背着一卷补丁铺盖来到了白家村村口的大槐树下。他饿得走不动了，就软软地倚了大树坐下歇息。一只印有×××人民公社食堂的大碗放在身旁。村里的两条狗惊叫着把放学回家的孩子们引到了大槐树下。白家富和几个同学围着虚弱不堪的老朱叽叽喳喳地议论，春播回来的大人们也三三两两地驻足打量了老朱一番。一个调皮的男孩向老朱投掷了石块，即刻被大人喝止了。之后，白家富和同学们带着村口来了个要饭的消息各归其家。

各家做饭的炊烟落下不久，就有好心的老人、孩子端来了小米炒饭、玉米面窝头来到大槐树下，把饭倒进了老朱的大海碗里。白家富端了一碗米汤，拿了一个豆包。老朱把米汤咕咚咕咚喝完后，狼吞虎咽一通，两眼才有了光气。一位操着河南腔的老奶奶询问老朱的来路，一听是河南逃荒的，立时亲近得如一家人。白家村不少人家是从爷爷辈甚至上几辈手里从河南逃荒落脚的。老朱做梦都没想到能在白家村村口吃上一顿饱饭。光玉米面窝头就凑了一布袋。稀稠好歪，总算填满了久违的肚皮。

　　老朱暂住在大队的牛圈里。他没有户口，不能参加队里的生产和口粮分配，只能自种自食。借了铁锨和洋镐，在村西北的一道山梁上开荒种地。山梁西侧沟里有一条长年不断水的小溪，老朱选了沟东临潭的黄土坡打洞居住。

　　村人问老朱为何不打窑？老朱笑着说：这就是窑。窑洞，窑洞，窑洞嘛！不过，没有你们窑的屋身高，也可以叫洞穴，你们丈二，俺七尺；可俺比你们的深！

　　老朱的洞穴有多深？普通的窑洞三丈，老朱的洞穴十五丈。但不是直进十五丈，而是先直进二丈，为第一洞，也称前洞；然后在左右两侧与第一洞呈45°斜进二丈，为第二洞；再向内垂直进三丈多交汇于第一洞的延长线上。后四洞每两洞左右对称，连成了一个正方形四边通道。

　　老朱的拐洞整整打了三年多。

　　村人们笑老朱在玩地道战，日本鬼子来了肯定不敢进他的洞。白家富的几何老师参观拐洞后，画出了一把菱形铲似的图形。以此为例，讲了学几何的用途，并对老朱的拐洞工程赞赏一番。白家富听了，百思不得其解：一个逃荒要饭的，难道还懂几何？

　　白家富想亲自到老朱的住处看看。

　　阳历新年学校聚餐的日子到了。老朱前来学校帮厨打杂。老朱干活不要工钱，管一顿饱饭就行。聚餐标准是：每人一碗猪肉烩菜，两个白面蒸馍，清米汤随便喝。老朱没急着吃，而是等大家吃罢，将锅里的剩菜连同米汤舀到一个水桶里，再将学生娃们吃剩的馍块泡进桶里，把自己的那份馍菜也倒进去，用大铁勺舀着大快朵颐起来。旁边的老师、学生惊奇地围观老朱用餐。半个小时后，老朱吃下小半桶，一抹嘴不好意思地笑着说：好饭七分饱，吃好了，吃好了，剩下的明儿个吃！

白家富在学校大院的台阶上、教室里的课桌上到处搜寻着同学们吃剩的馍块和烩菜，拼凑到一起，然后，一碗碗端给老朱。老朱高兴地说：扔了可惜，扔了可惜。边说边把剩菜馍块倒进桶里。

中学在公社所在地，离白家村有十多里。白家富和几个同村同学帮老朱抬着多半桶剩饭回家。为了防止路上摇晃溢出，白家富在厨房撕了几片干净的白菜叶放在饭菜上面。老朱会意地拍着白家富的肩：咦，脑瓜真灵光，中，中！

老朱高兴地腆着大肚子跟在孩子们后面，不时地哼几声豫剧的段子。太阳把山上、梯田和路旁的积雪照得刺眼，脚下滑溜溜的。孩子们小心翼翼地抬着饭桶，生怕洒出些汤水来。

白家富在村里和同学分手后，与老朱抬着饭菜来到了拐洞庄。

经过三年多的挖掘平填，老朱在洞前整出了大半个篮球场大的院子。临溪的边沿栽种了桃树、梨树，它们冒着严寒赤裸地伸展出枝丫迎接白家富这位小客人。

拐洞有门无窗，采光靠门顶上的天窗。已是下午三点了，阳光还能照进前洞。老朱热情地烧火开水沏茶。土灶里散出浓浓的松枝烟味，烟道从土墙里一直通到洞外。

老朱见白家富不时地朝两侧的拐洞张望，就点了煤油灯说：俺知道你想看看后面是啥样子，跟俺来，看罢喝茶。

先是从右侧的拐洞进入。洞内温乎乎的，靠右墙离地二尺挖了个宽六尺深四尺的套窑，是老朱睡觉的地方，这是右侧第一拐；第二拐洞在第一拐洞尽头的左侧垂直进入，里面放了些缸缸罐罐，贮放粮食；在右二拐洞的尽头再靠左垂直往里进就是左侧的第二拐洞了，里面放着锨镢箩头等农具；接着向左垂直拐便到了左侧的第一拐洞，左侧第一拐洞与右侧第一拐洞对称地在左面墙上挖了套窑。老朱手举煤油灯照着套窑土炕上折叠整齐的粗布被子说：秋冬睡西边这炕，背风；春夏睡东边那炕，凉快。

左侧第一拐洞洞口的光线刺得白家富直眯眼睛。老朱噗地吹灭了油灯。白家富觉得仿佛在很远的地方走了一趟。回到前洞，老朱往瓷杯里倒了深红色的大叶茶，两人边喝边聊。

白家富喝了几口茶，望了左右两侧的洞口说：你学过几何？

老朱笑了：咦，你们的老师曾问俺是不是学过几何？俺说，小时候，家里穷，上过几天私塾，只是识了几个字，连听都没听说过什么几何，只知道黄河。

老师不信，说，没有一定的几何知识就掌握不了拐洞的斜度，也不可能准确地交汇到三个点上……

是呀！你凭什么能准确无误地把左右两侧的拐洞等距离地打通？白家富边问边用手指蘸了洒在桌面上的茶水，画出拐洞的菱形图。

老朱指着图形说：当年，我给军阀当伙夫时，部队囤粮的洞就是这样的。咦，不过，恁比这高多了深多了，俺模仿了一下……

白家富心中的疑惑随同桌上的菱形图瞬间蒸发得干干净净。

1960年，白家村遭受了百年不遇的旱灾，粮食减产。老朱开垦的土地不耐旱，种下的玉米几乎绝收。幸好的是这年他把户口从河南老家迁到了白家村。有队里分的口粮，用不着去讨饭。可三百多斤口粮别人行，老朱连半饱都达不到。老朱给队里当饲养员，喂着八匹骡马、十二头黄牛。冬季的夜里，老朱实在饿得扛不住了，就把饲料盛在铁桶里熬粥喝。时间一长，就有村民撞见。村里传着老朱把骡马的料偷吃了。其实，队长早知此事，就对揭发老朱的人说：你以为纯粹是半桶玉米糁饭吗？里面还掺着谷糠麸皮呢。

老朱怕多吃了玉米糁影响了牲口的膘情，就又掺些麸糠。

队长对那人说：你觉得好吃，就去尝尝！这种便宜和老朱一起讨，我没意见。

那人笑了笑说：我真喝不下，跟我家的猪食差不多！

年底，队里扣了老朱一百个工分，算是对他偷吃牲口饲料的惩罚。老朱面带赧色地说：中，中，中，感谢队长恩典！

"文革"的风暴刮到了白家村。

老朱以"历史反革命"和"挖社会主义墙脚"的罪名被红卫兵揪到县城批斗。老朱不怕红卫兵的推搡，甚至踢打，怕的是难以忍受的饥饿。

白家富在县城遇见了面黄浮肿的老朱。

老朱戴着写有"历史反革命"的纸帽，与几个"黑五类"一起游街。白家富寻到关押老朱的地方，批斗老朱的红卫兵头头和白家富是农中的同窗好友。白家富说：老朱是贫苦出身，虽在军阀部队当过伙夫，仅仅是为了混碗饭吃，没有什么罪行。

老同学见白家富给老朱说情，就敲着桌子说：问题倒不严重，可总得惩治一下，让其他"黑五类"们看看，以儆效尤。

白家富沉思了一下说：老朱的问题在嘴上。

那就治他的嘴吧！老同学同意治治老朱偷吃集体饲料这个毛病。

当日晚上，专批老朱的大会在农中饭厅召开。

红卫兵代表念了对老朱偷吃集体饲料、挖社会主义墙脚的批判稿，让老朱自我反省。

老朱操着浓浓的豫北口音有声无气地说：

俺不该给军阀当伙夫……不该偷吃队里的牲口饲料……

听了老朱的絮叨，红卫兵头头不耐烦地拍了一下桌子，厉声问：朱振禄，你知道你的问题出在哪吗？

老朱哭丧着脸说：咦，都是因为肚子饿……

住嘴！什么肚子饿，一样的口粮大家都够吃，难道你长了两个胃？我看你是不见棺材不掉泪！

老朱吓得不敢吱声。全场静得只有顶棚上的汽灯哧哧作响。大家静等着给老朱上什么手段，是站高凳？还是脖子上挂砖头？

突然，有人振臂高呼：打倒历史反革命分子朱振禄！

老朱吓得浑身筛糠，怯怯地抬头望了主席台一眼，赶紧说：俺坦白，俺坦白，俺真的是肚子大。老家人说俺是猪八戒转世，咦，五六个小伙都吃不过俺……

吹牛吧你！红卫兵头头一挥手，就有人从后边拎了半桶泔水放在了老朱面前。

给军阀当伙夫、偷吃集体饲料，都是因为自己饭量大，还猪八戒转世呢，我看你是猪嘴贱……

参会的人哄地笑了起来，红卫兵头头敛了笑容接着说：好，如果你把这多半桶剩饭吃了，证明你说的是实情，立马放你回村改造！

人们面面相觑，有人悄悄说：要撑死人的！

头头指着其他"黑五类"问：你们谁能一肚吃下，我也放他回！

一个胆大的"黑五类"蹲到泔水桶前闻了闻，一股酸馊味熏得他捂着鼻子退回了原位。

老朱把泔水桶放在一把旧椅上，拿起铁勺不慌不忙地吃喝起来……

白家富已提前在厨房把泔水桶里面用碱水洗干净了，外面没洗，故意留下酸馊味。让大师傅把晚上的剩饭剩菜连同第一遍刷锅水一起倒进了桶里。这对常人来说可能难以下咽，可对老朱来说，算是难得的一顿饱饭了。

老朱的饭量展示使他不但获得了解放，而且被农中后勤上留下来打杂。半年后，因患肺结核，他才返回了拐洞庄疗养。

1982年，六十四岁的老朱接到了家里的来信。不久，老朱离开了拐洞庄，回到阔别二十多年的故乡。因为家里即使再添十个老朱，也能填饱肚子了。

三、春桃和高二炉

老朱回河南不久，白家富带着儿子连生搬到了楂山镇居住。这时候，白家村实行了土地承包责任制，农民有了自主权。农忙时，白家富回村种地、锄草、收秋；农闲时，在镇上厂矿打工。先是当了三年装卸工，后来又下矿挖煤。一次透水事故，白家富死里逃生。冰冷的地下水散发着浓烈的硫黄味，泡了他整整两天。当巷道的水被抽干，他和工友们获救时，他发誓宁愿穷死，也不挣这赌命的挖煤钱。

拿着当了五年矿工的积蓄，在镇上开了个小饭店。主要经营矿工和镇上居民们喜食的一种饭：炒饸饹。

　　同样一种饭，要做得顾客们吃了还想吃，提起来就流口水，回头客不断，实在不易。白家富想起了一天晚上他给镇政府厨房卸炭时，老厨师做的炒饸饹，真是好吃极了。他饱饱地吃了两碗，还想吃。和他一起干活的两个兄弟饭后打着饱嗝说，哪怕不要下车费，吃这两碗炒饸饹真过瘾！

　　镇上有几家小饭店也卖炒饸饹，油水倒不小，不是煮软了吃不出口感，就是硬得跟铁丝一样，吃得胃里硬邦邦的不舒服；里面的肉是肥肉片，腻得很。

　　白家富拎了烟酒找到了已退休的老厨师。老厨师告诉白家富，炒饸饹要火大、油大、饸饹床眼子大。火大油大好理解。饸饹床眼子大，就是压出的饸饹要比普通人家的稍粗点。饸饹床要自制，用梨木或杜梨木做，床眼那块铁皮要用不锈钢。这样，压出来的饸饹才不会变味……

　　煮熟的饸饹要用冷水拔一拔，爽口，再放一放，不上劲；炒时用的蔬菜必须是黄豆芽、绿豆芽或蒜薹，其他菜勿用，真没有的话，用点白菜心也可；肉必须是红肉，买个猪后坐，剔下的骨头熬汤……翻炒后，把蒜拍碎，放进去提味。

　　老厨师把炒饸饹的诀窍从厨具、用料、火候、技艺等方面毫不保留地教给了白家富。白家富像当年大肚老朱模仿仓储洞打拐洞一样，按老厨师的指点，分毫不差地进行着准备工作。

　　他回到白家村，砍了一棵杜梨树，截了材料，请邻村的张木匠制作饸饹床。床眼是在煤矿维修车间用一块不锈钢铁皮钻制的，横竖九个眼，共八十一个眼。

　　还有一件称心的事是他雇上了曾在县城宾馆当过一年服务员的春桃。春桃是张木匠的女儿，结婚不到两年就离婚回到了娘家。在家闲得难受。看到父亲给即将开张的小饭店制作饸饹床，就问了白家富，说好了工资，随同饸饹床一起跟白家富到槛山镇开业了。

　　炒饸饹的生意愈做愈红火，卖一碗赚一碗。从一碗一元三角，一直到一碗二元五角。虽然没有煤炭价格飙升得快，但三年下来，白家富轻松地赚了十几万。在离矿区不足一百米的大路边买了一块宅基地，修了一幢人居与饭店合一的小楼。

饭头上的客人依旧满桌，有时甚至排队。但有一人从不排队，也不在楼下的大间里吃饭，而是在后边的一个单间里要了炒菜，抿着白酒，悠闲地享用着香气四溢、口感筋道的炒饸饹。这人三十出头，五短身材，留着寸头，两只大耳垂注了水银似的沉甸甸地往下坠。吃饭时，"大哥大"和红塔山牌香烟及一个火箭型防风打火机摆在右手边。一看就是个有钱的吃货。他是榼山村村委主任，叫高二炉。

白家富的宅基地就是高二炉帮忙买下的。未当村主任前，他常到饭店赊账吃饭。一次，矿上两个喝醉的青皮后生在饭店调戏春桃，二炉见状拿起酒瓶就砸，醉汉们吓得抱头求饶。白家富见二炉仗义，二人之间遂有了交情。

高二炉当村委主任那年，白家富与春桃结了婚。

春桃比白家富小十一岁，一双细长的眼睛被黑黑的睫毛装饰得看着时常笑眯眯的，粉腮上有两个浅浅的酒窝，半烫的乌发齐肩；身穿一套宾馆服务员西式制服，直溜溜的身材透出一种少妇典雅妩媚的风韵。特别是她启齿一笑，撩得高二炉心旌摇动。多少次酒后的妄想，都被翌日醒来时的理智冲得一干二净。他骂自己不义气，可两腿老是把不住地往饭店跑。该吃的时候他来，不该吃的时候他请人陪着吃。潜意识里就是想多看看春桃。那几年，煤炭走俏，拉动了小镇的经济，色情服务闻钱而至。高主任不止一次在酒后潜入酒吧、歌厅一类的地方玩小姐。各色各类、南腔北调都尝试过。一开始是好奇、惶恐，再后来便是逢场作戏，泄欲了事。他觉得玩小姐空虚乏味，就像大饭店的套餐一样，远没有白家富一碗炒饸饹过瘾、实惠。他暗恋上了春桃。

高二炉当村委主任前就是榼山一带有名的运输专业户、万元户。自从当了村委主任，在榼山村地盘上的企业都优先让他运送货物。不到两年就赚了一百多万元。他在县城买了楼房，还买了一辆"桑塔纳"。

高二炉把轿车开到饭店门前，对白家富说：白老板，以后不论是回白家村，还是上县城，吭一声就行。这让老白很感动。其实，这话是说给春桃听的。

春桃一边择着豆芽一边说：现在的班车很方便，哪敢劳村主任的大驾！

白家富怕扫了二炉的好意，连忙圆承着说：主任的意思是坐班车不方便时跟他吭声，谁能保证家里没个急事！

白家富不想欠高二炉太多的人情。车是人家花了十几万买的，是人家用来跑生意摆阔气的，不是专门为自己方便的。自己真遇到急事，镇上有的是出租车，花上百把块钱，让它去哪它去哪。

老白怕的是春桃经不起"桑塔纳"的诱惑。

果然，高二炉买上"桑塔纳"不久的一天晚上，张木匠得了急性胃穿孔，急需送县医院治疗。

高二炉开着"桑塔纳"拉上白家富和春桃快速赶到春桃娘家，接上张木匠连夜送往县医院。

主刀医生很关键。白家富在县医院没有熟人。还是二炉关系广，他打听到主刀医生的住处，领着春桃送了礼品，春桃才把心放到肚子里。主刀医生把他俩当成了两口子，春桃也不好意思澄清。出了医生家门，高二炉笑嘻嘻地对春桃说：看来咱俩挺般配的。春桃听了红着脸狠狠在二炉腰间的赘肉上拧了一把。

张木匠做完手术第三天，春桃留在医院伺候。白家富和高二炉一起回到了檽山镇。之后，高二炉多次驾车到县医院看望春桃父女，好像张木匠是他高二炉的老丈人。

四、婚变

白家富在县城买了两套八十平方米的商品房。一套给儿子连生，一套自己住。高二炉建议老白抓紧时间和他的房子一起装修。材料和工资一直在涨啊！

老白觉得二炉说得有道理，就借了钱装修房子。

老白不能每次都跟春桃一起进城去忙活装修的事，饭店不能老关门，外面欠着三万元的饥荒呢。况且，他又不善于搞价，常常吃建材商的亏。用春桃的话讲，人家一闻你身上的葱花味，就知你是个抢炒瓢的老实疙瘩。买地板砖时，每块就比别人多出了一元，还是高二炉出面诈唬了那个看人抬价的建材商一通，才退回了一百多元。那是他抢一天炒瓢的血汗钱啊！

于是，装修房的事主要由春桃去张罗。

装修快要结束时，一件令白家富隐忍许久的事还是发生了。

这年初冬，春桃乘高二炉的轿车去看暖气试水，被一场大雪滞留在县城。两天后，雪化了，路通了，老白的心却降到了冰点。前思后想，老白还是满脸笑容地迎回了面有愠色的春桃。

深红色的桑塔纳未有熄火，颤抖着溅满泥浆的外壳。二炉在驾座上没有下车的意思。在老白再三劝让下，高二炉极不自然地走进了饭店。

白家富叫春桃给二炉沏茶，春桃却走进包间抽泣起来。老白正要问咋回事，二炉就满脸愧色地说：白兄，真对不起，败大兴了！说着从口袋里掏出一张复印纸让老白看。

六行黑枣大的黑体字映入老白眼帘：

> 村长二炉本姓高，
> 开车进城去打炮。
> 白天饸饹吃个饱，
> 夜里搂着小春桃。
> 吃喝嫖赌他全占，
> 这样的干部不能选。

这张黑帖是二炉回来时在村口桥头揭下的。黑帖不知张贴了多少，是瞒不住老白的。于是，二炉决定不如主动向老白挑明。

白兄，你可别信！村委快换届了，有人黑我……

二炉话刚落音，突然，砰的一声，临街一个窗户上的玻璃叮里咣啷地掉了下来。老白和二炉急忙出去查看。

一个散乱着头发，手持木棍的中年妇女，站在饭店门外喊叫：不要脸的狐狸精给我爬出来……

女人的脸被四周的积雪衬得额黄腮红，怒目下挂着泪水。见二炉出来，用棍指着骂道：真不要脸！城里没睡够又跟到饭店里来睡！

看到腰系围裙的老白大声嚷道：白老板呀，管管你春桃吧！她背着你跟二炉在外面开房……要拆散我这个家……

二炉冲到媳妇跟前，一把撕住媳妇呢子衣领往走拽：你胡说！别人黑我，你他娘的也跟上起哄，真是疯了。

媳妇被拽得滑倒在地，杀猪似的哭号起来：冤枉你啦？两年啦夜里都不碰我一下……你这个没良心的……

媳妇屁股上冒出了热气，她小便失禁了。白家富赶紧叫人把她搀起塞进车里，二炉垂头丧气地开着车回家了。

这年冬天，尽管老白夫妇之间发生了冷战，生意倒是红火得很。顾客里多了一些女人。女人们不是人人都吃饭，而是搭伙来饭店闲逛的。一双双贼溜溜的眼睛盯着春桃上下打量。春桃到厨房端饭或择菜时，她们就窃窃私语。春桃穿了件高领红色呢子衣服，一双干活的袖套和腰际衬的围裙丝毫没有减少她高雅的气质。

饭菜味道也一般，全凭这狐狸精勾引男人来吃饭……

这话不知春桃听见了没有，老白真的听见了。过了些日子，她们又来到饭店，带来了一个消息：槛山村村委换届换掉了高二炉。

白家富回白家村参加换届选举时，春桃坐班车进了一趟城，说是给新房订家具。那日，高二炉也进了城。有人看见他俩一起逛家具店，还一起进了小旅店。

白家富忍无可忍了。晚上睡觉时，质问春桃与高二炉到底啥关系？春桃冷冷地冒出一句：你说啥关系就是啥关系！

白家富气得浑身发抖，举手要打春桃，可又软软地放下了。春桃反凑到白家富身上：你打，你打，你打死我算了吧！说着哭了起来。

白家富发现春桃颈上戴了一条黄灿灿的金项链，狠狠骂道：狗东西，订婚的项链都买上了，不要再演戏了。淫妇奸夫！

高二炉与春桃的暧昧关系，在岳父张木匠住院做手术那年白家富就有察觉。因为没有证据，不想说破。村人给高二炉贴黑帖和二炉媳妇上门闹事，白家富才确信春桃已红杏出墙。可他还是把这种羞辱强压在心底。他想，自己是五十岁的人啦，春桃毕竟比自己小十岁，何况还是半路夫妻，犯点错改了就好。不管外面说啥闲话，自己一概不认，这场风波慢慢就会过去的。

可是，事情并未像他想的那样发展，而是春桃铁了心地要跟高二炉一起生活。

白家富问春桃：咱俩真的缘分尽了吗？

春桃啜泣着说：他已跟老婆离婚了，因为这事把村主任的职位也丢了，我没退路了……

白家富听了，把头蒙在被子里号啕大哭。

接下来的日子是协商离婚。离婚是女方提出的，所以，财产分割上春桃不敢苛求。县城的新房归春桃，装修房的外债由她归还；饭店归白家富。

过了正月十五春桃就要和白家富办理离婚手续了。离婚对白家富来说像患了癌症一样，面对死亡，首先是不能接受，然后是恐惧和愤怒，再后来就是无奈地接受，并对死后产生幻想。对春桃来说，这场婚变并不是一种真正的解脱，她的内心充满了愧疚和纠结。

十五这天晚上，白家富与春桃约定，他们要心平气和地做完这最后一夜夫妻，过完最后一个元宵节。

自从开了饭店，白家富几乎没有亲临现场看过一次元宵节目。饭店这营生熬人，更绑人。有正点吃饭的客人，还有吃喝到半夜的客人。哪怕一个人，你都得耐心地服侍，耐心地等待。

所幸的是这几年镇上通了闭路电视网络。每年元宵节可以看看县电视台的直播或重播。晚上闲下来的时候，春桃会和白家富躺在席梦思大床上一起观赏全县各村在县城会演的盛况。两口子点评着这村的高跷真险啊！那村的旱船跑得轻盈荡漾呀！最有趣的是白家村演的老汉背媳妇。看到这段时，春桃就会吐掉口里的瓜子皮，扭过身来，用手指戳一下白家富的脑门：你谢顶了就和他一样……嘻嘻。

这时，白家富心里美滋滋的，立马会升起一股年轻时的冲动，扒掉春桃的衣裤，把她紧紧搂在身下。

他乐意听春桃撒娇似的编排、嘲弄他，他没有节目中纸糊的老汉那样衰老。他的头发又黑又密，如果蓄了长发，穿着上再讲究些，谁敢说他不是个阳刚帅气的中年汉子。

不过，在温馨快活的时刻，心底里也会被电视里一些画面激出妒意来。特别是看到高二炉站在樆山村横幅下入场时那副神气十足的样子。荧屏上方还会飘着樆山村村委主任高二炉率全体村民祝全县人民节日愉快、万事如意的字幕。春桃会羡慕地说：你看，二炉真拽！

今年的直播节目自然不会有高二炉的任何镜头，高二炉没资格率全体村民啦！可这狗东西很快有资格率春桃大胆地去快活。

在这场婚变面前，他无力与高二炉抗争，高二炉虽然不是村主任了，但他有钱有势，一旦白家富与之对决，必然赔了夫人又折兵，从樆山镇凄惨地滚出去。高二炉是樆山镇的地头蛇，有名的村霸啊！

想到这里，白家富愤然关了电视，点了一支香烟。外面的焰火从窗帘的缝隙射入阵阵白光。已是深夜了，远处仍有零星的鞭炮声。

春桃整理完自己要带走的衣物，洗漱罢，打了盆热水让白家富泡脚。

白家富把半截香烟戳进烟灰缸，冷冷地说：你就要嫁人啦，怎能劳烦你？

春桃愣了愣，泪珠子就掉了下来。她低声说：你不是说今晚要心平气和吗？

春桃抹了一把泪水，弯身脱掉了白家富的袜子。白家富半推半就地接受了春桃的服侍。春桃认真地搓洗白家富的脚面脚心和脚趾旮旯。

她的手已不像十年前那样柔滑。白家富意识到春桃嫁给自己这十年里并未享什么福。洗碗、刷盘、拾炭生火、跑腿要账……她刚四十，手皮不至于老成这样，都是干活磨糙的……

白家富弯腰抓住春桃的手动情地说：这些年，跟上我你受苦了！

春桃叹了口气说：白哥，跟上你我知足，遗憾的是没能给你生一男半女……

如果有个娃牵连着，你能铁了心跟高二炉那个地痞？白家富用毛巾擦着脚沮丧地说。

这夜，白家富像新婚初夜一样，贪婪地享用着春桃的身体，有时简直是摧残式的发泄。然而，这些春桃都以少有的温柔顺从了。

白家富不甘心将春桃就这样完好地交给那个狗东西男人去糟蹋。

五、连生与尘肺病

白家富那几年走了背字运。春桃与他离婚不久，儿子连生又得了尘肺病，他后悔当初不该让连生去水泥厂上班。

当年红秀去世后，他带着连生来到楣山，就是为了儿子将来有个好前程。连生上初中时，他就跟连生讲，不想一辈子待在农村种地，或像老子这样起早贪黑地抢大瓢卖饭，就要好好念书，将来考上大学，谋个体面的职业。

连生初中的三年还算听话，在楣山初中每学期期末考试的成绩都在前十名。最让白家富高兴的是，连生以楣山初中第一名的分数考上了县城高中。人们都说连生将来一定能考个好大学。白家富心里充满了企盼。可谁知连生读高二时分了心，把父亲的期望化成了泡影。

连生高二分心的直接原因是跟一个叫田玲的女生谈恋爱。

田玲是连生楣山初中的同学。高二分班时，两人又成了同桌。这时的田玲比初中时皮肤白了许多，已出落得亭亭玉立，开口说话和笑容绽开时，一口整齐的白牙令人生羡。她跟连生一样，除了寒暑假，星期天几乎不回家。在学校食堂饭桌上相互问了原因，都是有了后妈。

连生是在姥姥、姥爷呵护下长大的。高一和高二不到两年的时间里，姥爷、姥姥相继过世，连生突然觉得心里空落落的，没了依靠。尤其有了春桃这个后妈，这种感觉愈加强烈。他觉得檑山对他已没有什么牵挂，他的魂魄像断线的风筝，渴望有个着落。

这学期，他与田玲开始恋爱了。

田玲给连生洗衣服、拆洗被子，连生把自己买来的复习资料先让田玲看。星期天，他们经常在学校附近的一条小河边厮守，一起唱电视剧《何日彩云归》的主题歌：

> 我呀啊无家可归，你呀有家难回，同是天涯沦落人，苦瓜苦藤紧相随……

望着蓝天白云，听着淙淙的流水声，沉浸在彼此相怜相爱的情思中。他们忘记了自己的使命，手中的课本成了谈情说爱的道具。

高考的结果是预料之中的。连生名落孙山，连复读的分数都不够；田玲考进了省城一所师范学校，后来才升了专科。

连生高中毕业后，在高二炉的帮助下被招到水泥厂当工人。这次，他真没有让父亲失望，在不到十年的时间里，干得风生水起，由一名普通爆破工擢升为生产副厂长，这在檑山镇所有企业都是少见的。

连生先是在采石场当爆破工，不到半年就摸索出了精确计算炮眼布点、炮眼深度、装药定量和导火索长度的办法，降低了哑炮率，增加了爆破次数和石灰石产量。上班第一年，他就被评为先进生产者。

厂里发现连生是个人才，第二年把他调回了煅烧车间。他读了田玲从省城寄回的《最新水泥制作流程》等书籍，经过两年多实验，研制出了优质水泥。二十三岁就被破格提拔，成为全厂最年轻的车间主任。

田玲和连生结婚那年，连生被提拔为生产副厂长。田玲悄悄问连生：就没见你跑关系送礼，这么快就当上了厂领导？连生拍着胸脯说：这是我实干出来的，企业靠的是实干和效益，不是关系！

仓储包装车间是全厂污染最严重、工作最艰苦的地方。原车间主任病退了，中层管理人员没人愿意到这个车间当主任。连生是生产副厂长，无奈之下，他只好兼任着。

田玲在县城一所小学当教师。有一年暑假，学校硬化操场，派田玲回槛山到水泥厂联系购买水泥。她在包装车间找了半天才找到连生。连生眨着两只发亮的眼睛，露出白牙笑着问：你咋来了？

田玲望着满脸灰垢的丈夫，指着他脖颈挂着的防尘罩，生气地说：大家都戴着，你为啥不戴？

连生搓着脸上的灰垢说：知道你来，怕你进来认不出我，就把它摘了。

旁边一名工人摘下防尘罩认真地说：白厂长跟你撒谎，他没戴防尘罩是协调我们干活说话方便。

夫妻俩走出包装车间，田玲不解地问：别人当领导，坐在办公室指挥，顶多到车间检查一下，你这副厂长跟当工人有什么区别？

我是这个车间的主任，我不亲临一线，怎么指挥大家？

连生指着一幢六层楼高低的柱形建筑说：新磨制出来的水泥都输送到这个柱形仓库，最艰苦的工作是库壁清理。我已干过好几次啦……

柱形仓库高17米，内径15.2米，可储水泥400多吨。作业时，连生和工人们腰系安全绳从库顶下到库内。每组三个人，分别在不同方位把堆积在库壁上的水泥清理到底层。库内温度高达30—40℃，进库不到十分钟，就被高温烤得汗流浃背。库内弥漫着浓烈的粉尘，几盏高瓦数大灯泡发着昏暗的红光，三人相互看不见对方。每组每次工作二十分钟就得换人。

工人们开玩笑说，下库干活像下地狱一样。

连生就是工作在这样的生产一线。

连生患上尘肺病是在一次意外受伤住院治疗时查出的。

医生说这是早期尘肺病，再迟些就不好治了。白家富担心地问医生，早期的是不是一定能治好？医生说，比中晚期治愈率高，但不一定百分之百能治好。白家富听了心情十分沉重：唉，我的儿，命咋这样苦呢？才混出个人样来就得这要命的病。

白家富虽不是医生，但他知道尘肺病的厉害。自己的老岳父就是得尘肺病死的。老岳父不抽烟不喝酒，一个以种地为生的农民糊里糊涂就患上了尘肺病。

连生的症状比他外公好多了。没有像老人那样白天胸闷咳嗽，晚上气短哮喘，靠在被子上耷拉着脑袋整夜整夜地睡不着。尽管用了不少好药，都无济于事。老人临终时痛苦地说：我真想把肺掏出来好好洗一洗。

连生的肺病还没严重到想掏出来洗洗的地步。医生说，严重的话是可以灌洗的，不过，这种治疗方法创伤大。连生的病发现得早，药物治疗就行。

连生是被饭店顶棚上坠落的灯具砸伤的。

那日，白家富领着白家村村主任到水泥厂找连生帮忙赊购水泥。办完供货手续后，村主任高兴得要请白家富父子到镇上最好的酒店吃饭。白家富说：自家开着饭店到外面吃，这不是打我脸吗？

仨人一起回到饭店，白家富炒了四个热菜，拿了一瓶汾酒招待村主任。酒酣耳热，村主任感激地说：白叔，想不到连生这么有出息，这么年轻就当了副厂长，是咱白家村最大的官啦，前途无量呀！

白家富听了心里美滋滋的，像三伏天喝了凉蜜水一样。村主任回去一定会在村里宣扬连生当副厂长的事，儿子连生光宗耀祖啦！

突然，楼房晃动了一下，白家富瞬间失去了重心，顶棚上的灯具随即嘣地坠了下来。只见连生满脸是血，桌上的饭菜狼藉一片……

连生被砸成了轻微脑震荡，头顶上缝了七针。媳妇田玲发现他晚上有点咳嗽，就让医生做了胸透。

结婚两年来，田玲时常提醒连生要注意尘肺病，连生总是漫不经心地说，现在防尘措施比以前好多了，尘肺病发生在工龄二十年以上的群体，我年轻，肺的自净能力强！

看到早期尘肺病的胸透结果，他无语了。

田玲让他转到省医院治疗，他执拗地说：我是轻度的，能跑能走，转到县医院就行，你一边上班一边照顾我；不然，到省城开销大不说，你还得请假扣工资。

钱重要还是命重要？田玲急得流出了眼泪。

田玲明白连生的心思，他们在城里买了房子，家里没有多少积蓄啊！

田玲想起了自己的母亲，她说，母亲就是为了多挣钱患上尘肺病的。

田玲的母亲在煤矿的磅房工作，每天都有几百辆拉煤车通过磅房过称开单。磅房是令人羡慕的工种，比井下安全，奖金也不少，奖金跟煤的销量挂钩。奖金最多的时候，一个月比在槛山镇政府上班的父亲一年的工资收入都多。母亲是个爱干净的人，可在煤粉飞扬的矿区里，再洗涮得勤也穿不出一件鲜亮的衣服来。家里一日不打扫，就到处是黑灰。县城空气好，母亲想挣够到县城买房的钱，然后和父亲一起调离槛山。除了上白班，还经常接着上夜班，夜班的奖金比白班高。几年下来，奖金挣了不少，母亲的肺却被吸入的煤粉给毁了。

听了田玲的述说，连生沉思良久。他说他外公患尘肺病也是为了钱。外公和父亲一样，随着槛山煤矿业的兴起，已不再是一个地道的农民了。

每年冬季农闲时，也是槛山煤炭外销的旺季。常常会看到外公一手提着编织袋，一手拿个火钳子，在弥漫着汽车尾气和灰尘的大路上拾煤块。路面坑洼处和拐弯处是洒煤最多的地方。外公紧盯这些路段，拉煤车一过，浓烈的尾气和灰尘尚未散去，外公就迅速地把洒下的煤块捡到编织袋里，生怕别人抢去。再把每袋以三元五元不等的价钱卖给煤贩子。运气好的话，一天能收入七八十元。晚上回来时，外婆心疼地说外公抹得像个周仓。

外公病重时，还惦记着地里的庄稼。玉米地在离公路十多米的一侧。叶子被黑黑的灰尘掩去了绿色，沉沉地发蔫。父亲锄了一天草，浑身上下抹得黑乎乎的。后妈春桃吃惊地问：这长成的玉米能吃吗？

白家富给了儿子一万块钱让他到省城治病。说就是砸锅卖铁也要把他的病治好。

连生眼睛湿润了。

尘肺病病魔的降临意味着自己在水泥厂工作的终结。身体垮了，之前的一切努力可以说全部归零了。如果让自己重新选择人生，他会按父亲的教诲去做的。结婚后，为什么不听田玲的忠告，做好防尘保护呢？

六、采气井

从夏到秋，白家富披荆斩棘，硬是把荒芜了二十八年的拐洞庄拾掇出了模样。

院子里除了那棵老桃树，其他衍生的臭椿、杜梨等杂树，连同荆棘杂草一起被砍刈得一干二净。窑洞门脸上树根拱虚的表层、洞口被雨水涮豁的部分都被齐刷刷地切掉。前洞安上了新门，天窗还镶了玻璃。

洞里墙面膨松了，他用小镐整整洗了三天。尘土落下的时候，他闻到了大肚老朱烧火留下的烟熏味。他挖出了墙上的烟道，墨黑黑的一道从塌落的灶台向上再向外延伸，像一条裂缝，使他想起了檑山的饭店。

饭店裂缝是从房子东北角开始的，发现时已有一指宽了。他想是下根基时匠人没夯实，墙角落陷了。可偏偏在招待村主任时来了个大沉陷，把连生砸了个头破血流。那个位置是高二炉常坐的，砸的怎么不是高二炉呢？狗东西运气好，自从把春桃拐走后再也没有到过饭店。

到底是地震引发了煤矿采空区沉陷，还是采空区自身沉陷，白家富不清楚，镇上的干部也说不清，但镇干部给他的饭店贴上了危房的标签。他拿着补偿款在镇上租房又干了两年，就收摊还乡了。

本来还能再干几年，赚个十万八万的。连生患病的教训告诉他，钱和人的身体比起来什么都不是。自己已六十岁的人啦，会一天天衰老下去，千万不能生病给儿子添负担。他想吸着大山里的新鲜空气，喝着甘甜的泉水，在没有喧嚣和污染的环境里颐养天年。可他万万没有想到，高大的钻井架会在村前的河边竖起。钻井机的轰鸣声打碎了他享受青山绿水之梦。

循着旧烟道的痕迹，白家富凿出了新烟道，把瓦扣上，再用麦糠泥一抹，烟囱就算做成了。接着，又开始盘灶台。

医生说连生的肺门钙化了，就好像这烟道一样，被烟尘给塞住了。烟道堵塞火就着不起来，肺里的气管堵了供不上氧人就不能活。烟道可以用灌水的办法去疏通，或拆开清理。连生用了不少药，效果不明显，不能像捅烟道似的拆开清理，也不能像洗猪肺那样去灌水。省医院的专家说能通过吸入新鲜空气来慢慢净化。

灶内的柴火点着了。湿灶湿柴烧出的烟太大，把白家富呛得两眼生泪咳嗽不止，胸腔里火辣辣的。医生诊断他的气管也有问题。干饭店被油烟炭火熏了二十多年，气管能没点毛病吗？他和儿子一样，呼吸系统确实需要净化了。

白家富刚泡上住进拐洞庄第一壶大叶茶，门外就传来了村主任的声音：

白叔，开灶了？

村主任领着一个穿西服的陌生男人来了。

老白给客人倒了茶水，客人端杯呷了一口，高兴地说：中，中，中，就是这味……

白家富从客人的口音中听出了一种很熟悉的韵味，他觉得来人好像在哪见过一样。

这位是——

村主任笑着说：白叔，他是在咱们白家河流域开采煤层气的总经理，他的爷爷就是曾在这里住过的老朱……

白家富听说是大肚老朱的孙子，立马针扎似的站了起来。他不知道此时自己还算不算拐洞庄的主人。

白家富紧紧握着朱总的手，眼里噙着泪花，喃语道：你真是朱振禄的孙子？

我是，白叔！我是专门来看爷爷当年穴居的地方，谢谢你给了这个难得的机会。

朱总把白家富让回座上，深情地说：白叔，白家村的父老乡亲是我爷爷的恩人，也是我们朱家的恩人。爷爷生前常讲起在白家村的故事，还讲过你在"文革"中救他的事。

真的？白家富两眼泛出兴奋的光芒，仿佛老朱来到了他面前。他起身进了东边的拐洞，拿出一瓶杏花村汾酒，笑着说：大叶茶，玻璃汾，是我们白家村待客的习惯！

村主任说：朱总早就知道咱们的习惯，来时带了平遥牛肉、卤鸡蛋做下酒菜哩！

朱总说：白叔，喝酒前我要先做一件重要的事情。

朱总拿出了照相机，在白家富的陪同下，走进了后面的拐洞。闪光灯下，爷爷睡过的套窑土炕等被一一拍了下来。他们走出窑洞，趁着光线明朗，又拍了潭水、山峰、桃树、院落等。

一瓶酒下肚，朱总又讲起了爷爷。

20世纪80年代初土地下户后，我们吃上了饱饭，爷爷终于回家团聚了。后来，父亲陪爷爷到郑州检查身体，爷爷患的是多胃症。医生给爷爷做了切胃手术。正常人只有一个胃，爷爷天生一大两小三个胃。一顿不吃多半桶玉米稀饭才怪呢。

白家富插话道：你爷爷晚年逢上了好时候，过上了能吃饱饭的好日子，还做了切胃手术，能跟正常人一样生活。幸运啊！

朱总说：爷爷后来多次想回白家村看看，可毕竟年龄大了。闲暇时，常常念叨白家村的事情。什么拐洞冬暖夏凉、溪水手掬可饮、冬天的野鸡野兔味美无比，还有这提神解乏的大叶茶……

1998年，爷爷临终时，嘱托父亲和我有机会一定代他回白家村谢谢乡亲们，是这一方水土救了他的命。这里山好，水好，人更好！

村主任说：朱总的公司来山西创业，他专门选了白家河流域煤层气开采项目，就是想借机会完成爷爷的心愿。

白家富自斟了一杯酒，一饮而下，面色凝重地说：老侄，你爷爷是个好人，他老人家懂得感恩。我想你也是个知书达理之人，可眼下有一事我实在想不通。

白叔有话请讲，我又不是外人。

好，既然贤侄这样讲，咱们再碰一杯，我就讲。

两人碰罢酒，白家富问：贤侄，你看过歌剧《小二黑结婚》吗？

没全看过，在电视上看过一些片段。

好，想必听过小芹唱的"清凌凌的水来，蓝格莹莹的天"这段唱词吧！

听过，听过，还会哼哼两句呢，唱的就是你们这地方。

现如今蓝格莹莹的天倒还有，可清凌凌的水真不多了。你到过樆山镇吗？三十年前，大沁河还渡船呢。可如今，周边的小河小溪干涸了，大沁河天旱的年份还会断流。水呢，漏到下面煤矿巷道里了……

仨人又碰了一杯酒，白家富接着说：二位贤侄呀，山西地势高，一挖矿井水就流到河南了。听说太行山下焦作一带掘地三尺就能打出水来……

夸张，夸张！朱总笑着说。

村主任插话道：我们白家河水位变化不大，全县像这样的河没几条了。如果周边开了煤矿，那肯定会慢慢干涸的。

白家富瞪着村主任说：难道仅仅开煤矿才能把水打漏吗？钻气钻不漏吗？

朱总明白了白家富的心思：自己公司的钻井机已钻到他们祖祖辈辈繁衍生息的这方净土白家河边了！白家河是他们的母亲河，她养育了白家村村民，也曾养育了爷爷几十年。可是白家河的生态将要被自己这个替爷爷感恩的人破坏了……

白家富一壶茶一瓶酒就让自己不知不觉中了套，就像当年他用泔水桶盛饭糊弄红卫兵救爷爷一样，好狡黠啊！

听了白家富的高论，村主任心里疙疙瘩瘩的。全县有煤矿、有采气井的村多的是，人家就不怕把水打漏？人家的村主任到县里开会坐的是帕萨特，最不吃货也坐个桑塔纳，可自己连坐班车的路费也报销不了。白家村集体没收入，干啥工作都困难。他多次向乡里要求辞职外出打工，乡长劝他再坚持几年，说白家村是片处女地，迟早会有人来开发的。如今机会来了，真的把水打漏了怎么办？

朱总说：要相信科学，将来一定会有办法的。

白家富说：将来水漏干了，你们早跑得无影无踪，难道黄河会倒流？你们现在就得拿出办法！

朱总苦笑着说：最好的办法是不开采。可我说了不算呀！国家有开采规划，即使我们公司不开采，其他公司肯定会来的。

能不能离河源、河道远些！村主任建议道。

那也只能在河边减少井数，往远处移移井位。朱总说。

最多留多少呢？白家富急切地问。

总共六百眼，怎么说也得三百眼吧！朱总挠了一下头发，用商量的口气说。

不行，还多！顶多二百眼。白家富说。

好像三百眼井都打在白家富自家的地里一样，他与朱总讨价还价。

七、福利风波

朱总从拐洞庄回去后，果真把在白家河流域规划的六百多眼采气井压缩到二百眼。三分之二的井位被移到了离白家河水脉较远的坡地、沟岔和其他村。

一开始，村民们还为白家富对朱总的"劝谏"之举交口称赞，说白家富挺护众的，为了保护白家村子孙后代的生存环境，不顾年老言微，舌战朱总，化解了白家河水脉被钻漏的风险。

白家富在村人的一片赞誉声中从拐洞庄搬回了自家的老屋居住。

冬日里，天气好的时候，他会装着一盒好烟在村里闲逛。除了妇女小孩，逢人就发烟，为的是讨人几句夸奖的话。晚上，白家富老屋常有闲人陪着他抽烟、喝茶，隔三岔五地还会喝一场小酒。一次喝酒，村主任也来了。酒过三巡，白家富激动地说：非常感谢父老乡亲们几十年的帮衬，尤其是贤侄的关照。

村主任说：白叔不必客气，你对村里的支持远远超过了大伙对你的关照。

白家富说：哪里，哪里，只不过凑巧遇上了朱总这样知恩图报的人……

村主任说：白叔，我说的关照不仅仅是你出面保护了白家河的水脉，还有件事你和大伙都不知道。咱们村铺水泥路时，连生帮助赊出来十万元的水泥，由于水泥厂关闭，这十万元水泥款就不用还了。

白家富听了说：咋就没听连生说过呢？

村主任说：连生仁义，做好事不声张。若不是身体欠佳的话，这会肯定在哪个大企业当厂长哩。

第二天，白家富父子为村里铺水泥路省了十万元水泥款的事在村里传开了。

人们见了白家富又用白赊水泥这个话题来夸他们父子。白家富认真地说：那十万元是国家免的，要感谢政府才对。

村委会计说：你们父子俩为修路还捐了一万元现金，对吧！

我们父子长期在外，给村里没啥贡献，捐一万元也不多。

会计又说：如果不是连生当生产副厂长能赊出那么多水泥吗？赊不出来就沾不上政府给免掉的这十万元的便宜，大伙还得负担。加上捐的一万元，你们为村里做了十一万元的贡献。

白家富觉得这话说得有道理，再遇到有人称赞时，就毫不谦逊地领受了。

白家富觉得给村里办好事是一种享受，给大伙办好事，也是给自己办好事。在村人们的赞誉声中和敬佩的目光中过日子，比一人孤单地住在拐洞庄舒心多了。

人愈老愈怕寂寞啊！

但好景不长，乡亲们对老白的态度在临近年关时，一下子变得比三九天还冷。原因是白家富搅黄了他们的年终福利。

村委会原先承诺的每人发放一百斤大米、一百斤白面和一壶食用油，只能兑现五十斤白面。

村主任面对村民的质问，向大家解释说，为了保护白家河水脉，采气井压缩了三分之二，占地补偿款自然也少了三分之二。如果不压缩井数，六百多眼井每年集体可获土地补偿款十八万元。现在只能得到六万元，六万元只够每人发一袋白面。

听了村主任的话，大伙恍然醒悟：娘的，到口的肥肉让白家富这老东西为保护什么水脉给搅没了。

白家富只有一袋白面，他想用村主任家的自行车把面推回。村主任媳妇在院里铲雪，见老白来借自行车，爱理不理地说：是白叔呀，你还缺那一袋面？自行车内带扎烂了，不能用。

白家富听出女人话里有话，没说啥就径直走到村委大院。领面的人已不多了，有两辆三轮车正等着装面。他来到一辆三轮车旁，面带笑容地给车主递烟，人家摆手拒绝了；另一辆见白家富想用车捎面，就急忙掉头，连自家的面都没领，加大油门，突突突地开走了。

白家富尴尬地笑了笑。房檐上被寒风吹下的雪落到了他的头上和脖颈，一股冷气直窜腰部。

他进了村委办公室，在铁炉上熏了熏两只骨节粗大的手，然后跺了跺冻麻的双脚。几个正在议论别村发了多少福利的村民见白家富进来，立即把口边的话咽了回去。屋内静得只有计算器的报数声。白家富极不自然地又跺了几下脚。

会计停止合数抬头望了白家富一眼，阴阳怪气地说：不用跺，地下没有挖空，塌陷不了。

白家富气得瞪眼问道：你啥意思？

啥意思？没意思。会计狠狠摁了几个数字键冷冷地说：来签字领面吧，签了快把面搬走。

这时，村主任进来了。看见白家富就大声嚷道：白叔，白老板！

村主任嘴里喷着酒气，两眼红得跟兔子似的，借着酒劲把白家富拉到一个破旧的双人沙发上。

白家富说：你喝多了，老侄，回家喝点水醒醒酒。

不多，不是喝醉了，是气醉了。

白叔呀，群众骂我说话不算数，是放屁，脑袋长在别人身上……都是跟上你这个大老板，站着说话不腰疼，空谈什么未来生态，什么水脉水位，把到口的肥肉搅得所剩无几……

还有那个姓朱的，非得去看他爷爷住过的破窑洞，被你老叔用酒灌得三迷六糊，成了猪脑子，真个就调整了井位。公司加大了成本不说，还让村里减少了收入，真他妈的损人不利己呀……

白家富被村主任数落得脸色红了白，白了红，连忙说：都怪我多事，大伙现在怨恨的是我，不是你，你别往心里去……

接生婆王奶奶和外孙来领面，小伙子一看才五十斤，就问会计：听说二百斤米面嘛，咋还没我们村发得多？

王奶奶外孙家住白家河北边的山村里，那里也开采煤层气。

会计用瘦长的手指弹着桌子说：这有啥奇怪的，你们村发得多了，我们村就少了；你吃得多了，你姥姥就吃得少了。

小伙子问：到底咋回事？会计说：规划在我们这里的井位大多都移到你们那里去了。本来够你姥姥吃一年的米面，现在只够吃俩月……

白家富跟会计说：把我的面给了王奶奶吧。

不料，王奶奶悻悻地说：我只要我该领的，不需要有钱人施舍。

原来，王奶奶前几日就听说村里发的福利被白家富搅和得剩下一袋面了。可她不信，还专门给外孙捎信来帮她领。

白家富像一条到处挨揍的流浪狗，憋着一肚气灰溜溜地离开了村委会。他没领给自己分的那袋面。

自从到樫山镇打工、开饭店，快三十年没在村里过过年。他十分眷恋过去和全村老少一起过年的气氛。杀猪宰羊蒸花馍，汉子们喝大酒，孩子们放鞭炮。这些是县城和樫山镇所没有的。现在，他成了乡亲们眼中的罪人，这年过得还有意思吗？

儿子给他打了几次电话，让他到城里一起过年，他都推辞了，说城里没熟人，没有村里热火。白家富还是想在老家过年。

腊月廿四白家富扫老屋这天，接生婆王奶奶上门送了六个枣花馍。当年连生出生时是王奶奶接生的，一切顺顺当当。可连生娘生第二胎时却遇到了难产，王奶奶使出了浑身解数都正不了胎位，送到樫山职工医院也没保住母子二人的性命。因此，王奶奶见了白家富脸上总是挂着几分歉意。加上这次村里分福利，因为两袋米面的事她出口伤了白家富，一回家她就后悔了。

王奶奶拉着白家富的手说：家富呀，那天是我的不是，我也是老糊涂了听了别人的闲话……你担心把水打漏也是为了大家。

听了王奶奶的话，白家富心里好受了许多。他要一个人在村里好好过年，出了正月再去务弄他的拐洞庄。

第二天，白家富去村里大槐树下的小商店购年货。店主是村会计的胖老婆。女人皮笑肉不笑地说：有钱人咋还到这小店买东西？

白家富笑着说：有钱没钱都要打醋称盐。

胖女人把白家富要的东西往柜台一扔，收了钱，连个包装袋也不给，扭身应酬他人了。

这时，村里一个光棍进来买酒。白家富问：还不到晌午就开始喝上啦？

光棍指着白家富的鼻子说：你搅和得把我那两百斤米面变成了五十斤，不喝酒喝啥？

老侄要是过不去年跟我一起过。

光棍打开酒瓶咕咚咕咚喝了两大口，装疯卖傻地说：管打炮吗？

白家富气得瞪眼道：年轻人自重点。说罢转身走出了小店。背后传来胖女人的讥笑声：饱汉不知饿汉饥，装什么蒜。

白家富没想到连懒汉泼妇都敢对自己如此无礼，他后悔地叹息道：这回众怒犯大了。

自从村里发福利以来，白家富白天出门无人搭理，晚上常来的几个发小也不见踪影了。看来，他享受不上在村里过年的那种气氛了，留在村里，反而给自己添堵。趁天色还早，他立马雇了王奶奶外孙的三轮车，拉上铺盖和年货又搬回了拐洞庄。

八、矿泉水

正月初九，朱总和村主任踩着厚厚的积雪，吃力地走进了拐洞沟。

快到庄前时，他们看见潭边站着一个人，面向沟西山崖发出噫——呜——的声音。回声惊起了崖边树丛中的鸟儿，鸟儿哗地飞上了山顶。

连生站在一块方石上，旁边放着洗漱用的牙具。听到来人的脚步声，立即停止了深长的呼气吸气，转身看了一眼，愣了一下才反应道：是村主任大人吧？贵客呀！

村主任说：连生弟，你甚时回来的？你爸还好吧！

连生搓着手说：他是气不死的，在窑里炖兔肉哩，快去尝尝！

拐洞前的场院里堆着初一早上燃烧柏枝留下的灰烬。洞门上鲜红的春联引人注目，上联是：山美水美生态美，下联是：天好地好家乡好；横批是：别有洞天。

看到春联，村主任和朱总心里轻松了许多。白家富没有被村人的误解、冷落击垮，他正儿八经在拐洞庄过年呢。

白家富把兔肉端到了桌上，热腾腾的香气扑面而来，馋得朱总和村主任直咽口水。

白家富两鬓的白发增多了，清瘦的面容透出几分新春的喜悦。仨人举杯碰酒，村主任面带愧色刚要开口致歉，就被白家富制止了：

今天是大年初九，喝新年祝福酒，不提不愉快的事，谈高兴的事。

白家富给村主任和朱总各夹了一块兔子前胸肉说：老侄，你们尝尝，看看味道怎样？

村主任吃了一口说：白叔不愧干了几十年饭店，同样的兔肉你炖出的味道就是好。

朱总细嚼慢咽地品了一下，说：我走南跑北，炖兔肉吃得不少，但没有这么香。今天，我算有幸尝到了。

白家富见自己的手艺得到了认可，抿了口酒说：咱们这里的兔子吃的是无污染草，喝的清泉水，夏季到麦地吃麦子，秋季蹿到谷地吃谷穗，膘肥肉厚，是大补品，你俩多吃点。

连生拎着一桶水回来了。连生不能喝酒，在一边沏茶倒水。

白家富把儿子介绍给朱总，酒桌上的话题就转向了连生。

连生说：去冬政府给水泥厂、煤矿等企业患有职业病的工人办了病退，交了养老金，还出台了尘肺病治疗费用全额报销的政策。

省医院一位治尘肺病的专家告诉我，边服药边吸纳新鲜空气，饮天然无污染泉水是最好的疗法；还有一位老中医说吃嫩桑叶挺管用的。

从省城看病回来给父亲一讲，父亲说，这些咱白家村就有，让我初六就回拐洞庄疗养。桑芽才萌绿，出来早呢。但空气是现成的，泉水就在门前……

听了连生的疗养方法，朱总想起爷爷曾讲"文革"时期在县城批斗期间染上了肺结核，没钱住医院。白家富凑钱给买了一瓶雷米封，按医嘱除了服药，每天早晨到潭边洗脸刷牙，大口大口吸入新鲜空气，再把浊气呼出。不到三个月，爷爷的病就治愈了。

想到白家富与爷爷的交情，白家村村民对爷爷的帮衬，朱总的感恩之心愈加强烈。能为他们做点什么呢？当他知道去年腊月村里发福利的事，心里感到一种难以言状的痛，一种无奈的纠结。

谷雨过后，毛茸茸的桑芽迅速萌发，把一棵棵桑树点缀得翠色欲滴。这时的桑芽炒着吃，滑嫩爽口，和竹笋味一样。

连生每天早上起来服药后，在潭边洗漱、深呼吸。然后，吃一碟炒桑芽，喝一碗桑叶汤。早饭后，跟着父亲去采桑芽，摘桑叶，像蚕农一样。太阳落山时，白家富会在野兔经常出没的地方下套子，他要给儿子做炖兔肉补身体，不能光靠吃桑芽啊！

父子俩日复一日地过着简单而宁静的生活。三个多月后，连生的气色由黄变红，脸上有了光泽。白家富心里一阵窃喜，一百天的心血没有白费。狗东西，与正月来时简直换了个人，哪像有尘肺病，上山采桑芽时一点也不喘。倒是自己气喘吁吁的。自己肺上没啥大毛病，自己是老了。

连生也觉得自己精神好多了，浑身有了气力。令他惊喜的是有了久违的晨勃。自从被诊断为尘肺病后，不知是心理作用还是药物所致，他渐渐失去了男性功能。现在，他的身体恢复得出乎意料。

望着从山上采回的桑芽桑叶，连生激动地说：爸，这偏方真管用呀！

白家富说：单凭吃桑芽桑叶不会有这么好的疗效的。如果没有拐洞庄的空气和泉水，你就是再吃三年也不见得顶用。

连生不信，白家富就让他打电话，问了几个同时回农村老家疗养的病友。他们都说好了一些，仍是乏力和气短。同样是吃桑芽桑叶，按医嘱服药，效果显然不如连生。

白家富跟儿子商定，外出复查时，带上一瓶门前潭里的泉水，让专家检验一下，是不是有什么特殊的成分。

桑葚成熟的时候，连生乘朱总的顺风车到省人民医院复查病情。看了CT片，医生十分惊讶。连生肺部的纤维化倾向已停止，病灶有了明显的好转。问了用药情况，与常规治疗没有什么不同。连生就把吃桑芽桑叶的情况说了。医生听了疑惑地说：用桑芽桑叶偏方治疗的不止你一人呀？这时，一旁的朱总就把拐洞庄的地理环境，特别是有股甘洌清澈的泉水讲述了一下。医生当即让他们去化验带来的泉水。看了化验结果，医生恍然大悟：你喝的泉水硒的含量较高。硒是一种抗氧化元素，能使氧化物脱氧解毒，能抵抗和减低汞、镉、砷的毒性……

听了医生的解释，连生惊喜地说：竟想不到拐洞庄能有这么好的泉水。

朱总拿着水质化验报告仔细看了一下，感慨地说：这种富硒泉水对人的健康十分有利，再也不能让它白白流走了！

朱总打算帮白家村上一个矿泉水项目。

九、五喜临门

年产一千吨矿泉水项目从立项到开工用了不到三个月时间。这全靠朱总的鼎力帮助。白家富是项目的法定代表人，也是未来的厂长。

工程前期是铺路、架电、修厂房。白家富和儿子忙得起早贪黑。可他一点也不觉得累，整日处在亢奋状态。村里不少壮劳力都来干整路基、栽电杆的体力活。他们见了白家富都热情地叫白叔，有嘴甜的还叫他白厂长。白家富以为自己耳背听错了。连续几天总有人这么叫，叫得他心里直嘀咕：狗东西，叫什么厂长，连生也当过厂长，老子和儿子不叫混了吗？可白家富还是喜欢让人叫他白厂长，虽然提前了些，比叫白老板荣光多了。

矿泉水项目的落地，一扫白家富心中的晦气。他总算有了补偿乡亲们的机会。

项目总投资三百万元，采气公司捐赠一百万元为拐洞庄铺路、架电；其余二百万元由白家富自筹解决。经测算，水厂建成运行后，每年可实现利润四十万元。向村委会上缴二十万元后，白家富可获利二十万元，十年后收回投资。

经过一年多时间的建设，路铺好了，电接通了。厂房快要竣工的时候，白家富家又有了添丁之喜。连生媳妇生了个男孩。连生回城的第三天，白家富就急不可耐地进城看孙子。

连生说：爸，田玲这一生孩，水厂那边我就顾不上了。你一个人忙不过来，是不是找个底实的人帮忙？

白家富想了一下说：现在不用，都是包工，我能跑得过来。

连生说：净水设备快发回来了，朱总说安装调试用不了一个月。一旦开始生产，你只能看住厂里这头，那销售谁来管？何况销售部设在城里。

是啊，销售很关键。以前开饭店的时候，自己炒饭炒菜，全靠春桃端饭收钱。这回是大批的矿泉水往出卖，必须有个底实的人来负责。

白家富把四六亲戚、街坊邻居在脑子里过滤了一遍。老实可靠的账码不清，账码清的靠不住。

连生见父亲犯了愁，就说真没合适的话，他打算在原来水泥厂销售部的推销员中招几个。

田玲插嘴说：推销员推销行，管钱管账怕不合适……我推荐一个人，如果爸觉得不合适的话，不要多心，就当我没说。

白家富说：都是一家人，我不多心，你说是谁？

田玲笑了笑，低声说：是春桃姨。

白家富听了脑袋摇得像拨浪鼓一样：不行，不行，人家愿意不愿意说，咱还怕村人笑话哩！

春桃与高二炉结婚不到三年，高二炉就病死了。白家富不是没想过让春桃重新回到身边的事，好马不吃回头草，他怕别人笑话。况且，听说春桃还给二炉生了个女儿。

田玲明白公公的心思，就开门见山地说：我现在是她女儿的班主任。上学期开家长会时，她主动向我问了你的情况。她说她的女儿是白家的骨肉。我虽然只给她当了一年多的儿媳妇，可对她的为人还是了解的，她没有理由骗我。我仔细端详了小女孩的长相，像咱白家人。一次，学校组织学生体检，我专门留了女孩的血样，与连生的血样一起做了DNA鉴定。他俩确实是亲兄妹。

白家富听了半信半疑，头上冒了虚汗。田玲又找出一张女孩的照片，白家富看了低声喃喃道：十年了，这难道是真的……

春桃下午五点去学校接女儿时，远远看见学校大门外一个头发花白的老头不时地透过铁栅栏朝里张望。走近一看愣住了：这不是白家富吗？

白家富望了春桃一眼，神情尴尬地把一张照片往口袋里攉，嘴里嗫嚅道：真没想到还能碰见你……

春桃说：别躲躲闪闪的，我知道你来干什么。孩子没有思想准备，不要打扰她。

白家富像被揭穿了的贼，红着脸结巴地说：那你接孩吧……然后，转身离开了。走到大街的僻静处，掏出照片又端详了一会儿，心里说：狗东西，是我的女儿我迟早要认的，什么打扰不打扰的。

净化水的设备发回了拐洞庄。白家富满肚心思地离开了县城。临走前，田玲把春桃的手机号告诉了他，并再三吩咐要他主动些。

在安装设备的空当里，白家富借着酒劲拨通了春桃的电话。

他是站在拐洞庄山顶上朝着县城的方向才打通的。好像春桃就站在对面远处山顶似的，跟他相互遥望。春桃问：为什么七八年了现在才打电话？白家富说：想女儿了。春桃说：如果不是你的亲骨肉呢？白家富脑不转弯地说：不知道。

春桃劈头盖脸地数落了白家富一通：不是你的你就绝情了，知道是你的你才打起了主意，你真自私！你知道我娘俩这些年怎么过来的吗？

白家富在电话里支吾着，只会用你说得对，真对不住之类的话来应承。

春桃最后不依不饶地说：是不是还要做个亲子鉴定？你可想好，免得后悔！

白家富没有接这个话茬，而是恳请春桃凑空来拐洞庄一趟，他有事求她。春桃说：是你有事求我，还是我求你？

白家富只好又回了趟县城。到了春桃的住处，两眼不时盯着墙上春桃母女的大幅照片。

做什么亲子鉴定？太像了！白家富自言自语地说。

春桃问：你嘀咕什么呀？

我说你娘俩长得真一样。

白家富说了谎。其实，他是说女孩与他们白家人长得一样，都是弯弯的柳叶眉，而高二炉是短粗的大刀眉。是谁的种就有谁的特征，长得就仿谁，哪怕是说话、走路或笑的样子。现代人真麻烦，还做什么DNA，狗崽能跟猪娃一样吗？

白家富说他想让春桃帮他管理矿泉水销售。春桃问：给多少工资？白家富说：我挣那么多钱有啥用，都是你的！

春桃听了情绪才好了起来。两人的话题越说越多，从槭山镇到白家村，从拐洞庄到矿泉水厂……仿佛一对隔世重逢的冤家。

白家富忍不住地说出了自己的疑惑：你和二炉在一起时间也不短，为什么没给他留点血脉？

春桃叹了一口气说：一个患三高的男人，整日只顾吃降压药、打胰岛素，后来又患了肺癌，连命都保不住，还有什么精力生儿育女。

白家富已不在意春桃心里是否还装着二炉，对自己是否还有点感情。这些并不重要，重要的是女儿是真品，是自己的血脉。

春桃说高二炉是个重义气、讲情义的男人。白家富不认可。春桃就讲了一个白家富从未听说过的事情。

三十多年前，春桃在县城宾馆当服务员时就认识了高二炉。一天夜里十二点高二炉醉倒在卫生间，背靠墙角，头垂胸前，饭菜涌上喉咙，几乎窒息了。是她及时叫人救起了高二炉。从此，二炉每逢上城办事都去宾馆看望她，还给她买过衣服等礼物。那时，春桃正值妙龄，分管宾馆的副县长对她垂涎三尺。有一天傍晚，趁她送水之机把她按倒在床强行非礼。春桃拼命喊叫，幸好住在对门的高二炉听到了。二炉把门撞开，副县长吓得放开了春桃。不久，春桃被宾馆辞退了。

听了春桃的讲述，白家富突然觉得这个曾经跟自己生活过十多年的女人变得陌生起来。他发现春桃是个不简单的女人。过去的一切如梦如烟，她能把自己的骨肉拉扯大实在不易啊！尽管她和高二炉做了对不起自己的事，看在亲生女儿的分上也应该原谅她。人不能老在过去的阴影里活着，得向前看。春桃骂他绝情、自私，一点也不冤。

春桃该回到自己身边了。即使没有女儿这个牵挂，自己也应该接受她。

白家富打算把和春桃复婚的事与水厂开工一起办。

九月九，家家有，这是一个丰收的季节。白家村的川地、梯田里籽粒饱满的庄稼被秋风镀上了金色，空气中弥散着诱人的香味；大山脱去了夏日的繁华，换上了深绿的秋装，变得深沉庄重；白家河收敛了雨季的奔放，清澈地在村前缓缓流过。

白家村的人们顾不得收秋，三人一群，五人一伙地沿着新修的水泥路去看拐洞庄矿泉水厂开工剪彩仪式。

中午时分，随着一阵喜庆的鞭炮声响过，一条打着花结的红绸带，被白家河乡乡长和采气公司朱总用两把崭新的剪刀剪开了。乡长做了简短的致辞后，大家开始参观厂房和生产线，品尝试产加工净化出来的"连生牌"矿泉水。请来的民间乐队歌手们唱起了《在希望的田野上》。

村主任陪着乡领导和朱总一起来到了白家富住的拐洞。拐洞的门脸用红砖挂了面，木门换成了铝合金门，上面新贴的对联耐人寻味：

上联是：老树逢春新枝发，下联是：拐洞新貌喜事多；横批：五喜临门。

前洞及左右第一拐洞的墙面用仿瓷涂料抹得洁白光亮，两边洞口上也安上了门框，挂上了珠帘与红花，地面上铺了方砖，家具全是天然木材打制，清漆刷过后，回形的纹理清晰可见。

乡长说：老白，谢谢你为我们乡兴办民营企业带了个好头，祝贺你与春桃破镜重圆！

白家富和春桃向来宾鞠躬感谢。

朱总问：白叔，你幸福吗？

白家富感慨地说：这辈子从来没像今天这样幸福过。

村主任笑着问：白叔，说说你的幸福在哪里？

白家富指了指墙上挂着六口人的全家福和"连生牌"矿泉水生产企业全景照片。

漆棺匠

一

　　漆棺匠福太和他的帮手伟军一起在大浴池里泡着。

　　这是他生来第一次进浴池，而且是县城一流的浴池。大理石砌成的池子足足有四十平方米，池子西边是八个镀金喷头，不管下面有人无人一律使劲地往下射水，仿佛要把什么东西穿透一样；喷头往北则是四个包了黑皮革的搓澡床，铺上白布用水一浇，一个赤裸裸的浴者就仰躺了上去，服务生就拿起澡巾热情地招呼着搓起来……然后，又是按摩又是捶背，噼噼啪啪的击打声此起彼伏。

　　这场景让福太有点眼晕，他望了伟军一眼，伟军两眼微闭，头上谢顶处沁出了汗珠。伟军正品味着池子里热乎乎的清水呢。

　　福太用手抹了一把脸上的汗水，粗糙的指头和手掌被热水泡得发白，指甲缝里长年洗不去的漆垢这次也被泡洗得一干二净。他每次干完活，都要用肥皂、汽油或是稀料好好搓一回手，可指缝和手上裂缝里的漆垢怎么也洗不净。每到夏季，他经常在家乡的柳曲河里洗澡游泳，脚底和手掌的皮都泡皱了，可指甲缝里的漆还在。这次，他终于明白了，河里的水没有洗浴池里的水温高。在柳曲，那条流淌不息的大河就是村民们的天然浴场，可只能在夏天的时候洗。冬季的时候，是洗不上澡的。

　　浴池里的水就是热。大冬天的，水面上飘着雾气，慢慢氤氲到房顶，把嵌在天花板上的灯熏得昏昏欲睡，懒散地发出迷茫的光。

　　一滴冷水从天花板上跌落砸在伟军的鼻尖。伟军醒了，说：福太哥，泡得舒服吧！

福太笑着说：你经常来这里洗？

这是高消费的地方，谁敢常来呀，我家里就有太阳能，方便得很。

福太问：装修得有这么好吗？

伟军吹嘘道：通一色的白瓷砖，比大理石白得多，我媳妇躺在里面就找不见了。

福太用手撩了一把水笑着说：下回你让她躺进去，我能找着……

伟军吹牛吹得失了言，让福太钻了空子，就顺水推舟装作大方地说：凭你那本事，点上灯也找不着！

这玩笑不能再往下开了，再说下去就会触到伟军心里的痛处。如果换作一个刻薄粗野的人就会说，我找不着，王怀春定能找着！

王怀春是伟军媳妇十四年前的相好，曾是柳曲初中的校长。现在，在县城开了个公司，成了大老板。他俩这次洗浴，就是前几日王老板请客时给的票。

一个玩笑把福太开得兴奋起来，他环视着浴场，脑子里浮出一些联想：人呀，这种高级动物，赤条条来时和赤条条去时没有什么贵贱贫富之分，可一穿衣裳就有了身份。人与动物的高级低级之分除了大脑的发达与否还在于动物一生只一张皮，人还有衣着这层变化不定的假皮。谁会在真皮上异于他人呢？他就想起了年轻时，在柳曲河洗澡遇到过一个身上长白斑的男孩，煞是可爱。可大人身上有了白斑就不一定好看了。

浴场的人增多了，有点乱哄哄的。突然，福太看到淋浴头下一个身上有白斑的人。再仔细看，他惊呆了：旁边淋着的不是王怀春吗？娘的，别人是说曹操，曹操就到；自己是想曹操，曹操就来！

那身上长白斑的不是冷剑吗？

福太还没来得及把看到的告诉伟军。伟军就惊慌地说：起，快搓了回家！

他俩躺在搓澡床上，都扭头张望到王怀春跟冷剑说了什么。一种不祥的感觉使二人不知后来的搓背、按摩等程序是怎样进行完的。

一出洗浴场，一辆警车把他俩带走了。

二

福太和伟军被带到了城关镇派出所。

所长亲自讯问：

知道你们犯了什么事吗？

不知道！福太说，伟军没吱声。

所长啪地拍了一下桌，厉声说：少装糊涂！

说罢就在一个卷宗盒里拿出几张照片，摊在了桌上。

照片上都是棺盖上的图案和文字，只是拍摄的大小角度不同。

这也犯法吗？福太疑惑地问。

犯法，犯法！伟军用手轻轻戳了福太的腰小声说。

既然知道是犯法，为何知法犯法？所长语气强硬地逼问道。

这是我干的，与他无关。福太说。

是一个人所为，还是共同犯罪，不是你说了算！所长说着示意旁边的一位民警。民警拿了两张白纸两支笔，让福太、伟军把棺上的文字照原样再写一遍。

这时，冷剑进来了。所长招呼他俩坐下，民警又是倒水又是递烟。

所长说：冷科长，当事人已承认了！为了进一步核实，再给他们录一下笔体，到局里做做鉴定。

所长，用不着那么麻烦了，绝对是福太这王八蛋……王怀春愤愤地说。王怀春是跟在冷剑身后进来的。

你才是王八蛋哩，你是个大王八蛋！福太停下笔来，反骂道。

再骂人老子把你铐起来！干下有理的事了！所长大声呵斥。

听到所长的呵斥，王怀春更加来劲了，他狠狠吸了一口烟数落着：

王福太，你也太缺德了，俗话说人死为大，冷局长与你有甚过节，人死了你还污辱他。我毕恭毕敬把你们请来漆棺，请你喝酒、洗澡，付的是高工资，谁知竟做出这伤天害理的事，你太没人味了！这是辱父之仇，冷剑能不能忍下，我是忍不下……

所长看了福太和伟军写的字，递给冷剑。冷剑凝视了一会儿，拿着福太写的那张，愤怒地指着福太问：你跟我父亲究竟有多大的仇恨？为什么死了都不放过？有本事他活着的时候跟他干！你真他妈的小人，真缺德……

福太说：老子犯了啥法甘受法律处罚，用不着你来骂；你说我缺德，你知道你父亲活着的时候都做了哪些缺德事吗？

就是杀了人都轮不到你这个臭漆匠来说三道四，要不是老子吃国家饭非扇死你不可！

冷剑在举起右手的瞬间，腕上露出了白斑。他没敢真的扇福太耳光，而是做了个失态的动作，又把手收了回来。他知道他不能像寻常百姓一样用粗鲁的行为去泄愤，他是县检察院的干部。这个特殊的身份，使他在处理任何事时，不得不首先考虑法律。

所长走过来用手轻轻按了冷剑的肩膀，冷剑会意地坐到了沙发上。

所长说：冷科长息怒，当事人已对犯罪事实供认不讳，证据基本齐全，还怕他嘴硬？

所长回过头来指着福太说：还不向冷科长道歉！

我没错，道什么歉？福太气冲冲地说。

所长一听就火了：真是不识好歹的东西，污辱了别人，伤害了人家，你不但无悔过之心，在派出所里都敢顶嘴骂人，扰乱公务，来人，把他铐起来！

随着手铐的咔嚓声，警务室的空气一下凝结了。因为在座的除了福太，大家都对法律有所了解，福太犯的事还不至于非戴刑具。

伟军沉思了一会儿，说：所长，福太不是犯的刑事罪，只不过与冷剑吵了几句，就给他戴手铐？是要拘留他吗？有逮捕证？还是有拘留证？

拘留证立马就能开出，胆敢在派出所耍横，戴戴手铐是轻饶了他！王怀春冷笑着说。

这时，从外面走进了一个妖艳的妇人，面带微笑地坐在了王怀春身旁。她叫蔡青青，是王怀春的同居女人。

所长笑嘻嘻地说：你是怕把王老板拘留了吧？

蔡青青说：他与别人一无杀父之仇，二无夺妻之恨，谁吃了撑得告他呀!

虽无杀父之仇,但不见得无夺妻之恨吧?不见得没干其他违法的事吧?一个有犯罪前科的人还好意思来派出所诈唬我!福太晃着手铐,愤愤地说。

王怀春瞪着眼睛指着福太说:你这个赖货,戴上手铐嘴还硬,非让公安好好治治不可!

福太冷笑道:你自己屁股上的屎还擦不净呢,还在这里叫嚣,等着二进宫吧!

王怀春听了面如死灰,即刻蔫了下去。

伟军问所长:到底拘留福太多长时间?

所长察觉到情况有些复杂,就叫民警开了拘留证,时间是二十四小时。

冷剑和王怀春都不满意。所长说:这事我只能处理到这份上,还是向法院起诉吧!

冷剑没想到事情会发展到使自己骑虎难下的境地。他不想去法院打官司,他本来想通过派出所出出气,可这个福太又臭又硬,一点也不服软。他内心十分清楚,所长不想受理这涉及父亲隐私荣誉的官司,而是把球踢给了法院。法院能怎样呢?法庭上肯定要讯问被告的犯罪动机。父亲肯定得罪过被告,或者在工作中干过非常过分的事。不然,一个漆棺匠,给别人"棺"上添花,为何偏偏在父亲棺上写下诋毁之词呢?还有这个王怀春,把父亲都害死了,又不长眼地寻了这么俩漆棺匠。被人耍了,才嚷嚷着要报复,让公安局狠狠地给治一治。尤其对那个福太,王怀春似乎有着更强烈的仇恨。十二年前,父亲、王怀春和福太他们在柳曲乡究竟发生了哪些解不开的过节呢?

冷剑迷茫了。

三

福太听见冷剑骂他臭漆棺匠,心里很不是滋味。其实自己完全可以通过高考或中考成为一名吃"皇粮"的国家干部,也可像伟军那样屈辱地讨好王怀春，而成为一名公办小学教师。可贫穷的家境和倔强的性格，使他的人生轨迹离吃"皇粮"的坐标越来越远，只好在种地和漆棺这两种低微的职业中游荡。

福太没上过高中，但从小学一年级到初中二年级，他一直是班里成绩最好的。那时农村学校的师资很差，可柳曲初中却来了一位数理化语文诸门课程样样精通的佟老师。佟老师是从天津某美术学院下放到柳曲村劳动改造的右派分子。老支书王铁锤慧眼识英才，不让佟老师参加队里的劳动。与公社领导一沟通，把他安排在柳曲初中任教。

佟老师的到来，改变了柳曲初中许多学生的命运。初中毕业那年，柳曲初中高中升学率百分之六十五，福太总分成绩名列全县第三。可福太没能去县城上高中。这年，他父亲死了，母亲是个瞎子，家里还有两个妹妹。尽管他万分渴望上高中考大学，但贫困的家境粉碎了他的求学梦。

佟老师对福太没能上高中的事十分惋惜。

柳曲初中是在一座大庙里办起来的。日本鬼子扫荡时，把庙烧得只剩下个大殿。在恢复高考的第二年春天，县文化局来人了，说大殿是重要文物，修缮一下可申报省级文物保护单位，还可得一大笔文物维护补助款。一听有补助款，公社和大队都愿意干。油漆和彩绘的事交给了佟老师。

县里为佟老师摘掉了右派帽子。在回津之前，他要帮助县文化局完成全县八座古建筑的油漆彩绘。佟老师需要两个帮手，就点名要了福太，另一个就是伟军。

伟军是福太的同班同学。学习成绩一般，倒是有两样在学校挺出名的。一是小小年纪就会开拖拉机。他爸在公社农机站工作，伟军十三岁时就学会开拖拉机。一到假期在凹凸不平的乡村道路上，人们常看到伟军开着三十马力拖拉机，显摆出神气十足的样子。路人指着伟军对孩子说：你看人家，小小年纪就会开拖拉机，真有本事！那时，农村交通不便，拖拉机是公社干部的主要交通工具，而会开拖拉机的人少之又少。

伟军还有一样是跟班花杨玉花谈恋爱。他俩钻过玉米地，上过拖拉机。学校里曾传过这样几句顺口溜：

张伟军真异样，

课堂上搞对象，

拖拉机当大床，

玉米地里入洞房。

风声传到校长那里，碍于伟军爸是公社农机站站长，校长只好让班主任找伟军个别谈话。伟军说是杨玉花先给他写纸条的，并要他将来跟他爸一样到公社开拖拉机……老师听了，觉得杨玉花这女孩早熟，只好把她调到了同年级另一个班。

这些事佟老师都知道。佟老师看中的不是伟军天生是颗情种。同样是因为他会开拖拉机，还有一个农机站站长的爸爸。有了伟军的参与，进城购东西和到远处干活，运输就有了保障。

四

佟老师领着福太和伟军把学校大殿的漆工做完后，他们又连续在沁河沿岸的村落里刷新了大大小小的古建筑五座。就在将要完成第七座漆描工作时，因伟军下河洗澡，佟老师出事了。

这第七座庙是河神庙，坐落在从西而来的一条小河与南去的大沁河交汇处的小山顶上。那日，天气闷热得出奇，庙外树上的知了有声无气地叫着，像受了委屈又无人搭理的孩童断断续续地哭泣。

佟老师站在两米多高的架板上彩绘庙顶斗拱上的祥云图案。福太在下面给河神塑像按原色上漆。佟老师的汗珠子几次滴到伟军的脸上，流到伟军嘴边，咸咸的。伟军在架板下给佟老师倒漆、递刷子和画笔，高兴的时候也主动给福太递递东西。

伟军看到佟老师热得汗流如雨，就说：佟老师下来喝点水吧，天气太热了！

佟老师说：一会儿就完了，你出去透透风吧！

伟军擦了一把汗，像听到下课铃一样高兴地蹿了出去。

福太知道，佟老师急着赶活哩。县文化局的人说，省里9月份要来人验收。再说，天津那边来信催他回去安排工作。

知了抽泣声停下的时候，佟老师油漆完了最后一根拱木。他用毛巾擦了一把汗，叫了一声伟军，就慢慢从架板上爬了下来。

你不是给伟军放假了吗？他早不知蹿哪儿凉快了！福太心里想。

福太已勾画完河神的眼睛鼻子，正给耳朵上彩呢。佟老师站在河神像前凝视了一下，福太竖着耳朵想听听老师的指教，可佟老师只说了一句无关的话：我出去凉快一会儿！

福太明白老师的意思：你干完后也出来吧！

福太已成了佟老师的得力助手。除了壁画，像给椽头横梁描祥云图、鸟兽图呀，给塑像上漆彩绘呀等，他都能独立完成。其实，佟老师早就发现福太有绘画的天赋。1976年冬，揭批"四人帮"时，各班都出大字报，其中有一个班出的还有插图，是用毛笔画出来的江青、姚文元等人的漫画像。寥寥几笔就勾勒出了人物的特征。那毛笔字虽欠功夫，倒也有一些铁画银钩的风骨。佟老师看了就去问班主任，是哪个学生的手笔？班主任正在办公室里训福太。见佟老师也来问漫画的事，就指着福太说：王福太王大画家的大作！福太低着头看着自己的脚面一声不吭。原来，福太在给江青身上画的金钱图案中用蝇头小字写了玉花，在姚文元身上写了伟军的名字。这事被细心的玉花发现后，就哭着报告了老师。

佟老师知道了事情的原委，向班主任笑笑说：这家伙挺捣蛋的！

班主任瞪着福太说：去把人家的名字抹了，再写份检查交来。看把你能得！

佟老师发现福太不但文化课学得好，而且还有搞美术的天赋。可惜那时农村初中教学都偏重数理化，福太的美术天分没有机会得到培养。

五

沁河从北而下在河神庙的山脚下打了个折向东而去。伟军从庙里出来，顺坡向河湾走来。河湾里的水深浅不一，深处探不着底，浅处齐腰深。来到岸边，伟军三下两下脱光衣裤，慢慢走进河里齐腰深处才哗地扑下身子开始狗刨。他在浅处玩了一会儿，觉得自己的水性还不赖，脑海里想起一本金训华日记楷书字帖的封面：知识青年金训华在洪水波涛里奋臂击浪抢救集体财产……伟军兴奋了，心里腾出一股勇气，向河心游去……

佟老师坐在河神庙院门里喝了一碗大叶茶。想等福太出来一起到河边洗洗身上的汗味，他想伟军肯定到河里去"狗刨"了。记得伟军上五年级的时候，曾被学校红卫兵纪律检查组大中午从河里揪了回来。那时他上身只穿件背心，下身光着屁股。伟军和几个同学害羞地拉长了背心的前摆，努力遮掩着裆里的小玩意儿，几个孩子站成一行在操场上晒太阳……光着屁股罚站，这一招挺灵。后来再也没有发现有学生擅自到河里洗澡。柳曲河虽没沁河大，但有许多深潭，夏季上游有时下暴雨发洪水，下面不知道。淹死、冲走在河里洗澡小孩的事曾发生过多起。于是，每年夏季，县里就下通知，禁止学生到河里洗澡游泳。

一阵凉风吹过，空气中散发出强烈的河泥味，佟老师隐约听到有人喊"涨河啦"的声音，立刻意识到大事不妙，他朝庙里喊了一声：福太，下河！就径直走出庙门，向河边跑去。

洪水卷着杂物呼啸着冲向山根。伟军被这从天而降的洪水惊呆了。他掉头往岸边游，可两腿不听使唤，两臂像灌了铅似的怎么也拨不开重如铁石的水，做不出金训华奋臂战恶浪的英雄姿势。

别怕，伟军！佟老师不知什么时候游到了他的身边，右手抓住他的左臂，拖着他向岸边游。

河边很快聚集了十多个在附近地里锄草的老乡。他们给佟老师和伟军鼓劲：不要慌，使劲游，河头还早着呢！

福太来到河边时，佟老师和伟军离岸还有三米多，河头掀起小山一样的恶浪迅速向他俩逼近。福太吓蒙了，两腿软得发抖，哆嗦着脱下了汗衫和鞋。身后的老乡看出福太想下水救人，就递过锄头说：不行，危险！快把锄头擩过去让他们拽住往上拉！

伟军的右手怎么也够不着锄头，佟老师用力在伟军身后狠狠推了一把。就在伟军双手死死抱住锄头的一瞬间，大浪哗的一声把佟老师盖住了……伟军获救了。佟老师的尸体第二天才在下游三十里外的浅滩上找到……

六

柳曲村为佟老师做了一副上好的柏木棺。老支书把漆棺的任务交给了福太。伟军则是守灵烧纸四日后，披麻戴孝地把佟老师送到坟地下葬。

福太学漆棺是四个多月前跟佟老师当助手时开始的。那时，刚刚完成学校院内大殿的油漆彩绘工作，第二座古建筑还未开始呢。

死者是在"文革"中被迫害致死的原县委书记李中奇。李中奇生前是一位敢讲真话、心系群众的好干部。造反派将他害死后，殓入一口杨木白皮棺材。从土坟里挖出时，棺木板块已裂开二指宽的大缝，棺盖上用黑漆写着：生得肮脏，死得龌龊。

县里要为李中奇召开平反大会，会后还要将灵柩运回晋南老家，原来的棺材是绝不能用的。就为李中奇重置了一副十二块头的柏木棺。

为了一洗李中奇书记遭受的不白之冤和人格污辱，同时，对他一生做出公正的评价，县委决定，除了在平反决定和悼词里颂扬李中奇为全县人民做出的贡献，还要在漆棺上体现出李书记的精神品格。一则表达全县人民的敬仰之情，二则让他家乡的父老乡亲知道他们的儿子是好样的。

这事交给了文化局，文化局专门请了佟老师漆棺。

李书记棺底边缘用黑漆，棺的主体呈黑红色，以示被冤致死，且终年不满花甲。棺盖上写了"人民的好公仆，党的好干部"十一个金色隶书字，并用彩云图案围簇着。棺大头写了"万古流芳"，小头写了"永垂不朽"。最有特色的是棺的两侧有插图，佟老师用金粉在每侧画了四个大圆圈，一侧插了焦裕禄的事迹图，一侧插了包拯为官清廉、执法公正之图。圈内用青白色铺底，人物、背景用国画手法描绘。

先前，福太一见棺材就害怕，不管是空的还是殓有尸体。见佟老师漆出连环画一般的棺，他真是大开眼界。人活着的时候活动在天地东南西北六合之内，积善或是作恶，高尚或是卑下，正义或是邪恶，清廉或是贪腐，往往会体现在百姓的口碑上。人死后，必然盖棺论定。论定一个人的生平，方式很多，但必须公正。这也是一个漆棺匠的职业道德。李中奇书记冤死后白皮棺上的八个字，是对好人的污蔑。后来，福太得知，书写者就是时任柳曲公社的党委副书记冷云天。冷云天当年是造反派的一员干将。据说，他写罢，就后悔了。

福太怀着对佟老师无限崇敬之情，同样用黑红色漆了主体，棺底边用黑色。棺盖画了日月和金木水火土七星。他想在两侧插图，体现佟老师舍己救人的事迹，可他当下构思不出来。伟军找了本连环画《金训华的故事》，福太选了八幅事迹图，描摹在金粉圈内。这时，伟军脸上才有了一丝笑意。大头和小头分别写了为人师表、舍生取义的挽词。

佟老师的棺被福太油漆得深红庄重，勾描的图案金碧辉煌。那八幅金训华烈士事迹图，让人看了更加怀念这位舍己救人的英雄。

出殡那天，许多外村人都赶来为佟老师送葬。人们含着泪水传诵着佟老师的事迹。当他们看到佟老师的棺时，不禁叹道：好棺木，好漆工。大家有序地观瞻了棺上的图文，心里感到一丝慰藉。

从此，福太漆棺的手艺传遍了四邻八村。

七

佟老师牺牲后，福太和伟军在柳曲初中当了民办教师。

民办教师的待遇很低，每月工资二十元，年底才能从公社的摊派款中得到。伟军的家境较好，不在乎工资的多少；在学校任地理、体育之类的副科老师，混日子等转正。可福太靠年底发下的二百四十元钱是养活不了母亲和两个妹妹的。他时常被人请去漆棺。漆一口五元钱，够他一月的生活费。漆棺成了福太的第二职业。

柳曲公社改称柳曲乡政府那年，学校来了新校长，名叫王怀春，是太行大学毕业的工农兵学员。别看他连报纸都念不通，可跑关系、玩女人倒是很在行。在太行大学时，就把一位女同学的肚子搞大了，差点被学校开除。后来，这位生长在长治市的女生无奈嫁给了王怀春，来到了中条山偏僻的乡下。

柳曲初中的民办教师不少，县里下达转正的指标隔几年才能有一两个。民办教师们除了好好教学，还得跟校长搞好关系。可福太就不谙此道。他不像伟军那样逢年过节提着点心、烟酒去看望王怀春。1984年，县里给柳曲初中下了三个转正指标，伟军顺利转正不说，自己的媳妇杨玉花也被王怀春照顾到学校当代课教师。可教学成绩每年都排在前面的福太却榜上无名。福太找了王怀春，王怀春说：福太老师，你教学成绩好但工作纪律上太松散，群众评议比不上伟军他们，下回再说吧！

王怀春说的下次还不知等到何年何月，说自己工作纪律松散，不就是课余间去漆棺挣钱了吗？福太向王怀春保证从此以后，除了假日和晚上，决不用白天的课余时间去漆棺。王怀春母亲死了，让福太调课去漆棺，福太硬要利用晚上时间干。王怀春的老家在一个偏远的独户小庄上，没通电，晚上只能靠蜡烛和马灯照明。在昏暗的灯光下，福太干的活没能发挥出正常水平。

王怀春一肚窝火，又说不出来，末了塞给福太五元钱的工资，福太也没推让。

一天上晚自习时，伟军关切地说：福太，你死脑筋，校长的钱你还能要啊？下回转正还没你！

福太觉得伟军的话有道理，就让伟军照看好自己的学生，立马去给王怀春退钱。

校长的办公室在大殿后院的堂楼上。福太还未走到后院时，学校突然停电了。他们这里用的是小水电，蓄水泄完了，电就停了。不一会儿教室里陆续亮起了烛光。福太蹑手蹑脚地朝王怀春的办公室走去，办公室里迟迟没有亮起烛光。福太迟疑了一下，想必校长在黑暗里等电来呢，就推了虚掩着的门，叫了声校长，没有回应。福太顿时大吃一惊，校长今天陪县教育局的领导喝了一下午酒，不会出啥事吧？就掏了打火机，随着咔嚓一声，火光照出了床上一双半裸的男女。福太不知所措，赶紧熄了火机，蹑手蹑脚地退了出来。

不知是碰巧，还是伟军故意让自己去捉奸。福太怎么也想不明白。福太返回教室的时候，电来了。

伟军问：把钱退了？福太没吱声。

伟军说：老王今天喝多了，是不是办公室有人给他倒水解酒。你给他退工钱，又不是送礼，怕什么……

福太冷不丁冒出一句：什么倒水解酒，是陪睡解酒吧！

伟军没听清后半句，疑惑地问：你说什么，你说什么？

福太狡黠地笑着说：不要问了，没啥事，要是不放心你去校长办公室看看吧！

下了自习，伟军果真去了校长办公室。王怀春正趴在床边往痰盂里吐酒呢！他媳妇和两名女教师忙得又是递开水，又是递毛巾。屋内一股熏人的气味。

一年后，伟军媳妇杨玉花也如愿地成为公办教师。又过了两年，王怀春把转正的指标给了两名女教师。福太忍无可忍，就写了一份辞职报告去找王怀春，王怀春皮笑肉不笑地说：福太，你冷静点，再坚持一年半载，有了转正指标首先考虑你。这几年的指标都是上面戴帽下来的，你看转正的这几个哪个县里没有关系，没有背景……

人家上面有没有关系我不知道，我就知道你和人家有关系！福太愤愤地说。

王怀春霎时脸红了白，白了红，额上冒着汗珠气呼呼地说：福太，你不要欺人太甚，打人不打脸，骂人不揭短。我和伟军媳妇一人愿打一人愿挨，伟军不说甚，关你屁事！

真不要脸！

你——

福太和王怀春吵架后，就卷铺盖回家了。他知道，只要王怀春当校长，他再干十年也转不正。一年二百四十元，顾不住一家四口的花销。再说，他明年还要娶媳妇呢，塌下几千元的饥荒咋还呀！

福太不当民办教师了，成了亦工亦农的漆棺匠。

八

福太回家一年后的一个秋天，伟军冒着细雨跟跟跄跄地走进了福太家，嘴里喷着酒气。

福太见状吃惊地问：伟军，你平时不喝酒，今天是咋了？

伟军打着自己的脸哭着说：福太哥，出事了，败兴得我都没脸活了！

男子汉大丈夫哭什么！有话慢慢说……

福太给伟军倒了一碗白开水劝道。

原来，伟军媳妇转正后，就开始跟伟军闹别扭，与王怀春打得火热。她得寸进尺，想与王怀春结婚，这就给王怀春出了个难题。

暑假期间，王怀春到县进修校培训，伟军媳妇找到王怀春，二人在一家小旅店里同居了七八天。回来后，伟军打了媳妇两耳光，并整天盯着媳妇与王怀春保持距离。两个月后，杨玉花给王怀春写了封信，声称自己怀上了王怀春的种，如果王怀春不与老婆离婚，就去县里告他。

王怀春与伟军媳妇杨玉花的事王怀春的妻子早就心知肚明。她知道自己男人的德行，只要不过分，她就睁一只眼闭一只眼地忍着。那天，她下河给王怀春洗衣服，发现了杨玉花的信，看了差点晕过去。她把信装好，一边洗衣一边伤心地哭泣。这时，王怀春气喘吁吁地赶到河边，他是奔这封信而来的，见妻在伤心地抹泪，明白媳妇已知道了信的内容。

媳妇甩了一把鼻涕，从口袋里掏出信，愤然数落道：王怀春，你这个没良心的，玩女人玩出名堂来了，让我给她腾位，没那么容易！我要到县里告你们这对狗男女……

王怀春自知理亏，皮笑肉不笑地说：小声点，小声点，回去慢慢说，慢慢说。

说着就去夺信，媳妇一躲闪就滑进了河里。王怀春愣了一下，眼睁睁看着媳妇滑到了河水深处……他见四周无人，就抄小路回到了学校。而这一切被在高处玉米地摘豆角的伟军娘看见了。

学校里没人对校长媳妇的死因表示怀疑。因为多年前，这里曾发生过妇女洗衣滑进河里溺水而亡的事。这道河的河床属石灰岩地质，河床上很多地方被水侵蚀得很深，水落时，岸边常有层薄薄的淤泥，一不小心会被滑倒，不会水的掉进去一般很难出来。

伟军娘把看到的悄悄告诉了伟军，并指着伟军媳妇的背影说：造孽呀！造孽……老人家清楚祸根出在哪里。

可伟军娘人老眼花，她不敢断定王怀春是不是故意把媳妇推进了河里，只是远远看见他们在拉扯。

福太听了王怀春害妻的事，一宿也未合眼，他想：王怀春能有那么狠心吗？媳妇从大城市嫁到山区小县，生了两个孩子，怎能下了这个手，可真忍心呀！

尽管伟军娘不能确定，但王怀春媳妇死得确实蹊跷。

九

王怀春媳妇的尸体被抬回村后，借了一副白皮棺材当晚就入殓了。

王怀春假惺惺地说：天气热，不能多放，一切从简。

众人听明白了，王校长的意思是说，抓紧时间下葬。

于是，学校和村里起了流言，说王怀春可能是奸情杀妻，急着下葬灭迹。可没一人站出来向政府检举。因为都是听说，而无证据。只有伟军娘看见了，但人老眼花没能看清细节。儿子在王怀春手下，如果告不准，王怀春肯定饶不了伟军，反受其害。

伟军心里明白母亲的意思，摊上这事不能说又不能不说。这不是小事啊，人命关天。

伟军把母亲的心思说给了福太。福太说：现在关键是谁站出来去告发，你母亲才敢出来做证。

她娘家人嘛！伟军说。

对，她娘家人最合适。福太高兴得差点跳起来。

伟军说：怀春媳妇的娘家有一个哥哥，在长治市淮海厂的工会工作，写得一手好字，是长治市小有名气的书法家。

听了伟军的话，福太在大腿上拍了一巴掌，说：有了。

有什么高招，快说出来！伟军急切地问。

福太说：也不算啥高招，如果顶用就不说了；如果不顶用，老子亲口跟她哥说，他妹妹死得不明不白。在王怀春名下，这个恶人我做了！

伟军领会了福太的意思，回到学校就跟王怀春说：要把嫂子安葬好，不然不好给人家娘家交代的。天气热，时间短，可以加班嘛！

王怀春心亏理短，就应承着说：是，是，无论是板木衣裳，还是坟茔纸扎，都弄最好的，不怕花钱！

漆棺是自然的事。福太连夜加班油漆，伟军当下手。他俩在黑灰色的底面上绘出了看似像戏剧《西厢记》《杜十娘》的插图。但上面的几段篆字王怀春不认识，学校的个别教师也只能认识几个字。没人留心字句里的意思，以为是戏文。福太与伟军用篆字在棺的插图旁写了：

似情非情却含恨，无辜良妇陷深潭。

十娘最恨贪心郎，冤死波涛无人知。

十

怀春媳妇的哥哥本来就对妹妹的死因犯疑，一看棺上的篆字打油诗，就拽了福太问：诗中啥意思？

福太冷冷地说：肯定有意思，自己琢磨去吧！

书法家对王怀春这个早年把妹妹肚子搞大的恶棍素有成见，一听福太点拨，立马就给县公安局打电话报了案。

经法医验尸，死者落水前突发心脏病。可谁刺激了她？公安人员三审两审就把案情搞了个水落石出。传唤伟军媳妇杨玉花写了情况，伟军母亲也把那日看到的情况一一反映给公安，并在询问卷上按了手印。

死者一下葬，王怀春就戴上了手铐，坐着警车被带回了县里。

接下来的日子就是听到他被开除公职的事。不久，伟军夫妇也被调到县城西边一个乡办初中任教。

伟军来与福太道别时，福太浓浓地沏了一壶大叶茶，炒了两个下酒菜。二人边说边喝。大叶茶和吕梁香酒把他俩喝得热血沸腾。他们庆幸联手干了件大事：把老流氓王怀春扳倒了。

伟军说：我总算出了口恶气，王怀春被开除公职，判刑两年，真是罪有应得啊！

福太说：最重要的是为死者申了冤！

书法家临走给福太留下了用篆字书写的墨宝：良知未泯，正义冲天。

十一

老支书王铁锤被乡党委书记冷云天撤职了。一个当了三十多年村支部书记的老同志，只因拒绝执行乡党委关于在全乡大面积种植烟叶的决定而被撤销了职务，这是1988年的事。这年春天，县里组织一批乡村干部到河南某地参观考察，学习多种经营。

从河南参观回来后，老支书王铁锤就跟同去的乡经营管理员说：咱们这里不适宜种烟叶，天气凉，长出的烟叶叶薄梗硬，色泽发青……烤出来的质量差……这话传到了冷云天耳朵里。冷云天就通知王铁锤到乡政府问话：你咋知道咱们乡种出来的烟叶质量不行？

王铁锤说：我曾经在自留地种过几年烟叶，供自己抽旱烟用。与河南产的烟丝做过比较，人家的烟丝梗细、色泽金黄、香味浓，咱本地产的却柴巴巴的……这就好比咱们这里的小米比河南的小米好吃一样，气候土质是关键；还有水的问题，我们是梯田，浇水不方便……

冷书记听了笑着说：老王啊，你说的确实是我们乡的不利因素。不过，我们要相信科学，运用先进种植技术，我想能克服这些不利因素的。

王铁锤明白冷云天的意思。全乡其他村支部书记在种植烟叶的问题上有不同意见不怕，做做工作就行了，而他老王不一样。他1948年入党，参加过临汾战役支前民工团，在柳曲村当了三十多年支部书记，曾多次获得县劳模称号。他是全乡村干部心中的一面旗帜。必须带头执行乡党委、政府的决定。

王铁锤不是不讲党性的干部。全乡一万亩烟叶，从育苗移栽到大田管理，再到采收烘烤，步步都是技术活，不先搞小面积试验，培训人员，就敢大面积种植……这也太离谱了吧！

三天后，在乡政府大会议室召开了全乡种植烟叶动员会。会上乡长下达了各村种植烟叶的指标。柳曲村是八百亩。会议最后一项议程是各村支部书记与乡党委、政府签订责任书。在宣读到王铁锤签字时，却不见了踪影。冷书记当时并未在意。他想他已和王铁锤单独谈了话，这次大面积种植烟叶不仅是乡党委、政府的要求，而且是县里的意见。王铁锤不敢不执行。

乡农业技术员给各村发放烟种和塑料薄膜时，王铁锤派拖拉机全部拉了回去。这让冷云天很欣慰。种烟叶的事布置下去后，冷云天就到县委党校参加培训了。

十二

老支书没有把八百亩的种植任务分到各户，而是选了十几户做试验。先是搞了十几畦的育苗。

烟种发芽破土的时候，乡农业技术员来到柳曲村看烟种发芽情况。还未进村，就被层层梯田里白光闪亮的塑料薄膜弄糊涂了：烟苗还未育成，王铁锤就让农户提前移到了大田？

农业技术员在一块地里揭开了薄膜，将手插进垄里，挖出的不是发芽的烟种，而是棉花籽。又抽查了几块地，不是玉米籽，就是棉花籽。他急忙赶到育苗的地里，一看，全明白了：柳曲村只育了十二畦烟苗。

农业技术员找到了王铁锤问这是怎回事？

王铁锤含糊其词地说：都给各村民小组安排下去了，农户们种啥我也不清楚……他们有经营自主权。

农业技术员火速赶回乡政府向乡长汇报。乡长又派人到柳曲村调查核实。结果让人大吃一惊：柳曲村八百亩的烟叶种植任务只完成了五十多亩，750亩土地都种上了玉米、棉花……

冷书记在县城接到电话，气得一夜都未合眼。第二天赶回乡里，立即召开党委会，会议一致通过撤销王铁锤柳曲村党支部书记职务的决定。

十三

拒绝大面积种植烟叶，公然对抗上级。冷云天一定会动雷霆之怒，撤掉自己的职务，是王铁锤意料中的事。这是他当柳曲村党支部书记三十多年来，第二次被撤职。第一次是1957年公社要他报亩产玉米一万斤，他只报了一千斤。党委书记连会都没开，当场就口头撤了他的职。快七十的人啦，也该退下来啦！虽然以被撤职这种方式退下来不光彩，但王铁锤觉得值。他不能用八百亩好土地种那没把握的烟叶，到秋天，村民们吃什么？

吃返销粮？

柳曲村没按乡里下达指标任务种烟叶的事影响了其他村。他们不敢像王铁锤那样仅仅种了几十亩做试验，但或多或少地都打了折扣。多数村只完成了乡政府下达任务的50%。

冷云天摸清情况后，气得把这些村支书召回乡政府狠狠训了半天。他觉得撤销王铁锤的职务完全正确。不然，今后的工作根本不好开展。

十四

秋天到了。全乡四千多亩烟叶长得梗粗叶薄，颜色发黑，跟霜打了一样。

不好的消息从县多种经营办公室传到冷云天耳朵里。今年河南烟草丰收，供过于求。他们乡生产的烟叶能按最低等级卖出就算不错了。

冷云天听罢电话，都有自杀的念头。这让他如何向全乡老百姓交代？

半月后，除了柳曲村外，全乡的地头、村头几乎都筑起了炮楼一样的烤烟炉。烤烟按最低等级的价格收购。忙碌了一夏一秋的农户，一算账，一亩烟叶的收益抵不上半亩玉米的收益。

县里除免了全乡本年的农业税，又给每亩烟叶补贴了三十元，才算草草了事。

王铁锤到县里上访了，他要求乡党委撤销对他的处分。

冷云天心里输给了王铁锤但面上不能，他派工作组到村里查王铁锤的问题。工作组查了柳曲村近十年的财务账，没有发现王铁锤有什么经济问题。冷云天批评他们：经济上没查出问题不等于没有任何问题。你们要深入细致地调查，充分发动群众，查查王铁锤在政治上有没有对党对社会不满的言论，其他方面有没有违法违纪行为？

工作组在冷书记的指点下，终于查出了王铁锤两个足以开除党籍的问题：

一是未经林业部门审批，乱砍滥伐集体树木；二是对种植烟叶不满，散布反动言论。

鉴于王铁锤同志所犯的错误，林业部门会同公安部门依法做出了对其行政拘留七天的处罚决定；加上散布反动言论的行为，维持对其原有处分已是法外开恩了。

冷云天在全乡党员干部大会上如是说。

听到这个消息，沉闷了半天的王铁锤于当天夜里哇地吐出一口黑血不省人事。经乡卫生院抢救无效，次日凌晨停止了呼吸。

柳曲村的部分党员群众上访了。此事惊动了县领导。县里迅速派工作组到柳曲村调查。

王铁锤确实是未经林业部门批准砍了五棵柏树。这五棵柏树是当年为佟老师做棺时砍的。死者停丧在地，能来得及去批了手续再砍树吗？

村民们看到邻村的地头、山梁上矗立着一幢幢炮楼一样的烤烟炉。有人诙谐地跟王铁锤说，像当年日本人的占领区一样，炮楼林立。王铁锤顺口说，日本人在咱这里可没修这么多炉。意思是上级领导主观武断，急功冒进，闹出了这劳民伤财的怪物。

就这样，冷云天抓住把柄上纲上线地给王铁锤扣上了污蔑新社会、散布反动言论的帽子。一个三十多年的老党员、老支书被活活气死了。

县委决定，撤销对王铁锤同志的错误处分，恢复名誉，并要求民政部门给家属每年发放一百元抚恤金。给予冷云天党内严重警告处分。

十五

乡党委给王铁锤开了一个隆重的追悼会。追述了王铁锤同志在抗日战争、解放战争和新中国成立后各个时期的光荣历史，对他的一生给予高度评价。

福太以棺画的方式缅怀了老支书，表达自己的哀思。棺材以深红色为底，左侧描绘了王铁锤抗日战争时期参加民兵、解放战争时期临汾支前和光荣入党的三个画面，右侧是王铁锤带领乡亲们搞互助组、修路打坝、荣获县劳模称号的三个场景。棺盖没有用传统的手法描什么北斗七星之类的图案，而是在红色的底面上绘了金色的锤头镰刀。一面鲜艳庄重的党旗盖在了老支书身上。

冷云天听到王铁锤棺盖上画党旗的事，立刻派秘书到柳曲村责令福太抹掉棺盖上的党徽。理由是往棺材上画党徽是对党旗的亵渎，是严重的政治问题。

福太说：我抹了也可以，除非乡里给老支书盖一面真党旗。

秘书说：一个村支部书记没有资格享受这种政治待遇。

福太说：你们不是在悼词中说死者是优秀党员吗？你们不敢给盖党旗，我画一个犯什么王法啦？

秘书说：我不跟你打口官司，反正棺盖上的党徽要抹掉，你不抹我抹！

说着就到墙根拿漆桶和刷子。福太就去夺。秘书与福太年龄差不多，年轻气盛，死死抓住漆刷不放。福太一松手，秘书后脑勺重重撞在了棺头的一角，血从头发中汩汩流了出来。

福太和老支书的大儿子一起把秘书送到乡卫生院进行了包扎，然后送回了乡政府办公室。

听了秘书的汇报，冷云天板着脸在屋里踱了几踱，严肃地对福太说：先回去把党徽涂了！

福太说：冷书记，我认为给老支书画面党旗没啥不行。

话刚落音，冷云天火冒三丈地指着福太训斥道：你还当过人民教师，你懂不懂随便往棺材上画党徽党旗是严重的政治问题！我派秘书去通知你涂，你竟把他打得头破血流，看来你是公然反党啦。给派出所打电话，拘留三天！

冷云天本以为训斥几句，再用拘留吓唬吓唬，福太就服软了。不料，福太却嚷道：拘留就拘留，反正我不涂！

福太被行政拘留了。出殡那天，老支书棺盖上的锤头镰刀图案不见了，是光滑一色的红漆。

往棺盖上画党旗替代给一名死去的中共优秀党员身上盖党旗，以这种方式给故者一生进行评价是福太的首创。县委对此事十分重视，得知福太被行政拘留，立即给冷云天打电话：马上放人。

福太在乡派出所拘留了一天。县文明办主任和乡党委宣传委员、民政助理员专门与福太谈了话。其要点是：第一，给棺盖上画党旗是不妥当的，至少不庄重；第二，以后不要再往棺上画党旗之类政治性较强的图案；第三，在棺上插图对死者评价要中肯，不夸大，也不能诋毁，以免引起事端；第四，棺画作为艺术化的评价时，必须与悼词或祭文相符。这样，才能符合丧葬文明。

给老支书王铁锤棺上画党旗一事传遍了全县。自此，福太漆棺的活计忙得不可开交。一些老年人，干脆一到七十就做了寿材，亲眼看看福太给自己漆的棺。生平一般的人则欣赏福太的手艺及插图中对死后的祈福；生平不凡的人，则要用几幅插图表现一下，并几经推敲修改，直到满意为止。他们宁可多付工钱，也要请福太把棺漆好，把画绘好。这是对自己一生的总结，是艺术化了的盖棺论定。

福太就这样红红火火地为死者或即将要离开这个世界的人在棺材上做着艺术性服务和精神慰藉。同时，也得到了丰厚的酬劳。他觉得自己像一名老师，在为学生的考卷打分。人们很敬重这位为逝者服务的漆棺匠。福太也体验到了这个行当的价值。

十六

2001年冬天一个大雪纷飞的日子，福太在县城为一病故的乡教委主任漆棺时遇见了伟军。伟军说，死者曾给他当过校长，也是王怀春太行大学的同学。他俩久别重逢正谈得起兴，一个头戴貂皮帽、身穿海狸皮领保暖衣的人使福太不禁一怔：这不是王怀春吗？

王怀春到礼房赙仪之后，转身回到福太、伟军二人跟前主动打招呼：啊！真想不到在这里遇见了你们，福太还是漆棺？听说你很有名气，不错，不错，三百六十行，行行出状元。改日，请你们吃饭。山不亲水亲嘛，毕竟兄弟们共事一场，还是老乡。这是我的名片，有事请联系！

王怀春摆出一副大人大量的派头，好像过去他们之间没有发生过任何事情一样。发福的脸上透着财大气粗傲视一切的神情。

王怀春坐着"奥迪"走了，名片上写着新世纪工程项目服务公司总经理的头衔。

福太大惑不解地问：一个刑满释放人员还能混成总经理？

伟军笑着说：那又怎样？他抱住了冷云天的粗腿。冷云天从乡下回城后，先后在城建局、交通局当局长，给王怀春揽了不少工程，王怀春能不大发？

伟军说：福太哥，我记得你曾讲过"文革"时期，冷云天在被迫害致死的老县委书记棺盖上写"生得肮脏，死得龌龊"一事……

那是我和佟老师给老书记漆棺时亲眼所见。福太说。

冷云天这种人工作能力是有的，就是德行太差。

伟军的哥哥伟兵就是因冷云天的粗暴行为丢了性命。1973年初冬，公社在各大队抽调了一百名青壮年参加晋韩线在本县境内路段的改造工程。路面用石子、石灰和沙土轧制。每个劳力按备料的多少计工分。伟兵那天已拉了六平车石子，可记工员却说只有五车，两人在路旁的石子堆上吵了起来。

这时，公社铺路工程负责人冷云天闻声走过来，不问青红皂白，就训斥道：不好好干活，闹什么事？

伟兵反驳道：他少给我记一车，怎么是我闹事？你当领导的也敢胡说……

冷云天听到一个毛头后生竟敢这样跟他说话，就大声呵斥：你说谁胡说，你说谁胡说？

冷云天边呵斥边推搡。伟兵身后是公路，一个踉跄被冷云天从石子堆上搡了下去，仰面倒在公路上。这段路是个慢坡，不巧一辆"解放"牌带挂车疾速而下，随着剧烈的一阵刹车，伟兵的头部还是被前轮撞得脑浆迸裂……

此事不是一般的交通事故。可经冷云天在县里跑关系，公社领导为他说情，最后，给了伟军家两千元的补偿、让伟军爸爸到公社农机站工作而了事。

伟军自调离柳曲初中后，与福太见面很少，每年春节他回来看父母时偶尔遇见寒暄几句，就匆匆分手了。这次见面就有说不完的话。福太得知，伟军在城里买了单元楼，塌下十多万元的饥荒。王怀春曾经说让伟军假期去他公司打工，可想起妻子杨玉花与他那苟且之事，伟军宁可穷死也不去他那里干。

福太笑着说：你是怕他俩旧情复发吧？

伟军说：王怀春整日有那么多美女陪着，过着花天酒地的生活，哪有胃口吃旧饭？

福太说：冬春二季是人死亡最多的季节，这时的活多得忙不过来，你要不嫌丢人的话，放了寒假就给我帮忙吧，挣了钱咱二人平分。

伟军说：都已四十岁的人啦，还要什么脸面，不就是教书匠转成漆棺匠了吗？

就在学校放寒假的第二天，一个令人吃惊的消息传到了他们耳朵里：冷云天在纪委"双规"期间吓死了。

十七

王怀春怎么也没想到自己的靠山冷云天在临近退休时东窗事发。十二年前，自己刑满释放后，在县城东关开了一个小饭店。经营的虽是寻常菜，可有一样菜吸引了不少客人，那就是让冷云天百吃不厌的砂锅肥肠。当时的猪下水价格很低，王怀春在这道菜上赚了不少。有了资本积累，王怀春就把饭店扩建成怀春酒家。在乡下招聘了四名妙龄女子当服务员。其中一位叫蔡青青的服务员被王怀春看中了。蔡青青身高一米六八，白皙的瓜子脸上长着一双勾人魂魄的丹凤眼，直翘的鼻梁下一张红唇皓齿小口。她到酒店不久，就当了柜台主管。在王怀春这个情场老手的死磨硬缠下，蔡青青从容献身了。

冷云天在享受砂锅肥肠时，见到蔡青青，忽地眼前一亮，心里说：他妈的，王怀春这老流氓艳福不浅呀！一股妒火烧了他好一阵子。他交代交通局办公室主任：接待科级以下的客人，今后一律到怀春酒家，那里的饭便宜。

这样，蔡青青不到半年就要拿上菜单去交通局找冷云天签字结账。一来二去，蔡青青又投入一个有权有势的大局长怀抱。

王怀春发觉蔡青青与冷云天有了关系，一开始醋意大发，着实难受了一阵。后来冷静地一想，篱笆关不住桃花，何不利用蔡青青让冷云天给办点大事呢？开饭店不是长久之事。在王怀春的默许下，蔡青青与冷云天多次外出旅游。冷云天色令智昏，为了美人什么都不说了，与蔡青青明铺暗盖，难舍难分，直到社会上传出冷局长最爱的两道菜：肥肠泡青菜，怀春炖王八。冷云天才有所收敛。可他真舍不得蔡青青，就与王怀春商量，他们共同办一个公司，主要是搞石料加工和包揽工程。自己是公职人员，只能入个干股，公司里不能有任何关于他的文字记录。至于分红，大家心里清楚就行了。

王怀春出让了怀春酒家，携蔡青青干起了工程公司。

多年来，全县修路所用石子和挖土方的活大多由王怀春承揽。王怀春公司资产迅速膨胀，从两百万直升到两千万。这都是冷云天的"照顾"，更是蔡青青的"功劳"。

每年下来，冷云天除了分红，还有"秋敬"和"春敬"，即：每逢八月十五和春节各送冷云天两万元现金。

冷云天在交通局一手遮天，大小工程名义上招标，其实还是他说了算。他与王怀春、蔡青青的合作已不满足于劈山开路卖石子这些技术含量低、利润少的工程。为了敛财，他竟把修建公路大桥的工程包给了王怀春、蔡青青。王怀春、蔡青青没有工程资质，就把工程再次出包给有资质的建桥公司。由于是转包，承建者利润少，就免不了偷工减料，用低质钢材充当优质钢材。大桥投入使用不到一年，桥拱多处裂缝，成了危桥。纪检部门迅速调查了此案，冷云天自然难脱干系。

据冷云天交代，被转包的建桥公司给了五十万元的转让费，王怀春、蔡青青送给他二十万元"酬劳"。

冷云天在"双规"期间，突发心脏病，经抢救无效死亡。

十八

王怀春请伟军和福太到一家酒店吃饭。

电话是打给伟军的，并一再嘱咐一定要叫上福太。听到王怀春有些乞求的口气，伟军心一软就答应了。

福太不愿去。

伟军说：又不是鸿门宴，他愿请，咱就吃，反正他有的是钱。

福太沉思了一会儿说：公司被封了，主子也死了，等着吃官司哩，他还有心思请咱喝酒叙旧？肯定是要咱给冷云天漆棺……

果然不出福太所料。酒过三巡后，王怀春就说了冷云天的事。说冷局长对自己有恩，也在咱们柳曲乡工作过十几年，自己想把丧事办好些。特请你俩高抬贵手，大人大量把棺给漆漆。当下就付了一千元的订金。

福太借着酒劲说：你给这么高的工资，怕我俩手艺达不到东家要求，这活我不敢接。

不是这意思，不是这意思，你按正常水平发挥就行了。王怀春笑着说。

伟军故意说：棺盖上画幅党旗吧！

你醉了，伟军，冷局长是受过处分的人，棺盖上不能画党旗……

福太说：看来你早有谱了，按你的意思……

王怀春从口袋里掏出一张纸谦和地说：福太老弟，我与东家商量了个大概，棺顶就画北斗七星和祥云，两侧插上驾鹤西游和福禄贵寿图就可以了……

伟军听了，舌根发硬地笑着说：那好办，插图小菜一碟。要我说，画点历史人物……

王怀春给伟军倒了一盅酒，笑着问：老弟比我读书多，有何高见？

伟军把酒一饮而尽，举着空盅说：左边插五鼠闹东京，右边插刘罗锅斗和珅……

你真是醉了，老弟！真有怨气朝老哥出，不要跟死人计较，是不，福太兄弟？王怀春面色尴尬地说。

十九

一辆警车鸣着警笛绕着弯曲的水泥路追上了给冷云天送殡的车队。王怀春坐在送殡车队最后一辆越野车上吓得两腿发软。大冷天，他头上冒出了汗珠。他想，检察院看在冷剑的分上不会这么快就逮捕自己吧？这几天，只顾办老冷的丧事，还没找关系送礼去打点。完了，完了，真是时运不济，老冷进坟墓，自己进监狱。

送殡的车队在冷云天坟地不远处停了下来。只见冷剑一身孝服急急忙忙来到警车旁，与车里的一名警官说了几句话，就满脸怒色地离开了。

冷剑在县检察院工作，是冷云天最器重的一个儿子。为人正直，工作出色，还被市人大授予"模范检察官"称号呢。有一次，冷剑碰见父亲与王怀春在家里喝酒谈事。冷云天叫儿子过来敬王叔叔一杯。

敬完酒后，冷剑红着脸说：爸，你和王叔叔做生意我不反对，可要守住底线啊！

冷云天笑着说：剑儿说得对，不过你放心，爸爸受党教育多年，会犯低级错误吗？

是的，是的，我和你爸共事，他把关严着哩！

王怀春清楚地记得那天冷剑对他们的提醒。可他和老冷利令智昏，从未把孩子的话真正放在心上。为了私利，他们胆子越来越大，直至走向犯罪。冷云天未进监狱就直达地狱。自己则正在被检察院调查，进去是迟早的事。

王怀春痛苦地闭上了眼睛。同车人都下车上坟了，有人叫他，他推说不舒服。纸扎花圈和棺材都运到坟上的时候，后边警车上的警察下车了。他等着警察打开他的车门把手铐戴上。可三个警察从越野车旁不紧不慢地走过，其中一个手里还提着摄像机，一个脖子上挂着照相机，像采访似的。

王怀春迷惑了，难道出殡的人群中藏有罪犯吗？也许是冷剑叫公安上的朋友来帮助录像，为父亲下葬做纪录片。

远远看见三个警察走到坟边，围观的人被冷剑疏散到地头。摄像机、照相机一齐亮开了镜头。

王怀春心里一亮，浑身来了精神：谢天谢地，此事与老子无关。他推开车门迅速向坟地走去。

冷云天裹着一口描着金边祥云和寿字的黑红色柏木棺材，躺在墓道前边的土地上。抬工们麻利地脱掉了铁绳之类的东西，棺材赤裸裸地暴露在阳光下。照相机闪着灯光对着棺盖不停地按响快门，摄像机则从远到近地录着坟地上的人物，最后把焦点也聚到了棺盖。

王怀春气喘吁吁地来到了棺前，上气不接下气地问：不是有专人摄像吗，咋还劳驾警察同志？

冷剑把王怀春拉到了棺前，小声说：王叔，你能看懂棺盖上的两行篆字吗？

王怀春看了不由得大惊失色：这，这，怎么会？……冷局长呀，我对不住你呀！

王怀春跪在棺旁，如丧考妣地干号起来。

冷剑急忙把他拽起，轻轻拍着他的肩说：王叔请镇静，此事不宜张扬，眼下还是赶紧处理为好！

赶快涂掉吧！王怀春装着哭腔说。

冷剑要来漆刷，把两行篆字涂了一遍，但还是隐约可见，又用刀刮了几遍，周围都刮出了白木头，可字还是深深地镂在木头里。

妈的，真歹毒！这是先刻上再用金粉漆描成的！王怀春沮丧地骂道。

这时，阴阳先生过来说：东家，下葬的时间不能再拖了。棺盖不能破相，还是多漆几遍算了吧！

王怀春做梦也没想到福太和伟军会跟他来这么一手。不，确切地说，他们跟冷云天来了这么一手。不知是家里光线暗，还是他和冷剑太粗心了，竟未发现这两行篆字的意思。直到棺材抬到车上，半路上阴阳先生往棺盖上放引魂公鸡时才发现。

冷剑看了霎时气得浑身发抖，大声吼道：两个臭漆匠，竟敢污辱你祖宗，老子非扒你的皮不可！

还是阴阳先生老道：东家，冷静冷静，此事不宜声张。灵柩已运在半路上，不能返回。

冷剑迅速给家里打了电话：派人火速往坟上送漆和刷子。

接着用手机向派出所报了案。

王怀春从冷剑手里接过刷子，饱饱蘸上红漆，在篆字上狠狠涂了几遍，直到油漆四处溢开。

二十

福太出狱的时候，正是春暖花开之日。监狱大院里草坪还未完全泛绿，只是许多青嫩的草尖从发黄的衰草里悄悄冒了出来，给草坪染上了春的气息；蟠桃树绽放出久违的绚丽，把春的消息大声地告诉禁锢在院中的人们。狱警带福太洗了个热水澡，换上了一身崭新的深蓝色西装。福太从监室走到院里，环视了一下四周。如果不是墙上醒目的"认罪服法、重新做人"八个大字，谁都会把这里当成休养所或学校。不过，在福太心里，这可真是他的法律学校了。在近三个月的时间里，他学了不少法律知识，受到了一次刻骨铭心的法制教育。他现在一身轻松，像一只即将回归自然的鸟儿。

一辆警车驶进了监狱大院。王怀春神情黯然地下了车。他与福太对视了一下，就被匆匆地带进了他该去的地方。

伟军在监狱大门口已等候多时。他告诉福太，王怀春被判刑两年；蔡青青也判了两年，因有身孕缓期执行。

福太望了望天空，半天没吱声。

伟军本来想把福太领回家里吃顿饭，可福太说他刑期未满，按规定必须回柳曲村，监视居住。

福太问：你为什么在法庭上一直坚持说，那两行字是你和我一起搞的？

伟军笑着说：又不是争啥功劳，这事还能胡说？一开始，我以为咱俩一起给判了，能分担些责任，会轻一些。可律师说，共同犯罪不会减轻刑罚的……审判长说，没有确凿的证据，你承认了参与也没用。法律不会冤枉无辜，疑罪从无。可我的确参与了……

原来，伟军给棺上清漆的时候，看到那两行一般人看不懂的描金篆字，心里一阵窃喜：这真是善有善报，恶有恶报！冷云天你当年给冤死的县委书记写这话的时候，焉想会有今日？伟军摸着字体用力一搓，字迹变得模糊起来。趁冷家人外出暖坟时，找了把刻刀，照着原样刻了一遍，然后再描上金粉。这样，即使木匠用刨子刨也一时难以清除干净。

伟军在送福太到车站的路上接了一个电话，是冷剑打来的。冷剑说，他想请福太到县城最好的酒店吃饭，吃官司的事不求他谅解，只求理解……主要是想答谢一下福太当年的救命之恩。不知福太赏脸不？请伟军问问福太的意思。

对于冷剑的请求，福太一点思想准备也没有。他想了想对伟军说：告诉冷剑，我还是戴罪之身，没有资格也没心情接受他的宴请……过去的事是我应该做的……

伟军委婉地向冷剑回了话。冷剑表示现在不方便的话以后肯定要找机会向福太谢恩的。

虽然与冷剑打了场官司，福太从内心对这位年轻人却一点也不嫉恨。那日，他与伟军在洗浴场碰见冷剑时，冷剑手臂和脚踝处的白斑，尤其是裆里那物的白斑使他蓦然想起二十年前的一个夏日，他在柳曲河里洗澡纳凉时，曾救起一个不会凫水的男孩。小男孩十一二岁，不但生得俊俏，而且还有一些特别之处：除了脸上没有，四肢的腕部都有对称的白斑。使福太难以忘记且十分感兴趣的是，孩子小鸡鸡的末端也有一圈白色。不由得使人想起村里那些长着白蹄白尾巴梢的小猫小狗，十分可爱。

小男孩就是冷剑，他是放暑假随父亲到乡下来玩的。看到一群孩子在河里洗澡，就贸然跟着下了水，不知不觉滑进了河心深处……福太听到孩子们的呼救，迅速从下游赶来跳入水中，把冷剑揪了出来……冷剑怕挨打，回去始终没敢跟父亲说。福太也不知被救起的是谁家的孩子，只记得孩子长着白梢子小鸡鸡。

这件事他只跟伟军讲过。

在法庭上作为原告的冷剑根本不知道面对的被告曾经救过自己。他本来想让被告当庭悔罪道歉，象征性地赔点精神损失挣回点面子就了事。可被告宁可接受刑罚，绝不道歉。作为证人的王怀春对被告的不法行为和认罪态度异常愤慨，说被告是故伎重演，必须依法重处。最后，法庭做出了对被告拘役六个月，赔偿原告精神损失两千元的判决。

伟军拿钱代福太交赔偿费时，冷剑面带遗憾地说，福太个性太强，自己确实不愿跟父亲工作过的地方的老乡打官司，实属迫不得已……

伟军也讲了福太为人正直、嫉恶如仇的性格特点，顺口就讲起了福太见义勇为救小孩的事情……

冷剑对通过司法程序处理福太一事十分后悔。可一纸入公门，九牛拖不回。法律是公正的，也是无情的。

春风把天空吹得湛蓝，太阳暖洋洋地照着大地。福太乘上了回家的班车，他急切地想回到家乡，去看那漫山遍野的报春花。

"汉奸"

茂茂：我是汉奸吗？我说我不是。

可我还是被活埋了，按汉奸给活埋了。日本人没活埋了我，倒是给中国人活埋了。驴蛋，福贵，你这俩狗日的，你们不要躲在烈士里面得意，关林不会放过你们的！

驴蛋：我说茂茂，咱们已是到了另一个世界，前世的仇还能记住不放？实际上，为了逃脱罪责，我不是在你活埋后的不几年就光荣在临汾战场上了吗？要是我没错，我没罪，谁尿有那么高的觉悟去参军。我是怕人民政府追究，人民政府追究，少不了吃一颗花生仁的。当然，不仅是活埋了你，主要是向日本人告密，害了关林。关林是共产党的干部，杀害他能有好果子吃吗？都是跟上那狗日的福贵。福贵那时候说，驴蛋，你去报告皇军吧！就说关林是共产党，皇军给你二百块大洋，我也给你二百块大洋，我那烂货媳妇翠凤就归你使唤了，免得肥水流了外人田。这事你知我知天知地知。记住，千万不要到狼耳岭石班那儿去报告，石班跟茂茂关系好，小心茂茂知道。到县城大日本红部去报告，就说关林是共产党。记得说这话时，就在我那孔破窑里，洋油灯黑烟直竖竖地冒着，灯花子一闪一闪，把福贵的脸拉得老长，喝红的脸变出绿色，嘴里的金牙一闪一闪，恶鬼一样狰狞可怕。我看不到自己，心想自己也是这种尿样吧！说真话，我也恨关林，所以就依福贵的主意做了。

恨关林，恨他外地来的烂伙计，给人家种地放牛，就能轻易地搞到了翠凤。翠凤，我的嫂子，你也太死心了，怎么只能给打工的伙计好，而不可怜可怜咱本族兄弟驴蛋我哩！所以，我也恨你。我就把关林跟你的事告诉了福贵。福贵想了好几天，才想起按共产党的罪名把关林送给日本人，借刀杀人。其实，当时，福贵和我根本不知道关林果真是共产党，共产党某区侦察员。真是他妈的歪打正着，撞了个真共产党。如果关林不是，是一个河南逃荒要饭打工当伙计的，就是借日本人的刀杀两个也没事。兵荒马乱的，死个平民百姓算个屁！

我喝了福贵的酒，福贵又给了我两块大洋。我把两块当啷响的家伙，一一用酒气吹了一遍，对在耳朵上听它们铮铮的颤声，悦耳极啦！福贵喷着酒气说，没假，兄弟！你就连夜动身吧！免得旁人看见。这两块大洋，够你到窑子里消受一番的！事成之后，我跟族长爷商量，把翠凤那烂货改嫁给你！让你有个热窝窝！

嘿嘿，福贵哥！这不是做梦吧！福贵拍了胸脯说，看你看你看你，我长了这么大跟谁说过瞎话！我已有了女人，要这么多干甚？况且翠凤从进门那天起，我就看着不顺眼。她是用五斗玉米换的，五斗玉米呀，够便宜的！我大可真是个土财主，会算账，给娃娶媳妇都抠。我说翠凤不俏，他老人家把老脚一跺，呸的一声骂道：俏能干甚！俏能当饭吃？娶媳妇干啥？娶媳妇不是为了好看！好看的不中用，能生娃能干活就是好媳妇，咱庄户人家图的是实在，丑妻近地家中宝嘛！

福贵说到这里，站起来，把袖一捋，又说，你哥我脾气犟，不愿意就是不愿意。他老人家给我娶回翠凤，我就到省城念书。到省城念书他可舍得花钱，整整卖了十亩好地哩。他没想到，我在省里干了事，又找了城里媳妇！

啥鸡巴好媳妇，不过说话娇声娇气的，连个娃也不会生，身子细得跟麻秆样，一家伙还要弄劈了哩！福贵哥你真不识货，我心里说。这时，五更鸡叫了。灯捻子噼噼啪啪响，洋油快尽了。福贵打了个哈欠说，动身吧，驴蛋！办了事，到窑子里搂窑姐睡，睡到天黑再回来。这时，我就来了精神，鸡巴一涨一涨的，我就说，开路！噗地吹了灯，两人厮跟着出去，咣当一声关上了门。福贵揉了我一把说，轻点轻点声！

我抬头看了看，天黑乎乎的，山黑魆魆的，整个村子都在黑暗中藏着。我想，福贵不在家的时候，关林这会儿该从翠凤房里出来了吧！串门好辛苦哟。想着，想着，我又来了精神！想到了白花花的大洋，想到了女人白花花的身子，不论是哪个窑姐或是翠凤都行。妈妈的！运气可来了。想到这里，摸了摸腰里的大洋，硬硬的还在。裆里的东西也还硬着。我就心里说，老二，腰里的大洋硬着哩，你软下去吧！到时候，大洋不硬了你再硬！想这话时，我早已窜出了村子，下了河道。河水明晃晃的，跟皇军的刺刀一样寒气。

茂茂：我做梦也没想到我会娶原子安代。如果按这事说我李茂茂是汉奸，我死得也不冤！

那是桃花盛开的时节，我从狼耳岭炮楼接回了日本慰安妇原子安代。那日，她穿着一件红缎袄子。石班把我们送出炮楼，她深深向石班鞠了一躬。然后，我就把她扶上了毛驴。驴蛋本来应该陪我们回去，可他留在了炮楼，他留在炮楼是因为没有得到原子跟石班赌气的。

走出炮楼，再下一段坡路，再拐一个弯，身后背的再不是黄石砌垒的炮楼时，空气豁然清新起来，我的情绪也渐渐好了起来。春阳明媚得使人振奋，野花散放出馨香，微微向我们致意。远山在天边蓝蓝地叠现出一道道岭脊，蓝绸一样舞动。山下的小河明亮羞涩地蜿蜒而去，是她把狼耳岭和黄花岭分成了两半。黄花岭上黄花灿烂。

真美啊！骑在毛驴上的原子也发现了那黄花灿然的地方。袅袅的炊烟告诉她，那里有人家，有村落。灰色的瓦舍中闪烁着诱人的粉红，那粉红的是桃花。我告诉她，那就是我的家，你的归宿。她高兴得哼起小调，非常动听。于是我便陶醉了，陶醉得飘飘欲仙。

这种陶醉太短暂了。驴儿一下河谷，我的心一下就凉了起来。河谷里阴森森的，刚刚冒出的小草，瑟缩地蜷着身子，仿佛是无人照管的孩子。我赶紧打驴过河，驴蹄踩碎了浅静的水面，溅起无数冰凉的水珠，凉得我心里直抽搐。原子望着溅起的水花兴奋地尖叫着，惊起远处的一群乌鸦。它们穿着黑服踌躇了一下，便扑扇着翅膀哇哇地飞走了。乌鸦一叫，我的心更凉了。我不愿看到灾难的兆头，我想见到喜鹊。因为不管怎么说，原子是我的第三个女人，我想和她白头到老。她也是一个不幸的女人。

我厌弃这河谷，因为我的二宝就在这里被狼给祸害了，就是在乌鸦飞起的地方。那年秋季，我清清楚楚地记得，乌鸦飞起的地方长着一片蒿草……我不想再看那个地方。于是，我就抽了驴屁股，嘴里喊道走快些呀你！

福贵：在日本军队侵略中国的年代里，一个中国农民能够娶到一个如花似玉的日本女人，简直是破了天荒，出了奇事！这奇事，这罕事，一时间把祖祖辈辈居住在中条山老林子里黄花岭村人稀罕得神魂颠倒。尤其是正值盛年而又不规矩的男人。茂茂娶回原子的这天夜里，村里就有好几户男人打了或骂了自己的媳妇。尔后，不约而同地向老族长家涌去。我自然是第一个去的。老族长说，福贵呀，茂茂娶了日本媳妇，你说是好事，还是祸事？我笑着说，族长爷，我也弄不清，你老高见？老人家笑了，没有言语，只是呼噜噜地抽水烟。狐狸吃不到葡萄，就要说葡萄酸。男人们在一睹原子的芳容后，欲火陡然升腾，升腾的欲火得不到消融满足，便陡然亢上转为妒火。他们中间有人愤怒了，愤怒得像三伏的烈日，企图把春天的桃花晒死，让谁也得不到。于是有人拿出了家法族规。因为黄花岭村虽然远近不同，几乎所有人家都是一族都归一宗。

汉子们不约而同地来到了年近七旬的老族长家，目的就是一个：按族规处置茂茂。理由是娶纳洋婊子，伤风败俗，辱宗玷族。

老族长在一闪一闪的豆油灯下，呼噜噜地吸足了水烟，把喉间的老痰咳完后，又嘿嘿地笑了，笑得龟孙们目瞪口呆。

老头子云：福兮祸之所伏！

除了我，李福贵，龟孙们都听不懂！就有人在暗处扯了我一把，问：族长爷说的啥意思？我说，啥意思？告诉你们，不要眼红茂茂的好事，日本人就那么心善肠好地白给他个媳妇？还不是因为日本人杀了茂茂的两个媳妇，又赔给他的，分明是让他当汉奸，货真价实的汉奸！当汉奸是没有好果子吃的。阎会长让我们同心同德，守土抗日，咱不抗日，反当汉奸，有人会来算账的。

我的一通话，像一副败火的清凉剂，立时见效。男人们像霜打了瓜秧很快蔫了下来。于是又有人道：啥鸡巴好女人，臭窑子，说不定会染上大疮哩！还是本分些好！

大伙闲扯了一阵，已有人把头埋在裆间呼呼地睡着了。老族长说，都回去吧！如今兵荒马乱，族规有啥用？族规能挡住日本人的刺刀？各人看住各人才是好。

老族长擎了油灯往里屋走，他要就寝了。汉子们才无精打采地出了门。我是最后出了老族长家门的。听得前头出去的有人说：走，闹洞房去！吃不上猪肉看看猪跑也行！

我在街上踌躇了很久。月亮把我的影子拉长了，再缩短了。一阵微风吹过，送来阵阵桃花的香味。我心想，茂茂他妈的真有艳福，一连娶三个老婆，个个如花似玉，良辰美景都让他小子独享了。我真嫉恨他！大家和我一样，本想抬出族规来压压，谁知让老族长一句族规能挡住日本人的刺刀吗给搅得烟消云散。老人家说得也是，日本人的军妓茂茂想要就要不想要就不要吗？太原城是阎会长的天下，日本人让他滚蛋他敢不吗？

我在街上踌躇着，忽然我的影子不见了。抬头一看，月亮钻进了一片黑云里。我想我该回去了。我不能幻想不现实的事情，茂茂这几年是行的桃花煞运，弄不好还要丢了性命哩！现在，还是回家睡自己的老婆。像阎会长所说的，守土抗战，守住自己的，再进攻别人的，这是上策。月亮又从黑云里脱了出来。我知道，这伙人闹洞房很馋的，他们要把女人剥的一丝不挂才行，搞这事驴蛋是把式。可他们怕茂茂，茂茂不乐意的话，他们是不敢撒野的。茂茂肯定不会让他们胡来的。我在黑暗里踱行着，听得有人叫：福贵哥，走，看看洋货，过过眼瘾去！

妈的，这些草莽，给老子说起这话来啦！要不是日本人占了太原，老子逃回来，你们哪个敢给我放肆？

前头的人见我不搭理，又有人说：福贵哥不稀罕！人家有从太原带回的洋媳妇，还有土媳妇翠凤，土洋结合两个就够累了！

我忍了忍没有发火。说实在，我咋不想去看看那个原子呢？可我是个在省城念过书，在省府做过事的人。我是个有身份的人。如果不是日本人打进来的话，我可能已经当县长啦！

我实在不想回去，可夜风带来了寒气，我打了一个寒噤，把牙一咬，心里说：回去吧你！我就坚定地推开了自家的院门。

茂茂：我在河边的黄蒿中找到二宝时，他已被狼掏空了内脏。二宝，二宝，我的娃！我的心嗵嗵嗵嗵地跳着，好像跳出了胸腔。二宝，二宝，我的娃！我的嘴已不归我使唤，我的腿抽了筋似的颤抖着软了下来。二宝，二宝，我的娃！这是怎么啦！他的皮肤还没变色，小脸粉粉的，像往常吃饱奶后，幸福安谧地入了梦乡。胖胖的两臂舒展着，脖里的红布兜带子还在，兜肚已被恶物撕烂了，白胖的胸脯下不再是红布，是完全豁开的腔体，充满血水的腔体。除了血红色什么也没有了。就这么快，一顿饭的工夫，一个水灵可爱的胖娃娃就给狼祸害了。

二宝，二宝，我的二宝，我的亲圪蛋，我的心肝！望着他胖胖的小手、小脚、小鸡小蛋，我不由得伏下身去，把嘴凑到儿子的脸蛋上亲了一口。二宝，大是不是天天这样亲你呀？你吃饱了奶，你就等着我亲你是不？我亲了你你就越发高兴得舞动小手，弹着腿，咿咿呀呀地跟我说话是不？

望着躺在蒿间的儿子，我又一次伏下身去在他粉嘟嘟的小脸上亲了一口。他的脸冰凉凉的，除了一股乳香，什么味也没有，闻不到血腥气。

呼呼呼，噜噜噜。寂静中，我仿佛听到了二宝的鼾睡声。二宝吃饱了，让我亲够了，他就是这么香这么甜呼呼噜噜地睡觉的。我心不死地，真的，实在心不死地又去摸儿子的鼻孔，看有没有热气。摸着了二宝的鼻孔，凉冰冰的，于是我就完全绝望了，心也就塌地地死了。二宝，二宝，我的亲亲，我的心肝，你就这么走了吗？你，二宝！我绝望地望着苍天，已没太阳的苍天，灰乌乌的；身边的小河哗哗地流着，已不是往常的清水，这是秋洪的季节，河水浑浊地翻滚着，跟天上的乌云一起浑浊地翻滚着，发出呼呼噜噜的声音，这是河底卵石撞击滚动的声响，不是二宝的鼾睡声。

轰隆隆，下雨了！下吧你，老天爷，你睁开眼下吧！

驴蛋：因为腰里有硬硬的大洋壮胆，别了一把手枪一样壮胆，我就脚下生风地赶天明时到了县城。村子离县城不远，也就二十里，抄了近道也就十多里。因为天黑，我还是走了大道。县城在西，黄花岭在东，顺着河边的道直直往上走，河水哗啦啦地往下流。因为腰间的大洋硬硬的，又喝了福贵的酒，所以，我一点也不怕。也真怪，平日里，大白天都能碰上狼的，这天夜里没听见一声狼叫，倒是山上的坟地里不时有秃鸪的惨笑，笑得瘆人，可我还是不怕。夜风凉快地吹着我的烂布衫，把我的大裆裤灌得鼓鼓的。风从哪里钻进呢，我的裤腿绑着哩。天实实地黑了一会儿，东方就泛出了白色，跟河里的鲶鱼肚皮一样，黑上白下，白的渐渐扩展，黑的就随之褪去了。可太阳还没出来，空气湿凉凉的，送来一股玉米的清香。到了，到了。过了玉米地就到了。我心里说。这时的玉米才吐出红胡子，还没有长成哩！可就闻到了嫩玉米的清香，我的肚子也咕咕咕叫了起来。要是再迟两个月，我就敢钻进玉米地，掰它几圪棒烧烧吃。我的肚咕咕叫，口水也流了出来，于是我又摸了摸腰里硬硬的还在，我就寻思着进了城是先吃饭还是先报告？正想着，就走过了玉米地，那东城墙就山一般挡在我的面前。我心里说，可真他妈的到了。

城门大开着像个嘴，两边站了日军和警备队的人，像牙。一个警备队的牙用刺刀拦了我说：良民证的有？我心里说，你他妈的到底是中国人还是日本人，怎么说出这日本人嘴里的中国话来。我在腰间摸索了半天，才摸出那张有我人模狗样照片的良民证来。警备队的"牙"看了照片，又望了望我，把良民证递给对面日军的一个"牙"，这个"牙"拿过良民证连看也没看就说搜！那个警备队的"牙"放下长枪，开始在我身上摸索起来。夏天穿的单，我的两块大洋只能装在腰里的口袋。我的心怦怦跳，汗"唰"地从额头涌了出来。妈的，要真的把两块大洋搜去，我这趟也就白来了。腰里硬的没有了，裆里的硬起来有尿用？这"牙"真夯，他不直接到腰里去摸，而是从胸脯上开始往下摸，摸得我直痒痒，我禁不住嘿嘿嘿地笑了起来。"牙"们见我痒得直笑，都跟着笑了起来！是那日本"牙"先笑的，警备队"牙"才跟上笑。搜我的"牙"没笑，他恼火地骂道笑你妈逼啥，说着就朝我脸上打了一巴掌。我就有点火了，我见他是中国人我就火了。要是日本人打我一巴掌，我还不是乖乖地受了。哟，你这根屌还不服气是咋的，我让你笑让你笑！他干脆把两只干枯的手伸到我的腋下，胳肢起来。让你笑让你笑让你屌笑个够。嘿嘿嘿嘿，嘿嘿嘿嘿……我又忍不住地笑起来。城门里的"牙"都笑得前仰后合。夸夸夸，我正笑着，"牙"们也正笑着，一队日军跑步从北门绕过来了。他们是出早操。一声口令，队伍停下。这时，警备队的"牙"一掌把我推到了一边。意思是先让皇军队伍进去，然后再跟我算账。队伍跺着刚健有力的步伐进城了。我看到一个熟悉的面孔，带队的日本军官——黑森太郎。他在狼耳岭炮楼当过小队长。他也看到了我，就叫道：驴蛋，你什么的干活？我像找到了救星一样，急忙弯腰一躬说：太君，我有事报告。他就拍了我的肩膀说，好！好！

我随黑森到了红部，向一个留有一撮胡子的胖军官报告了情况。按福贵吩咐的，说关老五是共产党（关老五是关林的化名）。我还伸了两个手指展出个八字以示重要。后来我就被黑森派人送到警备队去吃早饭。我想要二百块大洋，可他们抓不到人是不会给我的。

警备队吃的是煮玉米。老玉米煮开了花也没嫩玉米好吃。我胡乱扒了两口，垫了饥，就急着去怡春胡同。出门时，正好碰上那个搜我身的"牙"，他咧着大嘴笑着说，兄弟误会，兄弟误会！我真想扇他一巴掌，可心急火燎地要去逛窑子，就边走边骂：误你姥姥个逼会！走到街上，按了按腰里的大洋还在，就不顾一切地拐进了怡春胡同……

福贵：说实在的，我并没有想到他真会是共产党。我从太原逃回来的时候，他已是我们家的伙计。高挑个儿，不黑不白，说着一口河南话。他说他是河南逃荒上来的，他叫关老五。我见他的时候，他正给牲口垫圈。他拉来一车车红土，再拉走一车车牛驴粪。把粪送到地头，等到春季再用箩头往地里担。我家的土地虽不算多，但离家近，又能用铁轱辘牛车送粪。这在方圆百里是少有的。这都是我大一辈子会算计的功劳。他算计了一辈子可没享什么福。和伙计一样吃南瓜稀粥，一样五更起来干活，一直干到出了星星。楼上的小麦舍不得吃，攒成了一缸上面是好麦，缸底下是虫蛀了空麦瓢，有的早就变成了牲口都不吃的灰。我记不清我母亲，她是病死的。据说病是耽搁了的。郎中说母亲得的是血痨，要用贵重的药，没有三年五年是治不好的。也就是说没有三五百块大洋是治不好的。我大心疼钱了，况且花三五百块大洋不一定就能治好。于是他就请了不花大钱的神婆治，不到一年就把我母亲治死了。后来，我大没再续弦，他怕花钱。所以，在我的婚事上他依旧那么做。用五斗玉米换回了一个体格健壮的黄花闺女——翠凤给我做媳妇。

关老五干活很利索。他穿着一件粗布坎肩，不紧不慢地一锨一锨往圈里垫土。他的身量较高，隔着高高的圈墙，能准确地把土摞到他先想好的每个位置。回来啦，东家！他笑着放下锨，露出白白的牙齿。我说回来啦！他说还是回来好，兵荒马乱的！

后来我才知道，关老五所说的我还是回来好，不是他的真心话，啥他妈逼兵荒马乱的，倒是他在我家乱起来了。不过话又说回来，如果翠凤不愿意，他一个打工当伙计的，怎敢打东家女人的主意！男人偷情隔重山，女人偷情隔层纸嘛！翠凤那骚货苦守不下去了，见了这么好的男人能不动情吗？一厢是火，一厢是棉花，棉花碰见火能不着吗？于是他们就着起来了。就"兵荒马乱"起来啦！

翠凤：我一见到他就觉得亲亲的。尤其是他操着一口浑厚的河南腔。因为我老家就是河南的，从我爷爷手里逃荒来到山西的。我爷爷奶奶我大我妈都说河南话，到了我这里才改了口音。听见他一口浑厚的河南乡音，我心里生出一种说不出的亲切感。

他来的时候，狼耳岭已有日本人啦！那时福贵和他在太原带回的那个妖精还滞留在临汾。我的公公早已入土。那五十亩好地不能撂荒着，所以，我就答应他给我家当伙计了。

他是族长爷引来的。族长爷说福贵家的，你一个妇道人家，种不了那五十亩地的，喂不了那几头牲口的；族里人不能一直给你帮忙，还是再雇个伙计吧！族长爷给我雇来的伙计，引来的男人，我就敢留下。别人是说不得闲话的。在村里，族长爷是避邪的镇物。那年，福贵这没良心的回来出殡他老大时，就提出要休我。他说他在太原有了女人。族长爷听了一口啐在他脸上，厉声说：福贵！你小子除非永远不回黄花岭，你休翠凤把脑想干吧！凭啥休翠凤，不孝顺呀，还是不正经？福贵这没良心的这时候还不看势头，争辩说：我跟她没感情！大家都笑了，都说什么是感情呀？牲口才发情哩！我没笑，我不懂感情是什么意思，可还是懂了。懂了他看着我不亲，就是没有像我见了关老五那样一种亲亲的感觉。老族长阴沉了一会说，福贵，要不是你大才死，你小子免不了一顿梅花棒的！亏你读了几年书，还在省府里做事，你不知道糟糠之妻不可弃吗？任你在外面娶妻纳妾，翠凤是你的原配，想休她，妄想！也许是因为族长爷说了任你在外面娶妻纳妾的话吧！福贵这没良心的后来真个带回了个妖精。

我一见了他就觉得亲亲的。我的心怦然跳着，脸也有点红了。族长爷说，翠凤，安置一下，就让他干吧，地是犁得的啦！我心里说：中！

族长爷走了，我就带他到伙计窑去。伙计窑就是在我家院后的一孔土窑，专门让打工的伙计住的。我"吱呀"一声打开了窑门，一股布湿气迎面而来。我说老五你收拾收拾住在这里吧！他说中！

这时候，太阳已升了老高，鸟儿已疯成一团，在树间跳来跳去，唱来唱去，好像学着我和关老五说中中中中中！

驴蛋：我把腰间硬硬的东西耗光了的时候，自己也完全疲软了下来。腹内的元气已放完，接着便是极度的疲乏、瞌睡！我就在肮脏的地方睡着了。我弄不清是真的梦着了还是真的就有那么回事。我在梦中看见一颗血淋淋的人头在晃动，晃动。我觉得好面熟，仔细一看，原来是关老五。关老五两目圆睁，怒斥道：驴蛋，你这条恶狗，我跟你前世无仇今世无怨，你凭啥害我？我操你八辈祖宗！我大吃一惊，惊出一身虚汗，醒了。这时，天色已晚，外面也凉快下来。我知道我该走了。我走出怡春胡同心里想刚才的梦，也许是心忧的吧！本来就是冲着杀关老五来的嘛。我打了几个哈欠，提了提精神，一溜烟地出了东城门。城门外哄了一堆人翘着脑袋往上看。一见这状，我的腿一下软得抽了筋似的，拖不动了。没这么快吧？我想。不可能，绝没有这么快！这城门上经常挂人头的！我的腿渐渐硬起来，才实实地迈了两步，背后传来一个不很熟的声音：哎呀！这不是老兄吗？恭喜恭喜！我回头一看，又是那个"牙"，嘴里叼着纸烟，手里提着半瓶酒。我说，恭喜鸡巴啥？他喷着酒气说：哟，老兄领了二百块大洋还不算喜呀！那家伙肯定是这个！"牙"伸出拇指和食指说。我说谁？"牙"指了指城门上那颗人头说：关老五呗！他的话一落音，我吓得几乎瘫下。我牙打着战说，不，不对吧！"牙"说，你老兄真不知道吗？皇军一早得了你的消息，就去黄花岭抓人。那家伙在牛圈出粪哩，他见势不对，就用锨砍死了一个皇军，皇军就开枪……真可惜没抓到活的，我们只好割了人头回来交差！

我简直不敢相信这是真的。我一点也不敢朝城门上望。那个"牙"还够意思，见我神色不对，立马把我搀扶到玉米地边，歇了一会儿。他说，兄弟你胆太小，这种事在城里可多啦！来往客人，只要身上搜出洋火红线什么的，都可当八路杀头的。唉，吃这碗饭真作孽呀！妈的，他也知道作孽。我头嗡嗡地响，心里害怕得厉害。他就把那半瓶酒给我喝了。我才有了回家的胆量。我踉跄地离开了东门外，一路上，不时地停下来，回头向城门的方向磕头：老五兄，饶了我吧！这都是狗日的福贵让我干的！我给你烧纸上香，老五兄！我没想到真格地害了你，老五兄。我给你磕头，饶了我吧……

茂茂：我一听说关老五被杀，心里咯噔一下几乎没了知觉。半天才缓过来。那几年我被死人的事吓怕了。我第一个媳妇桃花和儿子大宝被害的时候，我就这么吓得心里咯噔过，吓得什么也不知道过。唉，这关老五，性子也太烈。让日本人把你抓到城里，我再跟石班讲情，说不定会保释出你的！关老五呀，关老五，你这么一死，将来谁能说清呢？我操他八辈子祖宗，哪个黑心鬼到县城告的密？我操他八辈祖宗！

关老五的无头尸挺在牛圈里。蝇儿嗡嗡地飞个不停。福贵吓得脸变成了白墙皮。他不住口地问我：茂茂老弟怎么办？老弟怎么办？

怎么办个你妈逼尿？埋了吧！怎么办！我心里说。后来老族长来了，老人家只说了一句话：闯下大祸了呀，你们！

　　这话只有我心里明白。关老五的身份也只有我和老族长知道。

　　翠凤：他死了，他果真死了。日本人围住牛圈的时候，我就想他凶多吉少。可打心眼里希望他死里逃生。我就暗自祷告：老天保佑！老天保佑！他是好人。然而，老天爷一点也不保佑他。正当我在屋里为他磕头祷告的时候，回答我的是一声沉闷的枪声。我的心被重重一击，倒在地上。昏死了半天，才被冰凉的地砖给拔醒。日本人真狠！杀了他还不给他留个全尸，还割走了脑袋。哎呀，老五哥，老五哥，你命好苦呀！我的哥！我从此再也见不到你那高大身躯，你那亲亲的家乡口音，你那亲亲的面孔。我的命好苦哇！我的命真苦……我止不住地哭，我真想找一个无人的地方悲恸一场，可是没有这种地方。我只好把头钻进被子里哭。我哭肿了眼睛，怕人看出来，就用冷水敷。唉，老五哥！你死了连哭都不敢哭，你命真苦，我的老五哥！人死如灯灭。名分上你是我家的伙计，我得安葬你。当然不能给你做棺材，做了棺材，众人又要说三道四。可也不能像福贵狗日的说的那样，用一张苇席卷了就行！这回我可火了，他也不敢要横。我说用缸，用两口大缸！我又求了茂茂，让他通过石班把老五的人头取回来，让老五全全地下葬。这一切办妥后，我心里才好受了些。唉，我永远见不到你了，老五哥，再也听不到你说中中中中中！我的心一直在哭！悲恸得没个止了。

　　茂茂：我压根是不愿跟日本人打交道的。不愿跟日本人打交道最终还是跟日本人牵扯在一起，并且打得很火热。这汉奸的帽子不给我扣给谁扣？其实，这都是我恨日本人引起的。我恨日本人，是因为他们杀了我的第一个媳妇桃花和儿子大宝。那是日本人刚来的时候。那时候，我媳妇桃花和儿子大宝不在黄花岭，在她娘家。日本人几乎把那个小庄的人杀了个光！可数我媳妇和儿子死得惨！你说我能不恨日本人吗？

　　我媳妇桃花死得真惨！日本人让她把衣服脱光，她不脱，鬼子就把大宝往刺刀上拁。桃花为了儿子忍辱脱了上衣，两个白奶长茄似的活脱脱地裸露在群狼面前，他们发出阵阵淫笑。留有小胡子的矮个军官黑森伸出了爪子去摸，我媳妇闪身拒绝了。这奶子让外人看不算丢什么大丑。俗话说：闺女金奶奶，媳妇银奶奶，当了妈妈猪奶奶。可小日本得寸进尺，我媳妇就不愿意。大宝见了奶奶，喊着妈妈我要吃奶！傻娃，啥时候，还嚷着吃奶。黑森狞笑着，一挥手就有两个兵儿拿来两股洋铁丝，把我媳妇按下，血淋淋地穿进了她的两个奶奶。日本人往我媳妇的奶奶上悬了两个小铜铃。小铜铃是从马脖里解下的。黑森对我媳妇说，戴上铜铃擀面条，不然，就劈死你娃！一个兵儿凶狠地扯住大宝的两腿往开撕，大宝疼得一声尖叫哭喊着妈妈妈妈。我媳妇含泪答应了。一大块面团很快和好。用擀杖推开，卷住，腾腾腾地在案板上擀起来，随着她的擀动，两个奶子不停地甩动，铜铃发出清脆的声音。黑森和兵儿们听到铃声淫笑着狂叫着取乐。好狗日的小日本，想着法子害人。

桃花忍着剧痛把面擀好，并没有像她料想的那样和儿子平安无事。黑森兽性大发，饿狼一样扑在了她身上。我媳妇咬断了黑森的手指，黑森残暴地用刀豁开了她的下身，随后又挑出了大宝的肠子……

我媳妇死得好惨呀！还有我的大宝！我要报仇！我要亲手杀死黑森，我想我能。我有一杆打狼的老枪，尽管它打不远。

驴蛋：茂茂哥，你也太逞强了！成天想着报仇，结果报了吗？仇没报了差点送了性命。那日，黑森正在狼耳岭炮楼上跟新来接替他的石班太君观看地势。看北山，看东山，再看南山。看到最后他们大吃一惊！石班说：南山有中国游击队！黑森看了一下把望远镜给了我。我早就想到是你，你在黄花岭老林子边朝炮楼开枪。真是笑话！我看你开一枪还骂一句，还不是我操你八辈子祖宗小日本，小日本我操你八辈子祖宗吗？还不是白费火药铁砂。倒是黑森已用步枪瞄了你。那洋枪能打好几里地，打不死你也能伤你。后来，石班说，抓活的！就派人抓了你。我想这下可完了，你的小命完蛋了。黑森派人挖了坑要活埋你。我说你是黄花岭的猎户，是村里的人尖子，老族长的接替人，一条精明强干的汉子。仇视皇军是因为上次扫荡时杀了你老婆孩子……石班听了对你很感兴趣，才发了慈悲，让我把你从坑里刨了出来。后来，你才和石班好了起来。你认为石班是你的救命恩人。可没有我驴蛋一番美言，没有我亲自下坑扒土，你早就到阴间和你桃花大宝团圆去啦！就冲这一点，石班给你的那个日本女人，兄弟我占点便宜算什么？你就不可怜可怜你这光棍兄弟吗？就冲这点，我嫉恨你！

秀花：太阳艳艳地照着，照得茂茂好乏啊！他放下碗就瞌睡得打了个哈欠。我说你歇歇去吧！我和二宝再凉快一会儿。他就回屋躺下了。我抱着二宝躲进一块荫凉里，二宝在我胸下拱着吃奶。我望了艳艳的太阳，感到有些眩晕。我想我是瞌睡了吧！瞌睡了我就回屋睡。可我没有起身，还是盘腿坐着，坐在一块苇席上。因为二宝才吃了一个奶，另一个才噙到嘴里。我不想打搅他，让他静静地把奶吃足，也瞌睡了好一起回去。我望着艳艳的太阳，我有点眩晕。大概秋季中午的太阳都是这样吧！把人照得直瞌睡。我望着望着就迷糊了，仿佛还梦见了什么。院里静得落根针都能听见。可我还是没听见那恶物的走动。我觉得胳膊上毛茸茸的东西，猛然地醒了过来。我想是一个毛毛虫，我最怕毛毛虫。毛毛虫从皮上爬过火辣辣地疼！可我做梦也没想到是比毛毛虫凶恶得无法比拟的恶狼。在它进入我的视觉的那一瞬间，我惊骇得几乎窒息了。它麻利地咬住二宝的后背从我怀里拽出。其实我的胳膊早已抽了筋似的不管用了。二宝哇的一声从我奶头上脱下，我才感到了奶疼，才又恢复了神志。我喊：快！狼……那声音叫得好凄惨，好陌生，急促而无力。茂茂听见声音不对，慌忙从屋里跑了出来。可已经迟了！那恶物叼着二宝已出了街门。我脸色惨白地用手指了一下：快些，狼把二宝……没有说完就吓死过去了。

我醒来的时候，天上已没了艳艳的太阳。一块黑云吞没了艳艳的太阳。一会儿阴风从外面刮进院里，那块黑云就漫散开来，天空顿时变得一片阴沉，雷声一吼，吧嗒吧嗒的雨点就落了下来。我的泪也随之落了下来！

我不敢大声恸哭。因为二宝还没下落。我希望他活着，他活着同茂茂一起回来！我在屋门上朝着灰蒙蒙的天空跪下祷告着：老天爷，救救我二宝，救救我的娃老天爷！老天爷哗哗哗哗地流下的泪水，把院里砸得一片迷茫。我的心完全绝望了！呜呜呜呜，我的二宝，老天爷，救救我的娃……

茂茂：黑森血洗了几个村子后，在黄花岭对面的狼耳岭上修起了炮楼。用刺刀把黄花岭一带"维持"了。我瞅着机会向黑森下手，可总是没有机会。一年过去了，我又娶了秀花。有了老婆，就不能拿着性命蛮干了。我不能让秀花做寡妇。可我心里还是窝着一口气。这气不是一般的气，是仇是恨！所以，那日我进黄花岭老林子打猎，一下子就看见了狼耳岭的炮楼，看见了那面招魂幡一样的太阳旗。我就禁不住地朝狗日的开了一枪。还不过瘾，又装上药，又开了枪！嗵，嗵，嗵！我操你八辈祖宗，小日本！我操你姥姥黑森……

谁想就他妈的那么巧。狗日的黑森正用望远镜朝这边望着呢。我被抓到了狼耳岭。我被他们推进了一人深的坑内。湿红的土坑坟墓一样阴森森的。兵儿们叉着腿一锨一锨往我身上填土。我想就这样完了吗？我愤怒地直立着，迎着一锨一锨砸来的湿土。土糊了我的眼睛，糊不住我的嘴。我边吐边骂：操你八辈祖宗，小日本！操你姥姥黑森……我胸膛感到了沉闷，两臂被土埋得紧紧的，越来越上不来气。我心里好凄惨，心里说：秀花，我对不住你！凄惨有屁用？走就走吧！到阴间变成厉鬼向小日本讨还血债，和桃花大宝一起向黑森这恶狼讨还血债！我操你八辈祖宗！断子绝孙的小日本！我心里还在骂，直到脑里一片空白……

村里有人说，狼叼二宝的那天晌午，一块狼状的黑云吞没了太阳。后来才刮起了阴风，下起了大雨，吼起了雷声。我被活埋的那阵，两块天狼状的云同时去吞太阳。先是黑云吞没了太阳，后来白云将黑云冲散，白云吞下太阳之后很快又从屁股屙了出来。可惜埋我的那会儿我的眼睛被土迷了，什么也看不见。什么白云黑云的，全然不知。当我活过来的时候，我已躺在了家中。是驴蛋把我背回的。我不敢相信我还活着，以为到了阴间。昏暗的油灯鬼火般地向我眨眼。我用手摸了摸身上的破缎被，怪刮手的，以为是安葬我的寿被，这时就有一双温暖柔和的小手抓住了我那粗糙的大手。茂茂，你可醒了！媳妇秀花带着哭腔说。我说我不是给活埋了嘛？她说你没死，多亏一个叫石班的太君下令把你刨出，让驴蛋把你背回来！

日本人里也有好人？石班就是那块白云吗？驴蛋毕竟是自家兄弟，他要说我是八路，不就活活地被埋掉了吗？驴蛋是李氏家族中第一个为日本人做事的。他是一条光棍，是他向石班说情救下我的。

一场惊吓过去后，我就本分地过日子。只是不能上山打猎了。驴蛋说石班太君不让拿枪，枪给没收了。我想命差点给丢了，丢杆枪算什么？可闲下来的时候，心里老想着那杆老枪。

茂茂：我二宝遭狼祸害的第二年春天，村里又连续发生了几起狼吃小娃的事，引起了人们的恐慌。老族长寻到我门上说，茂茂，山灰的厉害哟！（借指狼多）再不整治，恐怕要向大人下口啦！我说族长爷，拿啥整治？我的枪在狼耳岭炮楼里。老人家吸了一袋烟说，这个，这个……他这个了一会儿说，听说石班和气得很，我跟驴蛋说说，让他跟你一起去要枪。他给了就好，不给再想办法，反正不能再看着山灰的伤人！我寻思了半天就答应了。

因为狼叼我二宝的时候，缺的就是那杆老枪。如果它在，我放一枪，那恶物定会放下二宝逃走的。那恶物精灵得很，能闻到火药味。如果枪在，那恶物断然不敢大白天闯进院里来的。再说，以后我还要跟秀花生娃，没有那老枪能行吗？

那老枪是从我爷爷手里传下来的。是我哥哥被狼吃掉后买的。说来实在令人蹊跷。那是个月明气爽的夜晚，村人都到邻村大庙看戏。回来的路上有一个大弯。我哥哥在弯的一头跟着母亲，而弯的另一头是正跟男人们说戏取笑的父亲。哥哥听到大在前头说笑，就撒了母亲的手去追。不巧弯里没人，两头也互不相见。伏在草里的狼呼地扑下，只听得哥哥喊妈呀大呀，就远路而去了。男人们四处追寻，折腾到天亮，寻着的是被刨了五脏的尸体。母亲说我为什么要撒开他的小手呢？他说有点冷，我才给他捏热呀！那时，我才三岁。对母亲的印象就是一直唠叨到死的这句话。那几年，狼祸实在厉害。年年村里都有小娃被狼叼走，吃猪叼羊则是常事。驴蛋妈就是在山上采松菇时被狼围了半天，被我爷爷救回后不久得了惊厥病而死的。我爷爷买了老枪，农闲时天天打狼。黄花岭村男女老少几乎都吃过狼肉。驴蛋吃得最多。我只记得那大灰狼的肉香是香，就是嚼不烂！

日本人一来，狼又多起来。真是祸不单行。这是日本人杀人多的缘故。漫山遍野到处都扔有尸体，狼有了足够的吃食，很快就繁殖起来。吃完了死人，能不向活人下口吗？

驴蛋：我母亲就是那年秋天遭狼围后得病死的。我只记得她的脸像我大抽过大烟的脸一样黄，发作起来抱头尖叫：狼！狼！狼！两只眼睛跟狼眼一样黄中带绿。大人们说，我娘中了山神爷（狼）的邪气，跟得了狂犬病一样不可救药。唯一的办法是黄蒿汤兑狼胆，这些药并不贵重。凑巧茂茂爷爷经常打狼，我除了吃肉，主要是讨回狼苦胆。我舅舅请了郎中，亲手教了我拔蒿，煎汤，如何把胆汁挤出再与蒿汤兑在一起让娘喝。每次剥狼，茂茂都事先把狼胆取下，给我准备好。我娘用了一年的偏方，病未好转，除了一颗日益膨胀的大肚，瘦得像具骷髅。最后一次喂药时，她说：蛋儿，我死后不要跟你那没良心的大埋在一起……话未说完噗地喷出一口苦水，接着便是吐血，一顿饭的工夫就没了命。此时，我大也不知是死是活，他被族里打了一顿梅花棒逃走两年多了。有人说他下了河南，也有人说他烟瘾发作，偷人家的牛去卖，被主家捉住活活打死了。我大是个独子，我奶奶快四十才生他，从小就被宠惯得要啥给啥。二十岁的小伙进城看戏，还得让我爷爷背着过河。后来，他染上了烟瘾，硬是把祖上传下来的三十亩坡地卖了多半，最后，还偷了我娘的银手镯，连我脖里的银项圈他都没放过。我爷爷奶奶被气死后，他恶习未改，偷了祠堂的一尊铜香炉换了烟土。愤怒的族人用梅花棒狠狠教训了他一顿。他出走后，我母子生活更加艰难，母亲只好上山采松菇，换点油盐来维持生计……茂茂家好事做到底，我母亲死后，茂茂爷爷又花钱给我母亲做了棺材，在族人的帮助下，总算安葬了我苦命的母亲。从此后，见茂茂爷爷打狼我都尾随其后，只要有狼肉我都吃。我想拿枪打狼，可茂茂爷爷死活不准，他老人家教会了茂茂一手好枪法，也练就了茂茂一副好身骨。茂茂二宝被狼祸害后，村里又出了狼叼小娃的事，大伙把希望都寄托在茂茂的那杆老枪上。只有我才能向石班通融要枪的事。运气还不错。从来不把我放在眼里的茂茂和族长爷求我了；想不到石班那么爽快地答应了，不过，他要茂茂亲自来取。

茂茂：石班小队长没留胡子，一副白白净净的面孔，四十来岁，中等个头，说着一口流利的东北话。要不是他的名字叫石班，准把他认成东北人，假日本。我和驴蛋一起进了炮楼，石班正在吃饭。白花花的大米，鲜红的牛肉罐头，香喷喷的炖鸡摆了一桌。驴蛋不由得咽了口水，低声下气地说：太君，黄花岭村的茂茂来了。石班放下筷子，用雪白的手绢擦了擦嘴，站起来和蔼地说：茂茂，是你！来来来，请客不如撞客。坐下，坐下，一起用饭！

石班扯过两把椅子，拍着我的肩膀说：不要怕，有事吃了饭再说。驴蛋扯了我一把，咧着大嘴先坐了下来。厨子递进两双筷子两个碗，又加了两筒罐头，说：太君好意，你就用着吧！不然，他一生气，你的事也办不成！是，是，是，茂哥动筷吧！驴蛋涎着口水着急地说。听口音，厨子是地道的东北人。

我要枪心切，也就坐了下来。心里直犯疑：吃了人家的嘴软，拿了人家的手短，吃了日本人的饭，会不会沾上汉奸的嫌疑？

尝一尝，茂茂！你是一个有胆识的中国人，我很佩服。石班把一只鸡翅夹到我碗里。

吃吧，鸡翅香着哩！驴蛋一边啃着鸡腿应承着说。

我鄙夷地看了驴蛋一眼，心里骂道：你真没出息，馋头鬼！准备把鸡翅夹与驴蛋，转眼一想：要是没有这下三烂，自己能进炮楼要枪吗？看着石班和蔼地望着自己微笑，心里不由得亏欠点什么。对了，石班不是那块白云天狼吗？他救过自己的命，就冲这一点，也得给他个面子。要是黑森那恶狼，就是请吃天鹅肉也甭想。除非吃这条恶狼自己的肉还差不多。

石班给我和驴蛋倒了两碗底子酒，笑盈盈地说：将就着吧！以后情况好了，再好好款待二位。我自小在中国长大，最爱跟平民百姓交朋友！

看到石班斯文亲切的样子，我想，这是不是村里墙上用白灰刷的"中日亲善"？石班那双白嫩的手会杀人吗？

喝了一会儿酒，石班趁着酒兴说：茂茂，我知道你来干什么。听说你的儿子给狼叼走了，我心里很难过。等战事平息了，皇军会把狼一网打尽的。枪嘛！既然你来了，就还给你，只要你不向皇军开枪。以后，皇军的事还需要你和驴蛋多多关照！

石班说罢，站起身来深深鞠了一躬。弄得我不知所措，赶忙站起来说：太君快坐，太君快请坐！

简直是怪事！我来求你要枪，没有什么客气礼节，你又是让饭又是鞠躬。况且，自己这轮太阳是你白云天狼从黑云天狼口里夺出又从肚里屙下来的。这不明明折坏自己嘛？我心里愈发不安起来。屁股底下坐了针毡一样难受，心里急着要走，哪怕拿不出枪都行。

石班叫人拿来那杆锈迹斑斑的老枪，皱了皱眉头，叽里呱啦地说了一通，来人哈意一声又将老枪拿了出去。不一会儿，老枪被擦得黑油明亮。

石班把老枪递给我说：满意了吧！茂茂。谁说不满意啦？太君你也太客气了。我笑眯眯地心里说。

石班把我和驴蛋送出炮楼时，唰地从一侧窜出一条大狼狗。石班一声喝住，一名兵儿赶紧过来扯住了狗链。

石班诙谐地说：不用怕，不是狼，是狗。

是狼和狗的杂种？我说。

是。说得对！它有狼的凶狠，又有狗的忠孝，所以，它比狼厉害得多！

秀花：真没想到，老枪这么顺当地从狼耳岭炮楼要了回来。我从茂茂手里接过来紧紧地把它抱在怀里，像抱我二宝那样亲切。老枪呀，老枪，那时你要在，我的二宝现在不是好好的吗？想着想着我的泪就止不住地流了出来。茂茂说，看你，看你！还想他干啥？这不，老枪回来了，我就能给你打野鸡兔子，好好养养身子，来年生个胖娃娃。咱有老枪在，娃娃会长大成人的！

听了茂茂的话，我心里才好受了许多。我说茂茂教我打枪吧？茂茂笑着说，哪有女人摸枪拿刀的？我说：有！人家队伍上还有女兵，拿枪拿刀跟小日本干仗哩！茂茂听了我的话大吃一惊问：秀花，你说，你快说，哪里听来的话？日本人知道了可了不得！我笑着说：你看，你看，吃了日本人一顿饭，就胆小起来啦！告诉你吧！是翠凤跟我说的。翠凤家里那个关老五肚里的新鲜事可多啦！什么男女平等呀！住，住，住！茂茂有点不耐烦了。他说，以后不要跟翠凤乱扯了，这关老五的底细不清楚，咱可不要枉受连累呀！我就不高兴地说：亏你是个男子汉，胆小鬼！你可别跟石班打得火热呀！帮他干了坏事，就是汉奸！茂茂吃惊地问：这话谁说的？这话是谁说的？我说你不要一听有鬼就头根爹，是我说的！我不会把你当汉奸吧？黄花岭村的男人多数都给日本人干过活，也不能都成了汉奸吧？他听了这话才安静下来，才去捣鼓他的枪药。他急着要进山。他说好久没打老枪了，山上的野鸡兔子到处都是。我说有本事打只狼回来。他说，这你不懂，一拿枪，狼这家伙是连影子都见不到的。我说，就那么精滑哟！他没吱声，装好枪药，匆匆进山了。

茂茂：寒露一过，山林逐渐凋零起来。除了松柏，其他荆棘灌木都收了水分，叶子渐渐败落稀疏。这时节的野鸡最肥。我端着失而复得的老枪，抑住心头的兴奋，屏气静听野鸡在荆棘下刨食的声音。一块石头扔下，哗啦啦地飞起六只；我将老枪顺着一晃一搂火，嗵的一声，就有两只奔拉着翅膀落下。这时太阳刚刚落山，我拾上野鸡往回返。我急着要吃野鸡，闻着浓浓的火药味，就像闻到炖烂的野鸡一样香。我不住地咽口水，心想再打一只兔子多好！按常理说，早打野鸡晚打兔嘛！这会儿是打兔的好时机。我就又装了一枪药。很快就有一只兔儿从林子里蹦出，在低草的漫坡上迟疑了一下，没等它反应过来，我的枪已搂火，把它打了个底朝天！我心里不禁生出一些怜悯来。我想要是能像这样打只恶狼多好！我不想再射杀兔子了，尽管又遇到了几只。

从大山的暗影里疾步回到家里，我的肚子已咕咕作响，这时天还没完全黑下来。借着微弱的天光，我把猎物剥皮开膛拾掇干净；秀花把猎物整体地放到铁锅里，添上水，点着火。不一会儿，锅里就冒出香喷喷的热气。我流着口水说，鸡兔一锅香，馋得佛跳墙！秀花笑着说，哪里是鸡兔一锅呀？我揭开锅一看，没了兔子。秀花说，今儿个炖鸡，明儿个炖兔，这才匀和，都炖了，一顿吃不了呀！我说你真会过日子！

香喷喷地吃了一顿，我打着饱嗝就想睡觉。我确实乏了。白天狼耳岭、黄花岭地爬，我确实乏了。

我梦见黄花岭漫山遍野都是狼。狼王冲着狼耳岭炮楼叫。狼耳岭是一群母狼狗，个个翘了尾巴，露出红红的生殖器，向狼王献淫媚。为首的是石班。忽地石班变成了一只大白狼，而狼王变成了黑森。他俩龇牙咧嘴地为了争母狼狗竟冲到河谷里厮打起来。黑森一下子咬住了石班的脖颈。石班大声地向我求救：茂茂帮忙！茂茂帮忙！我自然是帮石班的，就端起老枪正准备射杀黑森，这时，秀花突然跑来，喘着气说：快起来，快起来！

我还在梦里，说秀花你不要瞎乱，我瞄着黑森哩！秀花狠狠搡了我几把，我才醒来。我揉着眼问：咋啦？

院里有狼！她喘着气小声说。

我心里咯噔了一下，不知方才是梦还是这会儿是梦，难道那狼王真格进院了吗？

给你枪！冷冰冰的老枪塞进了我怀里。这时，我才完全醒悟过来，方才是梦，这会是真的。

扯起窗帘一角，寒月下，果然一条大狼拖着尾巴在撕拽什么。我赶紧下炕，摸索着把药装上，比往常还多装了些铁砂；轻轻跳回炕上，把枪管从窗格慢慢擩出。只见火光一闪，嘡的一声，火药味弥漫了整个屋里，呛得秀花两眼生泪。

干倒啦！干倒啦！秀花兴奋地说。

我没开门去看那恶物。凭我的枪法，倒下的东西是不会再起来的。我把灯点着，装了一袋烟慢慢吸着。心里想，这狼来得日怪，就捅了一下秀花的奶，问：狼咋进来的？你没关街门？

秀花笑着说：不闩街门能进来狼？我把兔子拴在树上哩！

你真行，我的亲亲！

我扔下烟袋，甩掉衣裳，紧紧把她搂住……

秀花说：我睡不着，茂茂！她已翻身好几回了。

我说：打死了恶狼把你高兴得！再生个娃娃，你敢一辈子不瞌睡哩！

我想……她推了我一下娇嗔地说。

我笑着说：你这阵瘾火真大！看来这野鸡肉没白吃，要是吃了狼肉，还要把我榨干了哩！

她脸一红拧着我的耳朵说：你胡说，你胡说，我想干甚你能答应？

只要你高兴，我咋不答应？我拿下她拧耳朵的小手笑着说。

她从被窝爬出，赤身拖过老枪说：给我装一枪药，我也打打那恶物！看把你冻着！我把她按回被窝，披了衣裳起身又装了枪药。

老枪再次从破窗格里伸出，嗵嗵地喷出火焰。秀花惊喜地喊叫着，死狼被打得一弹一弹的。

我教会了她打枪。她说，以后你出远门时，给我装上一枪药。我说：行！

翠凤：关老五把犁头往土里一插，鞭儿轻轻一扬，嘴里喊声：驾！牛儿一动不动。他又高声喝道：驾！！牛儿才低下头去吃地上的枯草。我见状吃吃地笑了。他笑着问：笑啥？我说，不笑啥。山西的牛跟河南的牛吆喝不一样。你说驾，它听不懂，还以为咱俩说话呢。关老五的脸红了。我从来没见过这么大的男人脸红。我立刻意识到我方才的话有点失言。他跟我说什么驾？一男一女。我的脸也"唰"地飞出一片红晕。他说嫂子，喊啥？我没有直接回答，朝牛屁股拍了一巴掌说：搭！牛就从容地迈开了步伐。犁下翻出黑污污的新土。土气把我扑得有些眩晕。我禁不住地喊着：搭搭来来，搭搭来来……关老五也学着我：搭搭来来，搭搭来来……牛和犁在回荡在山谷的吆喝声里缓缓启动了。我忘记了我是个女人，在地里撒野似的吆喝着。仿佛要把压在心头多年的积怨都宣泄出来，感受一下这宣泄后的淋漓痛快。春阳热烘烘地晒着，晒得山上的黄花骨朵一个个绽开了久违的笑脸。不知怎的，心里像有一条小虫在蠕动。我几乎忘了我就是我，福贵的媳妇！看到他高大的身躯从眼前走过，再走到地头，留下一沟沟新土，我不知怎的，心里泛起一阵渴望：他要是我男人多好啊！我多么想扑到新土上大哭一场！

太阳浓浓地照了一晌，晒出了满天乌云。不一会儿电光一闪，呼噜噜地响起一串闷雷，雨水就吧嗒吧嗒落下来了。我赶紧招呼他收犁。雨下得很猛，淋湿了我的头发，两件单衣紧紧裹在身上，裹得我两乳发胀。嫂子，嫂子，你快去躲躲吧！关老五赶着牛扛着犁，在地里艰难地走着。我鞋底也沾上了泥疙瘩，笨重地挪着步走。我说，老五，把牛往沟后赶，那里有一孔草窑。

外面的雨帐哗哗地扯密了。迷蒙得看不见山，看不见地，只能看到窑口吃草的老牛。我打了个冷战说，多年了，春天还没下过这么大的雨。关老五远远地躲在一边掏出烟袋，划火吸烟。洋火划了一根又一根，就是划不着。我的心咚咚地跳着，雨气和土气从窑外扑进，我感到一阵眩晕。他吓得躲得远远的，嚓嚓地划不着那被雨淋湿的火柴，我心里暗自高兴。他太老实了，以前的伙计，一见我公公不在，哪怕是走开撒尿的工夫，都要不安分地扯我一把。可关老五这榆木疙瘩……我心底生出一丝怨恨来！我的心咚咚地跳着，外面的雨声淹没了我急促的呼吸声。我终于鼓起了勇气说：老五，我冷！他似乎没听清。把鞋上的泥用小棍子刮掉，起身慢慢走过来问：嫂子你想回去？我说：不！我的两眼就火旺旺地看着他。他惊愕地往后退了一步，我说老五，老五哥……他连退了几步红着脸说，不中不中这不中！我腾地站起来，扑到他怀里，一手勾住他的脖，一手使劲地捣他的后背，我说，你再不中再不中再不中！

他两只大手把我抱起，我的身子软得没了骨头，像一片云儿轻轻被他托起，然后落在一堆谷草上。我的脑海里一片搭搭来来的喝牛声。我渴望的犁头终于冲开解冻的土地，哗哗哗地翻出一片崭新的湿土……这时间，外面的雨帐扯得更密了，天地连成了一体。

驴蛋：那年春天，也就是关老五来的那年春天，翠凤变得体态轻盈，两眼水灵起来啦！往年我的十亩薄地都是他家的牲口给犁的。不过，那时，她公公还在。把自家的地犁完后，才能轮到我。每犁一次地，老头子都说，驴蛋，你妈逼的，要不是看在你死去的爷爷份上，谁尿吃了撑得管你这闲事？训归训，骂归骂，反正给我犁了地为止。你老人家也不是白给人发善心的。那是我爷爷在世的时候，给你打忙工打出来的，我心里说。可老头子一死，就没人管了，我的地荒了几年。看到翠凤变得水灵起来，我就止不住地心里痒痒。凭我的直觉，我想定是关老五把她整活了。妈的，肥水不流外人田，族里的活寡轮不到我这光棍，太他妈的窝囊了。我就想着怎么去跟翠凤套近乎。想来想去，还是说跟他借牲口犁地合适些。我一进院就大声吆唤：嫂嫂在屋吗？咣当一声，门帘板一响，她就春风满面地走了出来，笑着说：哎哟，驴蛋兄弟，哪阵风把你吹来了，快进屋，快进屋！她这么一说，我心里美滋滋地像大热天喝了蜜水一样舒服。她让我坐下，我就坐下。她问日本人又派下啥啦？我说日本人想女人鸡巴熬不住了，一村派出个小媳妇，黄花闺女的不要，怕引起民愤。她脸一红说：你这狗头，一句正经话都没有。日本人在城里有军窑，八成是你想媳妇想疯了，冒名抓差。我说，嫂子真会体贴兄弟，就帮兄弟一把吧！她脸一红说，我一个女人家能帮你啥？我说能帮啥就帮啥吧！她就不吱声了。我坐在太师椅上盯着她，她转身拿起鞋底嚓嚓地纳了起来。绾起的袖口露出一段白白的臂膊，脸蛋绯红着。沉寂了一会儿，我说嫂子，我是来借牲口犁地的！她才抬起头说，明儿个就犁完了，你用就用吧！说着她用明晃晃的锥子在鞋底上狠狠扎了一下，然后又把锥子放在手边，分明是在向我警告着什么。我心里一阵泄气，说我明儿个再来，就撩起门帘走了出来。心里骂道：小贱货，就让你早着！我抬头望了望西边的太阳，正在云的边际一闪一闪，好像晚上有雨，就不由得在她的院里瞅了一圈。一张犁耙寄在西墙下，墙外有几棵桃树。开败了的花盘盘毛毛楂楂的，一群蜜蜂在上边乱舞着。心想，这下种的时候，一般不往回扛犁耙的，这犁耙寄得有意思。我又抬头望了望西天，太阳只剩下个牙牙，仍然发着耀眼的光。我心里说，快黑吧，天爷！

夜里，我足足在暗处等了两个时辰，一个高大的黑影才出现在翠凤的西墙外。他攀上桃树，轻轻一跃就翻过了墙。我真想大喊一声：贼！可竟叫不出来。因为我说这种事谁信？人家会说贼喊捉贼的。弄不好，关老五和翠凤一口咬定贼是我，福贵是不会饶过我的。

我回到破窑里整整气了大半夜，才想出一个主意来。第二天，吃罢清早饭，我就胆壮壮地进了翠凤家。她两个眼圈发黑，我知道关老五整了她一夜，就笑嘻嘻地说，哎呀，谁把嫂子的眼圈打黑啦？她脸一红笑着说，没想到兄弟这么疼我！我就顺势把她搂住说，嫂子我可想你啦！她正然厉色地甩开我说，驴蛋你不准胡来！我脸色一沉说，你不要假正经，夜里关老五把你喂饱了！你这个贱货！她捂着脸跑回里屋倒在炕上哭了起来。这下倒把我难住了。正进退两难时，关老五嗵嗵嗵地进来了。一见是我，就露了白白的牙齿笑着说，驴蛋，牲口已经喂好啦！走走走，我给你犁地，犁完了还要给族长爷犁！他说着就用大手抓了我的胳膊，捏得我好疼。我就这样被他拉了出去，里屋的泪人似乎没有被他看在眼里。关老五实实在在给我犁了一天地。不过，那犁耙后来再没有往回扛过。

茂茂：关老五来的那年腊月二十三黑夜，村里响起了一阵狗叫。我知道有事，赶紧穿袄，不一会儿，老族长就拍响了我的街门。那时，我已开始为石班跑腿。一有事，总是少不了我的。门一开，老族长身后站着一群黑乎乎的人。我心里咯噔了一下。老族长说，不要怕，自己人！回头又招呼道：老五，叫大伙进来吧！十多个年轻人，穿着各式各样的衣袄，手里都拿着家伙。他们一进屋就不停地跺脚，把手放在嘴上呵。老族长说：弄点米做大锅捞饭，再杀口猪，菜是猪肉萝卜瓣。我说多少人？关老五说，一口百把来斤猪的肉，你看得多少饭吧！我说，没那么大的锅。关老五说，老族长已安排好了，分五个锅做。我就没敢再问。关老五在我心中的位置陡然升高了。他和我一起杀猪。进圈时，他熟悉得跟主家一样。先是给猪一些吃的，然后，用力把猪嘴捏住，不让猪叫出声音。在马灯的亮光下，我迅速地把刀捅进了猪脖。一切干得很麻利。他冲我笑了笑，表示赞许。我也向他笑了笑，意思是老五你才是条真汉子，尽管有你和翠凤好的风声，但你还是条真汉子。

鸡叫二遍的时候，青年们才吃罢饭。他们悄悄列队集合，要出发了。黄花岭在黢黑的夜色里沉睡着。老五拉住老族长的手说，族长爷，让茂茂也跟我一起送送他们吧！老族长高兴地说，好，好好！哎，娃们不知吃好了没有？这时，一位挎手枪的大个说，吃好啦，老大爷！等抗日胜利了，我们一定给你记功！老人家拉着大个的手说，惭愧惭愧呀！

鸡叫三遍的时候，队伍开到了县城附近。我和关老五留在山上，那个大个递给关老五一个望远镜，说，你看罢好走！说罢，向关老五敬了个礼头也不回地去了。

不一会儿，三颗信号弹升起，城下出现了十几架云梯，攻城开始了。日本人的机关枪响个不停，云梯上的人呼啦啦地掉了下来，下面的人接着往上爬。下面的机枪把日本人的机枪打哑了，城墙上响起了叮叮当当的拼刺刀声。关老五高兴地说，好小伙子们，英雄啊，真不愧为决死队！他的话还没落音，城下一阵呐喊，枪声响成一片。决死队背后受到日军的袭击，他们不得不边打边撤。城下丢下了一片黑乎乎的尸体。关老五气得骂道：笨蛋，怎么不朝北门上架挺机枪呢？怎能让小日本抄了后路。原来，县城仅有东西北三门，西门佯攻，东门实攻，北门离东门不远。指挥员认为敌人不敢轻易打开北城门的，派了几名队员监视，不料几支步枪是压不住敌人火力的。几十名日军狂涌而出，杀向了正在东门城墙上激战的决死队员的背后……决死队边打边撤……

太阳出来的时候，大地一片死寂。我和关老五挪着冻麻了的脚，心情沉重地离开了远处城下烈士们的遗体。

回到村里，关老五说，茂茂，你能不能找点事，到县城里走一趟！我说能！给日本人送马料去！

我和关老五赶着驴车来到城门口。这时，日军已把决死队员的遗体掩埋了。离城门不远的荒地里，小山一样的土堆上插着一个白木牌，上面写着：支那勇士之墓。日军列队低头致礼！我悄悄跟老五说，日本人真日怪，还向自己的敌人致礼！老五心情沉重地说，日军崇尚武士道精神，他们是让士兵学习不怕死的精神！

回来的路上，天变得阴沉起来，纷纷扬扬地飘下了雪片。我说，那些年轻人真英勇呀！关老五说，咱中国人只要一条心，都像这些年轻人一样，小日本很快就会完蛋的！听了他的话，我的脸不觉火辣辣地红了。雪天里，身上泛出了微汗。他见我满脸愧色，就和气地说，茂茂，抗日不一定非攻城不可。我在你村里当伙计也是抗日。你给石班做事，也能抗日！

我说，老五兄，我不是汉奸吧！他严肃地说，汉奸是死心塌地地为日本侵略者当走狗向人民开刀的人！

他的话我琢磨了好久。我给石班做事也能抗日，怎么做，做什么才算抗日，他没有说清楚。倒是我明白了给日军做事做到了那一步就是汉奸。我不会也不能帮日本人干出那种伤天害理的事。

翠凤：我就知道他来历不凡，不是什么河南逃荒上来的。自从驴蛋发觉了我和他的事后，他很少单独跟我在一起。我苦苦地熬着。白天还好说，能见着他。晚上实在难熬，就暗自流泪，听得外面有点动静，就喜得赶快下炕去开门。我本是不闩门的，自从驴蛋胡搅，我才有了防备。可空欢喜过后还是漫长的夜，我失望地又流出了泪。有那么一夜，街门一响，我心里一抖，心想是他。正要去开门，外面响起了驴蛋沙哑的歌。歌声随着驴蛋的脚步远去了，我心中泛起一阵说不清的滋味。终于有这么一夜我熬不住了，就穿了衣裳，出了门，悄悄朝院后的伙计窑走去。月亮明堂堂的，把我的影子拉长缩短与墙的影子树的影子融成一片。多美的夏夜，黄花岭村在月色中温柔得水洗过一样。我大口大口吸着夏夜的凉气。远远瞭见伙计窑里还亮着灯。他还没睡着，还在想我吧！我心里甜甜地感觉到。因为白日里我问过他，他抚摸着我说，想，想，想！我激动地向窑奔去，脚步声在静夜里响得空旷。窑内的灯突地灭了。我的心像被突如其来的一瓢冷水泼得冰凉冰凉，泪水禁不住地流了出来。我正想去打门，就听得窑内一个陌生的男音说：关林给你家伙，出去看看。门轻轻打开了，关老五手里握着一把手枪，一看是我，惊喜地说：是你？把人紧张得。我赌气地把身一扭说，闹什么鬼？他连忙小声说：回屋里说，回屋里说。他没敢让我进窑，我也不想去见那与我无关的人，只想和他单独在一起。他像哄小孩一样把我扶回屋里，我从来没感受到他这样温柔。他笑着说，你真胆大，深更半夜的。我问窑里是谁？他说是几个朋友，都是好人！能不能给他们弄点吃的？我没有吭声，就顺势搂了他的脖子。他说：这，这不是时候。我说谁管你是不是时候，进了我的门就是我的人。他无奈地依我上了炕……

鸡叫三遍的时候，他的朋友们吃了我焖的小米饭。关老五说，翠凤，我要走了。我问：上哪去？他说还要回来的！我在他怀里停了一刻，他那心跳得嘣嘣嘣。我说，啥时回来？他说：收秋。外边响起了一声猫叫，他说我走了，你多保重。我泪汪汪地说：我等着你！他说，别人问我，就说我回老家了。

秀花：那年夏天，关老五神不知鬼不觉地回了老家。水灵灵的翠凤一下子变得像雨后的马茹花，蔫不拉叽的。翠凤说，收秋的时候他还来。可是秋天到了，关老五种下的玉米黄灿灿长了一地，还不见他来收。翠凤见别人的庄稼都收完了，自己的玉米被獾和山猪糟践得不成样子，才又雇了伙计，胡乱把庄稼收了回来。她对关老五完全绝望了。

到了冬天，有人传说福贵在太原被日本飞机扔下的炸弹炸死了。翠凤半信半疑，接着害了一场大病。不知是想福贵还是想关老五，两个男人都有关吧！我想。我把茂茂打的野鸡炖成汤给她送去，她抱着我痛哭。她说她命好苦哇！我说，不要伤心，慢慢会好过来的，厄运不是哪个人包了的，我的二宝不是被狼祸害了吗？你说你有啥办法。听了我的话，她的心情才慢慢好了起来，我就和她闲扯：说真的，福贵回来你高兴不？她忧悒了一下说：他不带女人就是真心跟我过，可他心里没有我；心里有我的人却留不下也不能跟我过。我安慰她说，福贵的消息慢慢等着，不要轻信谣传，会有准信的；老五是个讲信义的人，会再来给你当伙计的。

果然，第二天后晌，老五穿着一件羊皮袄，回到了伙计窑。村人对于一个伙计的离开与到来是冷漠的。可对于关老五的复工就成了新鲜事。往常年，如果传闻族里哪个媳妇跟伙计有了马虎事，老族长会毫不客气地派人将他撵走，并且永远不能再踏进村里一步，如再撞见，非打折一条腿不可！可对于关老五来说就不同了。一是他人缘好，肯帮人干活，光棍驴蛋都能使唤他，别人更不用说了。老族长常夸他，你看人家老五，庄稼活样样出手，又勤快又灵巧。人家河南人呀就是比山西人能吃苦！老族长不说他孬，谁会说他的不是。关于他和翠凤的事只是隐隐约约悄悄闲话过一阵。再者，翠凤不是爱偷野食的媳妇。她跟福贵结婚后简直是守活寡。那年，福贵回来安葬他老大时，就要休翠凤，被老族长拦住了。族长爷指着福贵的鼻子问：翠凤咋啦？不该伺候你老大吗？不该看守你这个有地有牲口的家吗？你休了她，她只能去要饭，一个女人能活下去吗？福贵在族里休不了，就在心里把翠凤休了。他在太原又娶了女人，几年不回家也不写信。翠凤能为福贵这没心肝的守节吗？

关老五一回来，就忙着喂牲口、放牛，有时候还帮茂茂驴蛋往城里给日本人运粮。腊月廿三的黑夜，关老五带决死队去攻城，我才知道了他的根底。第二天，茂茂回来，第一句话就说，对关老五的底底谁也不能说，只有你我老族长和翠凤知道，他要有个长短，决死队不会饶过咱们的！我吓得赶紧说，知道了。不一会儿，关老五来了，一夜之间脸庞瘦了一圈。他从腰里摸出几块银圆说，茂茂，这是粮钱、猪钱！茂茂连忙说，不，不，不！这钱不能要！那些年轻人连命都不要了，我们出点东西算啥！日本人哪年不白吃粮食和猪肉？关老五烤了一会儿火说，你们过得也不富裕，吃粮给钱是我们的纪律，把银圆硬塞给茂茂后，讲起了攻城失利的事。六十多个年轻人的生命，一夜间就消失在城墙下。要知道他们去攻城，要牺牲，那晚，我非要掌灯仔细看看英雄们的模样。我只记得他们一双双乌亮的眼睛和呼出的气息。我心里整整难过了几个月，他们也是娘生的呀！

茂茂：大年初一，石班请我和驴蛋去喝酒。喝酒前，他召集人马在操场上摔跤。石班的摔技很高，可他摔不过东北厨子。他问我会摔跤不？你是说放跌吧？我说。石班问：什么叫放跌？我就用石子写到地上。石班看了高兴地说：这个叫法好，比摔跤更生动！放倒你，你不就跌倒了吗？哈，哈，哈，中国语言可真丰富。我说：太君，你们日本的文字怎么有跟中国一样的？石班说：茂茂，说来话长，皇军这次到中国搞王道乐土，是认祖归宗呀！

哪有你们动枪动炮杀人放火认祖归宗的不肖子孙？我心里说。这时，东北厨子老张冒着油汗说：茂茂，会放跌不？来比试比试，能放倒我，就用不着跟太君较量了！

厨子老张是一条东北汉子，不但高，且胖。石班一听厨子要与我比试，高兴地拍着巴掌说：茂茂，你能放倒他，就是狼耳岭的这个！他竖起了大拇指。兵儿们明白了石班的意思，呜呜哇哇地要与我较量。石班把他们止住，让我跟厨子先来。

石班一声令下，我倏地抱住了厨子的双腿，用头一顶，嗵的一声放倒了厨子。兵儿们一阵狂呼。

驴蛋抽着鼻涕说：茂茂哥，你可为我出了气，我真让他们放惨了！

厨子拍打着身上的土灰笑呵呵地说：茂茂，你成天翻山越岭的，果然练了副好身手，机灵得跟猴似的。

本来嘛，茂茂哥从小就是放跌的把式！在打麦场的麦秸堆里，全村的小伙没人能放过他的！驴蛋在一旁向厨子吹嘘。

石班竖起大拇指说，茂茂，你果然了得，我的佩服，佩服！好吧，放跌到此结束，咱们喝酒吧！喝酒中间，石班兴致勃勃地讲起了为什么日本与中国同文同种的故事。

石班说，秦始皇的时候，想求长生不老药。求了几年，大臣们都没办到，结果个个都丢了脑袋。最后一次，落到了一位机智的大臣身上，大臣说，陛下，听说东瀛洲岛上有仙药，须献五百童男五百童女才能求到；秦始皇求药心切，就答应了。大臣在全国各地征得面貌姣好的五百童男五百童女，东渡瀛洲，一去不复返。这就是日本的来历。

我听了半天没吱声。心想，原来你小日本国也是从中国衍生来的。你们不认祖归宗，安安分分做中华的下属国，反而去杀人放火地忤逆呢？

石班似乎揣摩出我在想什么。给我斟了一盅酒说，干！茂茂，一盅酒下肚后他说，皇军是杀人放火了，这都是为了建立王道乐土迫不得已采取的行动，战争是无情的；还有你们汉民族已有了腐败的成分，不像唐宋那样文明了，对良顺的百姓我一般不开杀戒的。说着向正把一筒罐头悄悄塞入腰间的驴蛋瞟了一眼。

我笑了笑说：太君，驴蛋的舅舅就是被皇军捅死的。言外之意是偷你一筒罐头就算什么腐败的话，你们杀了他唯一的亲人算什么？

驴蛋正吃得起兴，听见我说他舅舅，把嘴里没嚼烂的肉块伸脖子强吞下去不在乎地说：早该死啦！那年，我花了他一块银洋，把我吊在梁上好打！

石班瞪着红眼说：驴蛋，你的小偷的干活，该打！

驴蛋小声嘟囔着说，那是与舅舅一起贩山货挣的。

来来，喝酒！驴蛋你也喝；想吃就向我要，不要这个的干活！皇军最讨厌小偷，要是遇上黑森，非活埋你不可！石班笑着伸手指了指驴蛋腰部鼓起的部分。驴蛋吓得冒了冷汗。

喝了一会儿，我说，太君，我没听说过秦始皇派五百童男女的故事，倒是有个与你们有关的故事。请讲，快请讲！石班急着要听。我说：不能讲，不能讲！讲了有损大和民族的尊严。石班把脸一沉，说，茂茂你太不直爽了！这就是你们中国人的通病，话到口边留半句，想防身可又防不住。跟我说话只要不撒谎，但说无妨！

我沉默了片刻，笑着说，但求太君听了别生气。石班拍着我的肩膀说，快讲，茂茂，咱们今天也是故事比赛嘛！只要讲得好，有趣就为胜！

我抿了一口酒，煞有其事地讲道：说是宋朝年间，武大郎被西门庆夺走了媳妇潘金莲，由于相貌丑陋，一直续不上弦。听说东洋女人多，找不到男人，就挑起炊饼担儿坐船到日本做生意。果然娶了十多个如花似玉的妻子。那时，东洋人没有文字。武大郎就仗着他卖炊饼记账的那几个字教他们。这不，你们的文字中有的是武大郎学会的汉字，有的是武大郎记账瞎画的圪道道。武大郎在日本繁衍了后代，多数都个矮，取名也仿着武大郎，什么郎什么郎地称呼；不信你瞧，你们军队都挂着"武运长久"的匾哩！

石班听了笑也不是，怒也不是。别的不说，他自己的名字全称就是石班太郎。脸上掠过一丝尴尬，猛然饮下一盅酒，哈哈大笑，说：茂茂，你讲故事跟放跌一样机灵，真会编！

太君过奖了，编故事离你差远哩！我心里说。

茂茂：八路军在南边山谷里伏击了一支从天井关开往侯马的日军辎重部队。日军损失惨重，几乎全军覆没。一些溃逃下来的散兵陆续地被狼耳岭日军收容，再送往侯马。这时，关老五接到指示，要到南边疏散缴获的武器辎重。他怕路上碰见狼耳岭日军盘查，就让我把他送出敌占区。我从南边返回离黄花岭还有二十里的花豹沟时，太阳刚刚落下。我才把老枪顶上火，前边就响起了一声沉闷的枪声。我赶紧钻到坡上的松林里慢慢向前方的沟底靠近。这时，又一声沉闷的枪声。我拨开荆丛一看，沟底的小河边躺着一个日军，还有两名日本女人，一个倒在日军旁，一个则跪着发呆。血顺势流到了小河，河水泛起了红色。我愣了一会儿，才明白过来，他们这是溃逃过来走投无路、绝望中开枪自杀。我端了老枪壮着胆走到了河边，那个女人目光呆滞地望了我一下，就恐惧地磕头说：先生饶命！真没想到她会说中国话，我收起老枪转身继续赶路，这时天已擦黑，没走几步，那女人就踉跄地跟了上来说：先生救命！我刚扭过头来，她就晕倒在地。我知道她是饿的，仗打了三天了，溃逃出来的有的饿得走不动做了八路军的俘虏，有的开枪自杀。救人一命胜造七级浮屠。我将女人背到沟后的一个荒庄上，找了一孔干净的土窑住下。这小庄的房子已被日军烧毁，仅留下几孔没烧塌的土窑。我找了柴火，寻了残留的铁锅，烧了几舀开水，将身上带的干粮分给那女人吃。她那狼吞虎咽的样子使我心酸不已，几次噎住时，我都递给她水喝。窑里没灯，只好烧着松枝照明。这是一孔荒弃的较完整的土窑，主人不知是被日本人杀了还是躲避他乡了。

　　窑外不时传来狼的嚎叫，声音凄惨悲凉，这花豹沟有金钱豹，按理说是存不住狼的。可这年头，狼也太多了。二更时分，我正往火里添柴，窑外的院子里就响起一声瘆人的狼嚎，那女人吓得一下扑到我的怀里，我将她放到窑后的土坑上，迅速端起了老枪，对准窑门。门板早已不见了，大概是日本人连房子一起烧了吧！沉默了许久，她在一声"该死的战争"的叹息后，跟我说话了，我们仿佛恍若前世见过一样，一点也不陌生。她说，她叫原子安代，原名金姬焕，韩国人，从小随父母在沈阳长大，受的是日式教育。她是在一次外出郊游时，被骗上火车，做了日军慰安妇的……听了她的述说，我就想起了我的桃花，我就恨起了日本人，恨起了黑森。原子在我怀里睡着了，她像个孩子，又像桃花、秀花。我把她放在土坑上，在窑门上烧起一堆火。我也困了，烧上一堆可以着到天明的火可以防野兽，还能驱寒。我摸着老枪倚着炕边迷迷糊糊地睡着了。

秀花：关老五又回老家了，翠凤告我说；不过这次她心情很好。凭我的直觉，关老五一回老家就要有战事。不几天，东边就响起了隆隆的炮声。日本人正围攻东边的中国军队。狼耳岭炮楼上的日军也抽去不少。茂茂要离开我随石班一起送给养。临走时，他给我装了一枪药。我说，近段时间狼被你打得不敢进村了。他笑着说，四条腿的狼没了，两条腿的就不会有啦？有这枪药，你就壮胆！我就搂了他的脖说，茂茂，到村里派个人去吧，我不想让你走！他抚摸着我的脸颊说，我也放心不下……反正谁去都一样，送了粮就回来。不知怎的，我一直觉得好像送他上战场。我双手端了他的脸，抚摸着他满是胡胡茬茬的下巴，两只深邃的大眼像那夜决死队员一样明晃晃的。可他不是去打日本人，而是帮日本人，帮日本人打中国人。他也没办法，他不能像关老五那样回老家，他没有关老五那样的老家；黄花岭是他的老家，他的老家被日本人霸占了，他不能不给日本人支差。

树叶叶哗啦啦响了一阵，茂茂踩着哗啦啦的枯叶走出了村。我揪心得难受，泪水止不住地顺脸流了下来。我突然想起他忘了系腰带。初冬的寒风冷得厉害，他不能不系腰带。我回屋拿上腰带追到村口，他已下到河谷里了。我想喊他，可瞭远看见对面山上黄洼洼的一队日本人，我只好又把腰带拿了回来。

第二天，黄花岭上响起了枪声。有人说是98军往西安撤。没有见大部队，只是三五个、十来个、几十个地往西撤；后面被日军追着，前面堵着，丢下了不少尸体……

东边的炮声渐渐停息了，岭上的枪声也冷落下来。我想茂茂该回来了吧！就开了街门往外张望。东头哗啦啦跑来几个中国兵，背后响起叭叭叭的枪声，扑通栽倒一个，嘴里喊着：唐营长不要管我，快跑！村西也响起了枪声。我被眼前的景象惊呆了，三个军人跑到我跟前，一个高个连声求告：大嫂，俺们都是彩号，实在走不动了，快让俺们藏一藏！不然，就要死在这里了，高个儿军官都急哭了。其余的两个也齐声求告：大嫂行行好吧！我们的子弹打光了……

我见他们恓惶，就把他们藏到了驴圈后的暗窖中。

我的心怦怦地跳着，心想街上的那个伤兵咋办？就踩了高板凳从院墙上往外看。几个日军围了那个伤兵，伤兵不停地骂，我操你姥姥，小日本鬼子！一个日军掏出裆里的家伙正要往伤兵的脸上尿，那伤兵猛然一下伸手抓住了日军的那家伙，日军号叫一声，倒在地上疼得打滚。一个日军用刺刀狠狠朝伤兵的胸口捅下，鲜血冒了一地，伤兵哦呀一声就没气息了。

好狠的日本人！我两腿颤抖着，托着墙半天才下了板凳。这时，街上脚步乱成一片。日军叽里呱啦地喊叫着，想必还要搜人。我急忙回到屋里把门关上，才上炕，哗啦！街门被重重地撞开了。我拖过老枪，看见院内一条带着链子的大狼凶傲地奔了进来，嗅着地面往驴圈跑去。我就学着茂茂的样子，瞄了那大狼，嗵的一声搂了火。后面赶上的一名日军也被掀翻在地！我一看，糟了，我咋把日本人给打死了呢？街门口一下拥了许多日本人。我吓坏了，我知道他们饶不了我，他们比恶狼还凶的。我手颤抖着又去搂火，可枪里没药了！我突然什么也不怕了，怕是没用的。我心里说，快下炕装药吧，跟日本人干！才扭身我就倒在一片枪声中。唉——我真后悔，咋不学会装药呢……我知道我不行了，我心里唤着茂茂：茂茂快回来吧你！我紧紧抓住他的腰带，抓住他忘记系的那条腰带，血把它染红了……可我还是留不住，身体不由自主地像一片枯叶茫然地飘走了……

茂茂：寒风把脸颊扫得生疼。驴蛋不停地吸着鼻涕，嘴里嘟囔着骂石班太小气，连筒罐头也舍不得给吃，受了两天两夜累，牲口来也添把精料。我沉着脸不耐烦地说：翻山就到了，能饿死你吗？啃你的窝头吧！驴蛋袖了手，没吱声，继续吸他的清鼻涕。

这回随石班送给养，可真大开眼界。日本人用飞机把炸弹、传单一起往那座山上扔；传单像雪片，炸弹像带缨的萝卜，那山成了火山。冲出来的几十个中国兵与日军拼刺刀，叮叮当当，嗨嗨哈哈地厮杀。日本兵一窝蜂地把他们围住，翻译官拿着喇叭操着京腔大声喊着：投降吧！皇军大大有赏……没有一个人投降，直到被日军全部刺倒……石班没有去厮杀，他在望远镜里看着说，中国军队饥寒交加，不然，皇军一时难以刺倒他们的。

日本人拖回十几具尸体，浇上汽油在沟里烧；烧成灰装到罐头一样的盒子里，再标上名字。什么水清一郎、佐藤五郎、井泉十五郎……怪事！今个战死的日军这么多叫狼的，要是在平日，我敢跟石班开"郎"的玩笑。中国军队里肯定有叫虎的，好虎斗不过群狼也是英雄的。中国军队如果有粮食……想到这里，我的心刀滚一样难受。帮助日本人打中国人，我这是干屎啥？

驴儿疲乏地叮当着铃儿翻过最后一架山梁时，天已蒙蒙亮开，群山在灰暗的天色中渐渐露出狰狞来。驴儿终于耐不住地啊啊地叫了起来，我的心一揪，忽觉得仿佛在地狱里走了一趟，死而复生。黄花岭灰蒙蒙地矗立在我面前，我就禁不住地心里说：黄花岭啊，我回来啦！秀花我回来啦！那天你不是给我送腰带吗？我倒是看见你啦！可日本人等着，我不能回！

驴蛋也高兴得来了精神，扯开了破嗓门：回来啦！老子活着回来啦！驴跟着驴蛋又啊啊地叫了起来；驴和驴蛋的声音交织在一起，被前面的大山折回来，形成串串叠音，瓮声瓮气地在凛冽的空气里浮荡。

村口上蹿出几个人影。老族长咳着痰说：不要怕，把人埋好，有事我顶着！我走到跟前，看见门板上抬着一个血肉模糊的中国兵，大概准备埋掉。我心里一惊，村里也交过火？老族长拉住我的手哭着说茂茂你可回来啦，快回去看看吧！

我松开缰绳撇下驴拔腿就往回跑。

我看到一口描金绘彩的黄底色大棺横在我屋里。翠凤哭着说：茂茂兄弟呀，你跟上石班跑个啥？秀花给日本人乱枪打死啦！

我眼前一黑栽倒在棺材前……

翠凤：茂茂从悲恸中活过来，起身又给秀花烧了刀土纸。灵灯跳着跳着兀地增大了亮度，我觉得那灯火像是秀花的魂，就说：秀花，茂茂回来了，有啥冤屈你就托梦给他说吧，看把你恓惶的！我的泪水止不住地往外涌。

就在灯火亮起的那一刻，驴儿在圈里呜哇呜哇地叫了起来，声音悲切雄壮，撕破了黄花岭村的寂静。

茂茂听到驴叫，才想起一整天了，没有顾得喂它，就说：翠凤，你守着，我去喂驴。

茂茂才把料给驴拌上，就听得背后窸窸窣窣的声音，惊慌地说：谁？

是俺们，老乡！一个陌生的口音说。

茂茂立刻意识到什么，轻声地说：先藏着，我给你们弄点吃的，五更再打发你们！

茂茂回到屋里，就把地窖里的事给我说了，我才明白日本人为什么砸开茂茂的街门，冲进院里向秀花开枪。

就在我为窖内唐营长他们准备吃食的时候，老族长又来了。他听了茂茂的述说，激动得唏嘘不止，他抖着胡须说：烈女呀！烈女！我只知道秀花打死了一条洋狗打伤了一个日本人，没想到她还救了三个抗日国军呀！多好的媳妇啊！

老人家感慨万分，指着棺材说：茂茂，这口棺材就算我送给秀花的，不用还了！

五更时分，唐营长和两名士兵齐刷刷地跪在秀花的灵前，烧了三刀纸，咬牙发誓：不与日寇血战到底，枉为中国军人！

土纸呼呼地燃出烈焰，映红了中国军人的面孔，灵灯跳跃得更欢了，似乎在无声地诉说着什么。屋里一片沉默。

纸锅里红红的余火褪尽后，茂茂说：起身吧，唐营长，我从小路送你们！

我又给他们装了干粮，他们千谢万谢，最后向秀花的灵柩行了军礼，才紧跟着身背老枪的茂茂消失在茫茫的夜色里。

老族长也走了，我独自一人守着秀花的灵柩，一点也不害怕。在灵灯的光环中，我仿佛看见她又拿了腰带去给茂茂送……

驴蛋：茂茂好久没到狼耳岭当差了。石班说茂茂还在生皇军的气吗？我说他连续两个媳妇都死在皇军手里能不气吗？不过，茂茂不会恨太君你的，他恨杀他媳妇的人，最恨黑森太君。石班沉默了一会儿说，驴蛋你辛苦一趟，无论如何把茂茂请来，告诉他，我很同情他的遭遇，要代表皇军向他道歉，无论如何把他请来……

我心里说石班太君你也太客气了，茂茂第一个媳妇是黑森害的，第二个媳妇是在混乱中被乱枪打死的，皇军不是也伤了一兵死了一条贵重的军犬吗？

石班看出了我不想去请茂茂的意思，拍着我的肩说：驴蛋，皇军要在黄花岭建立"中日亲善模范村"，仅凭咱们合作是不行的，还得靠茂茂，你懂吗？事情搞成了你的功劳大大的，赏钱多多的！

一听有赏我就来了精神，就一溜烟地跑回了黄花岭。

茂茂正在和关老五一起拾掇农具，准备春耕，见我满头大汗地走进院来，就讥讽着说：驴蛋老弟，看你春风得意的样子是不是石班赏给了你一个媳妇？

我说：茂茂哥，这等好事还能轮到我？赏你一个还差不多。

我就把石班请他到狼耳岭的意思说了一遍，他摇着头说：不去不去不去！我两个媳妇一个娃都被日本人给害死了，我再给他们做事，良心上能对得起故人吗？众人要戳我的脊梁骨呢！

我说：茂茂哥，我知道自从秀花出事后你再也不想与日本人打交道了，你从骨子里恨他们，可咱村是被日本人"维持"了的，人在屋檐下不能不低头，你说是不？石班比黑森和善多了，他就是要当面给你道歉，问候问候，想让你帮助在黄花岭建立什么"中日亲善模范村"……

茂茂没等我把话说完就把手里的斧头狠狠剁在木墩上气愤地说：杀了我家三口人还亲善哩，哄鬼去吧！

看到茂茂执意不愿与日本人再打交道的样子，我有点急了，深深吸了两股老鼻涕，求告道：茂茂哥，还是去吧！迟早要应付的，石班一不高兴带人进了村……

怎么，他敢把我杀了不成？他来吧，老子临死也要拉个垫背的。茂茂愤怒了，他说着跑回屋里拿出了老枪，意思是他有枪敢拼命。

我也有点火了，红着脸说：茂茂你跟我较什么劲？有本事拿上破枪去狼耳岭干呀！这破枪还是老子驴蛋我帮你拿出来的，别他妈的老鼠扛枪窝里横。

关老五见我俩说僵了，就起身把茂茂手里的枪拿过去放到窗下，笑着说：茂茂，驴蛋也是受石班的差使来唤你的，扛是扛不过的，不如去看看。

我连忙帮腔说：老五哥说得是，老五哥说得是。

茂茂望了望关老五的脸色才平和地说：我去做饭，吃了饭再去，驴蛋你就在这里吃吧！

这时太阳已经压山了，春天的天长我也肚饥得咕咕响，就和老五一起帮忙收拾院里的犁耙耧锄。看到灶房冒出了做饭的烟，心里骂道：茂茂你他妈的真贱，扛了一会儿你能不去吗？

茂茂：明堂堂的电灯下，我看见一个身穿红缎夹袄的女人。她俏丽得像才过门的新媳妇。石班一见我就热情地叫道：茂茂快来，快请坐！听说你还在为妻子的死悲伤着，误会呀，误会！要是我在场就不会发生那样的不幸，不过我还是为此事深感内疚，我代表皇军向你致歉！说罢石班深深向我鞠了一躬，我不知如何是好，心里的不悦被他的言行冲刷得一干二净。我说：那事不怨太君，又不是太君指挥的。石班叹了一口气说：战争嘛，免不了牺牲平民，你是我的朋友，你的痛苦就是我的痛苦，为了安慰你的丧妻之痛，更是为了中日亲善，大日本红部决定，把慰安妇原子安代从良嫁给你。你们早就认识了，不能不愿意吧？

听了石班的话我发愣了。我盯着穿红袄的女人仔细望了望，就是原子，比以前胖了些，她起身走到我面前说：先生好！鞠了一躬又退回了原位。

她就是被我救下的日军慰安妇原子安代。那晚在花豹沟的一孔破窑里我们相处得像曾相识似的。天快亮的时候，一阵急促的狗叫把我从梦中惊醒了，我赶紧把枪顶上火，就听得驴蛋说：窑里可能有人！我怕日军乱枪伤着我们，就大声喊了驴蛋兄弟是我，茂茂，告诉皇军不要开枪！在大狼狗的引导下驴蛋和石班一行来到了窑里，日军接走了原子。沟下冒着黑烟，散发出汽油和人油的混味，日本人在火化自杀的军官和那位慰安妇……

石班见我不表态，就踱着步说：茂茂，你救过原子，你就好人做到底吧！不管怎样三年前你和原子安代在一起过了一晚上，大日本慰安妇是绝对不允许支那人染指的……

我明白了石班的意思，心里急得不知如何是好，额头上沁出了汗珠。原子看到我为难的样子就跪下哀求道：先生救救我，不然我也要自杀的……

我说：快起来吧，让我想想。妈的，没想到石班真赔了我个媳妇，一个军妓。我能要吗？看来这由不得我，我得好好想想，得回去请教关老五。

石班见我拿不定主意，就严厉地说：茂茂不要前怕狼后怕虎，有皇军撑腰谁也奈何不了你。这可是千载难逢的大好事，一则救了原子，二则你有了媳妇，算是皇军赔的，这叫作"中日合璧"，大大有利于我们将来建立"中日亲善模范村"；不然，原子就是被你害死的……

我说：太君这事太突然了，让我好好想想！石班把手一挥说：好！给你三天时间，三天后不来接人，你将看到的是原子的尸体！

我怀着忐忑不安的心情回到了黄花岭。这时候，福贵已从临汾回来了，关老五只能守在伙计窑里。

我走进伙计窑里，满窑的旱烟还没散尽。关老五笑嘻嘻地给我装了一锅，我凑着豆油灯猛猛地吸了两口。他见我愁眉不展，就关心地问：茂茂，石班又给你出难题啦？我说老五哥，这难题非靠你解不可！他嘿嘿地笑了笑说：你说来我听听，是征粮还是派丁？我说不是要是给！他哈哈一笑说：日本人舍得给你粮吗？你不吃，拿回来我吃！

我说，你不要笑老五哥，石班给了我个日本女人，我不要你要？他夺回烟袋装上烟叶吸着说，不能吧！我就一五一十地把原子的事给他讲了。他吧嗒吧嗒地吸着烟，半天没有吭声。

我耐不住地问他：是让他们剖了原子，还是娶回来，娶回来我不就成了日本人的女婿，不就是十足的汉奸啦吗？

他说，石班要在黄花岭建立"中日亲善模范村"是为了收拢人心，因为你媳妇秀花的死更加暴露了他们的残忍，凑巧又遇了原子这种事，他们就以赔妻的办法来安抚你，让为他们干事的中国人都知道皇军是亲善的，至少石班是亲善的。

这是个圈套吧？老五哥。

圈套不圈套，可还得把原子娶回来。原子是日本帝国主义侵华战争中的不幸者，不是敌人。

我又问：石班真要在黄花岭建立"中日亲善模范村"咋办？

他说：让他赔了夫人又折兵！我们要赶在石班之前拔掉狼耳岭据点！

我心里一震：石班也要死啦！不知怎的，我跟石班有一种说不出的交情，我还做着白天狼的梦。

关老五似乎察觉出我的心思，他站起来坚定地说：对敌人不能抱幻想。石班跟你的交情不过是利用你麻痹你的一种手段。他比黑森高明得多，他不是从肉体上征服中国人的，而是从精神上征服、奴化老百姓的！

我听了老五一通似懂非懂的话，赌咒发誓地说：老五哥，你放心，我茂茂真是当了汉奸，你亲手毙了我！

他笑着说，怕是轮不到我，就有人下手啦！我说老五哥，你就趁早毙了我算吧！他又嘿嘿笑着说，我毙了你不成了日本人啦！

这时，油灯大亮了一下就无声无息地灭了，我俩挤到土炕上和衣睡了下来。我说老五哥，福贵回来了，你就不敢去翠凤那里啦？福贵黑夜有从太原带回的女人，你去吧！

他嗵地在我背上捣了一捶，小声说：去你的，你想去，你就去吧！我没那艳福，又是中国女人日本女人的……

福贵：茂茂娶回日本女人的那天晚上，我从老族长家出来，在街上蹀了几蹀，就坚定地推开了自己的院门，朝翠凤住的东屋走去。我从太原带回的女人住在堂屋。多年来，我一直是和这个女人在一起，但未生下一男半女。我不能不考虑我的后人问题。于是，我在太原的时候就有了回来跟翠凤生个娃的打算。

我从临汾逃回来好多天了，还没有和翠凤在一起过。于是我就坚定地去推东屋的门。然而，东屋的门紧紧地闩着，坚硬得像是一堵墙。我心里一阵恼怒，可想到要上翠凤的床，就克制了下来。我不敢叫门，怕堂屋的女人听见，就想着寻个什么东西把门闩拨开。这时，月亮明晃晃地挂在中天，我就想起了刀。凭着白天的记忆，我蹑手蹑脚在东北厢屋里摸出一把没有亮光的杀羊刀。

　　没费什么劲，我就拨开了东屋的门闩。她没有睡着，见我进来翻身给我掉了个背。我想，女人都是这样，她在跟我赌气。赌就赌吧！快十年了，她几乎一直守空房。我脱光了猴急地撩开了她的被子，翠凤白花花的身子使我浑身血涌，就不顾一切地朝她扑去。她一个翻身，把我闪在一边，我又起身把她按住，两人就呼呼嗬嗬地扭打起来。她真有劲，一巴掌把我推到墙上，我的脑袋嗡的一声，眼前迸出一片火星。这下，我可恼了，就狠狠甩了她一巴掌。她用手在脸上一抹，在窗前的月光下能看出是血，就不顾一切地朝我脸上抹了一把。我说：你这贱货！声音不大，瓮声瓮气的。她坐在炕角喘息着，像一只受了伤的母老虎。我说：今儿个治不了你我就不是人揍的！我又向她发起进攻，她嚓的一声从窗台上摸去那把杀羊刀说：你再来，我就捅！我被她的举动吓愣了，木然地跪坐在一旁不敢动弹。她要捅我，还是捅自己？我不知道。只知道月光从窗格上投进一块方方正正的白光，寒森森的。门哗啦被推开了，打破了屋内的僵局。她穿着一个裤衩进来了，她到底是大地方人，穿着裤衩光着大腿就敢往外跑。她怎么也没睡着呢？她钻进了那块白光里，白生生的肉就和白花花光融合了一起。她看着我和炕角里的翠凤，停了一刻说：哎呀，深更半夜的，我说翠凤姐这是闹甚？哎呀都打出血来啦！她用手把我的脸对住月光说。两个奶子垂在我肩上又软和又痒痒，我像一个受了委屈的孩子。她说：回堂屋吧！这么多年了，谁知人家有没有野男人？

　　我也懒得再问下去，又怕她们二人厮打起来，就抱了自己的衣裤赤条条地跟在她的身后出了东屋。这时，月亮已进入了一片白云里，整个村子都照在一片朦胧中。我的心情并不十分坏，只是带着翠凤有没有野男人的问题想了大半夜。最后，自然顺藤摸瓜地摸到了关老五身上。

　　我咬牙切齿地骂道：关老五你等着吧！

　　驴蛋：关老五被日本人杀害的时候，老族长忧心忡忡地说：咱黄花岭闯下大祸啦！他的意思好像谁还要问村里要人。人是死在福贵牛圈的，福贵自然吓得惊慌失措，我也吓得好长时间睡不着觉。过了一阵，福贵找了我悄悄说：这事你知我知天知地知，不要听族长爷吓唬，不过一个打工要饭的吧，日本人杀的人多哩！

夏季一过，也没见着起什么祸，老族长分明是吓唬人。福贵也把这事忘在了一边。一日，他闲逛到我窑里跟我说：驴蛋，茂茂的日本媳妇该有你一份。就把我的心说得痒痒起来。我说，石班也他妈的太不公平了，一样地跑腿，一样地支差，就这么亏我。福贵笑着说：我说兄弟你太死脑筋了，石班一点也没有亏着你；你想，万一日本人败了，或是撤了，娶了日本女人的人不是汉奸是啥？

他的金牙一闪一闪的，闪出了他的聪明。到底人家念过书，走过大地方，见识就是不一样。可我转眼又想，汉奸是啥？就挨了枪子坐了牢也不白活一趟，自己一直这么光棍着就好吗？

他又闪着金牙说：这日本女人确实应该有你一份，她是个妓女，你也能串！

我望了他那双淫淫的眼睛心里说，看来你他妈的也生了这份心思！就笑着说：我怕挂不上，你去了一定行！他就嘿嘿嘿地笑了。他说：你先去串串，看看容易不？我说我怕茂茂。他说傻瓜呀你，趁他不在的时候，譬如他上山打猎的空儿。

他的金牙为我闪出一道亮光，我就瞅了茂茂上山的空儿溜进了茂茂的家门。

原子在炕上睡着，见我进来吃惊地坐了起来。我坐在炕沿上说，不要怕，不要怕，兄弟来陪陪你！她紧紧地抱住被子，在炕后一动不动，看到她那一双纤白小手，我就禁不住地探身摸了摸，她惊恐地往后躲闪着。我笑嘻嘻地说不要怕，不要怕，边说边脱鞋上炕，她哀求道：不，不能，先生……

我终于耐不住了，就疯狂地把她按下，去解她的衣扣，她奋力反抗着，可还是被我剥下单薄的衣裤。这时，门外响起了有力的脚步声，吓得我一激灵坐了起来，赶忙下炕穿鞋。

驴蛋你这狗日的！

哗啦一声，茂茂推开虚掩的屋门冲了进来，他用老枪指着我怒骂道。我连忙给他磕头赔礼：饶了我吧，茂茂哥，我一时糊涂，鬼迷心窍……

他怒视着我，开始往枪里装药，铁砂袋就在炕边。看来他是忘了带铁砂半路返回来的。妈妈的，好倒霉。他用装好药的老枪顶着我的脑门说：狗日的听着，再让我见着，我就崩了你！

我忙说茂茂哥我再也不敢了就连滚带爬地往出逃。刚出街门背后就嘣地响了一枪，吓得我尿了一裤。他可能朝天放了一枪，没有伤着我。我心里骂道：你好狠呀茂茂，你这狗日的，你这没良心的，要不是我在石班面前为你帮腔哪有你的今天！你等死吧你！我狼狈地逃出了他的家门，又气又恨，把牙咬得咯咯响。妈的，好事都让你占了，狗日的茂茂！

福贵：我才从老族长家出来就碰上了驴蛋，见他一副狼狈的样子就说：驴蛋你去哪？到你窑里去，我有话说。他吸了一下鼻涕说：福贵哥，搞砸了，搞砸了……我急忙让他住口：回窑说，回窑说！

一进窑他就气急败坏地说：真倒了八百年的霉啦，我还没得手，茂茂这狗日的就回来了！我就急着问：他打你啦？他真狠哟，差点用土枪把我打死！驴蛋说着一把鼻涕一把泪地哭了起来。我说你真没出息驴蛋！大丈夫男子汉哭个毬，他茂茂能打你，你就不能打他？驴蛋抹了一把鼻涕说：咱理短咯！我说什么鸡巴理短理长的，一样为日本人干事，女人就该他得？又不是他的结发媳妇，一个婊子罢了！

驴蛋听了说：人家有石班撑腰哩！

我有点不耐烦了：不要说了，驴蛋，吃点亏算了，咱说正经的！

什么正经的？驴蛋问。

我说：这回咱真的大祸临头啦！

还是关老五那事？不是没事了，怎又扯起来啦？驴蛋吃惊地瞪着眼问。

我就把老族长寻我的事说了一遍。老族长说夜里决死队派人寻他，查询关老五的事，看来非查个水落石出不可！

啊，决死队？关老五是决死队的人？驴蛋吓得两腿发抖，牙齿打起战来。

我拍了他的肩说，不要怕兄弟！我原先对关老五也怀疑过，可一下吃不准，他干活那么卖力，谁能看得出他是个有来头的人。自从关老五死了，老族长说咱们大祸临头了，我就想了很长时间。万一有人来报仇，怎样对付？我都想过了。关老五又不是你我亲手杀的！

驴蛋听到这里，就跪下给我磕头，结结巴巴地说：福贵哥救我，我不要你二百大洋了……翠凤我也不要了……

我说驴蛋，告发关老五就是汉奸，只有给日本人打得最火热的人才有可能干汉奸的事！

我明白了，我明白了！你真行，福贵哥！驴蛋一下来了精神，忽地站了起来，两眼发出吓人的光束。

我说你明白就行！现在顾不上什么天地良心了，保命为上，把一切都往茂茂身上推，那日本女人不就是你的吗？

驴蛋脸上立刻绽出了笑容：高，高，高！福贵哥，那日本女人我哪敢独享，也有你一份咧！

我说，你别急，决死队问你的时候，你就说是茂茂向石班告的密，石班赏了他一个军妓！

驴蛋把袖往上一抹说：这个鸡巴我会，福贵哥，你真是活孔明呀！

我说：听着，驴蛋兄弟，这是关系到咱俩掉不掉脑袋的事，不能心软！

他说：无毒不丈夫！来，喝一盅！他就猫下腰从破柜里拿出一瓶白酒来。我和他一直喝到天黑，也没喝出什么滋味，心里老是悬着一块石头落不了地。我再三吩咐他：不能乱说，事成后，二百块大洋立马给你！

他猛然喝了一盅酒，红着眼说：我只要那个日本女人。

茂茂：黑咕隆咚的，天上没有一颗星星。不知怎的，我背着老枪心里也生怯。猫头鹰不停地叫，叫得我心里直发毛。我踩着凹凸不平的羊肠道从狼耳岭走下河谷，又踩着凹凸不平的山路往黄花岭上走。我觉得路怎么远了起来，这么熟悉的路一下变得生巴巴的。尖尖石头几次差点把我绊倒，绊得我脚指头好疼好疼。我心里乱成一团。石班说，过几天在黄花岭举行中日亲善模范村成立大会，并在会上给我和原子举行一个盛大婚礼，全县各维持村村长、维持会会长和日本红部都来祝贺，让大家看看"中日合璧"。这事不能再拖，快一年了。他这么一说，我心里就发毛了。我后悔真不该走到这一步。因为关老五死了，没人能给我出主意了。石班也真是的，一开会，我不就成了汉奸了！听了他的话我就昏头昏脑地往回走。

猫头鹰不停地叫，我晃脚跟跄地上了黄花岭坡，心里着急起来！天黑得像锅底，我怕出事，怕原子出事。驴蛋这狗日的，见空就钻。我出门时把街门反锁了，可这狗日的还能从院墙上往进翻。我心里急，路也觉得远了些。

我的脚踏上了石板路，脚下发出了吧嗒吧嗒的响声，抬头一看，村口那棵大槐树黑森森的。一见它，我才缓了一口气。

谁？不许动！

一个陌生而严厉的声音吓了我一跳。我还没来得及回答，就有几条黑影从树后窜出，几支枪前后左右顶住了我。我说你们是谁？我是茂茂，是村里的！

好呀，总算等住你这个狗汉奸啦！又一个陌生的口音说。

这下，我心里毛得更厉害了，额头上惊出了汗珠。我说，不要误会，有话回屋里说。

谁跟你误会，狗汉奸！

村里走出好几条黑影，脚步吧嗒吧嗒响成一片。一个高个子走到我跟前，我觉得面熟，一下认出他是决死队的头，就是指挥攻城的那个人。我说都还没吃饭吧！走，我给你们弄！高个子口气严厉地说，不用了，茂茂！你知道我们找你干啥？我说不知道，我的心怦怦地跳，感到事情不妙。

大个说，关老五是怎么死的？我说，是日本人杀的。他冷笑道：没有你这个狗汉奸告密他能牺牲了吗？

我赶紧说：冤枉，冤枉啊！同志！

住嘴！谁跟你是同志，你这个狗汉奸！出卖了关林同志，日本人赏你个老婆！

我的脑一下嗡了起来，顿时天旋地转，黑咕隆咚地转成一团。我说：不是我！大个子说：带驴蛋！

不一会从人群中推出一个黑影。驴蛋吸了吸鼻涕说：茂茂哥，关老五的根底只有你知道，你不跟石班说，你能有了日本女人？

我说：驴蛋，你狗日的不要胡乱咬人！

大个说：你还有什么说的！

我说：我是冤枉的，你们不能听驴蛋瞎说！

大个说：日本女人也是驴蛋瞎说的吗？

我什么也说不出来了，只有泪水哗哗往外流。我哭着说：关老五呀，你怎不为我说话呀！

我屁股上重重挨了一枪托：不许哭！

大个说：现在我宣布，处决汉奸李茂茂！

我两腿一软坐在了地上。这时，老族长在人们的搀扶下过来了，他咳嗽了几声说：同志，慢……慢，听老朽说几句，茂茂是给日本人做事了，自"维持"后，村里的青壮男人都给日本人支过差，茂茂干得多些吧！本来许多事应是老朽的事，他替干了；娶日本女人的事，不，实际上是韩国人，也是石班逼的，茂茂是不得已的，他是请教过关老五的……知道是石班的圈套，这老朽可做证……是不是茂茂告密，这不好说……若要偿关同志的命，就把老朽……

行了，老大爷，我们再查查！听了老族长的话大个改变了决定。

黑咕隆咚的，像做梦一样，我被押回了村里祠堂的一间小房里。隐约听得族人们给队伍杀猪做饭的声音。若关老五在，这会儿自己不正在杀猪吗？自从关老五出了事，我就有一种预感，汉奸的下场离自己不远了。想到这里，冤枉、委屈、后悔一起涌上心头，眼泪又簌簌地流了出来。该死的驴蛋，怎敢胡乱咬人？能不能活命就看族长爷的了，方才他老人家一番辩词暂时救了我，可能不能查清还难说。

祠堂院内闪出了红红的光亮，只听得福贵说：同志……弟兄们吃好。

这话本应是我说的，事本应是我做的，这回却成了福贵。听着碗筷撞击和嚼食的声音，我估摸着这次队伍来人不少，像上次攻城一样。看来他们不只是来拿我这个"汉奸"的，定有大行动。对了，关老五说过，在石班建立黄花岭"中日亲善模范村"之前要拔掉狼耳岭据点的。我已查清了炮楼里的人数和武器，我要向大个报告。我扯大嗓子向外喊：来人，我有事报告！

不许叫唤！一会儿给你吃饭！看管我的人在外面狠狠训斥道。

我失望了，看来没人相信我了。我沮丧地靠着墙角迷迷瞪瞪地胡思乱想着，眼前一直浮现着族长爷抖着长白的胡子为我开脱的情景。

一声鸡叫，把我从迷糊中唤醒，脊背和屁股被冷硬的墙角和地砖拔得生疼，肚子咕咕叫着，我才想起昨晚没吃饭，站岗的也再没提给我吃饭的事。看来他们八成把我当作汉奸了。我正寻思着怎样洗清自己，外面响起了脚步声，我的心一缩：是不是又要处决我了？在万分紧张和恐惧中我听到了族长爷咳嗽声，我的心才放松下来。

门"吱呀"一声开了，带进了一股冰凉的寒气。昏暗的马灯下，大个子铺开了一张地图。老族长说：茂茂，你把狼耳岭的情况再说一说，驴蛋说了个大概；关老五让你留心的事你都查了？我说：查了。

大个子炯炯的目光看得我心里发怵。他说：茂茂，关林被害的事我们会查清的；狼耳岭的情况你要如实说。

他没有提说假话的后果，但他的眼神和一字一顿的语气已警告我说假话的下场。看到他把我说的情况一一标在了地图上，我的心情轻松了许多，感到了一线生机。

茂茂：黎明时分，部队进入了预定的位置。几名决死队员铰开铁丝网，把攻城用的云梯悄悄平搭在壕沟上，爆破手们依次从云梯搭成的桥上爬过。大个说：茂茂，怎没狗叫？我说狗早让我媳妇打死了。啊，我咋忘了，要是那狼狗在，我们摸不到壕沟边敌人就开枪了。大个用赞叹和惋惜的口气说。我心里一阵宽慰，看来他这会有了没把我当作汉奸的意思。

叭！一声枪响划破黎明的寂静。大个和我大吃一惊。原来是一个刚入伍的战士过于紧张枪走火了。听到报告后，大个火冒三丈地骂道：等打下炮楼老子亲手毙了他！

这时，炮楼上的岗哨向下乱打枪，机关枪开始猛烈扫射，压得爆破手抬不起头来。我听得石班大声命令着要探照灯。随着发电机的轰响，探照灯亮起来了。大个命令打碎它。几个队员一起开枪没有打中，反而被敌人发现，用机枪压下去了。大个说：茂茂，你行不？我说试试吧！他急切地说：不能试，一试敌人就发现咱俩的位置，会被火力压得不能动弹。我没吭声，接过了一支三八步枪。我用我的老枪打猎百发百中，可用快枪实在没有把握。正迟疑着，敌人一梭子弹打在了眼前，大个大声嚷道：茂茂，还不快打！我屏了呼吸，瞄了那喷着贼亮贼亮的光束晃来晃去的家伙。砰，灯还亮着，只是不转了！好！不错，打中了转灯的敌人，快，再补一枪！大个鼓励我说。砰！探照灯灭了，敌人乱作一团。大个调整了部署，再次组织进攻。爆破手快到炮楼前时，突然从东侧厨房隔壁仓库的小窗里喷出一挺机枪的火舌。两名爆破手中弹倒下了。

茂茂，怎么回事？大个厉声问我。

石班太狡猾了，这个暗堡我的确不知。我紧张得不知所措，汗水湿透了后背。天快亮了，天一亮，决死队就会暴露在敌人的火力网内，那时，撤都不好撤。

一排，先占领厨房，然后炸掉库房！

大个果断下达命令。我跟大个随一排向厨房靠近。这时，我想到了厨子老张，就跟大个说，不要伤着厨子。大个说：你就给他喊话吧！

我对着厨房的后窗喊了几声，里面没有回应，大个说：没时间了，行动吧！只要他不反抗，就不伤他！

一排长领会了大个的意思，带人向厨房摸去。这时，厨房里燃起了大火，一个高大的身影破门而出，提着桶样的东西向仓库门上泼洒着什么。他不是在泼水救火，是往仓库门上泼油。炮楼上射出一梭子弹，厨子老张倒下了，仓库门上燃起了大火……

就在仓库暗堡机枪停止射击的那一瞬间，第二组爆破手顺利将炸药包放到了炮楼墙根，随即一声巨响，炮楼炸开了一个大豁口，决死队员们从四面冲向炮楼，与残敌展开了搏斗……

我看到了石班，他不是自杀的，是被炸死的，手里握着指挥刀，一只眼瞪着，一副死不瞑目的样子；东北厨子老张头发被火燎光了，两目睁着，大个抹下了老张的上眼皮让他闭目。大个说：茂茂，选个好地方埋了这个中国人！我嗯了一声泪水就涌了出来，仿佛死的不是老张而是自己。

天大亮的时候，黑森带着援兵偷偷摸了上来。短兵相接，决死队又投入了一场恶战。大个挥着手枪一枪一个，打得敌人屁滚尿流。就在他换弹夹的那一刻，黑森挥着长刀向他劈来。大个一闪，长刀劈在一棵松树上，两人空手抱打成一团。大个把黑森压在身下，一个日军跑来，紧紧扼住了大个的脖子，我急忙用枪托砸向了日军的脑袋，接着照黑森一顿猛砸。又一个日军跑来从背后搂住了我的腰，我迅速下蹲弯腰向前扳住他的腿放了个仰八叉；大个说茂茂闪开，随即手枪就响了。身手不错嘛茂茂！大个喘着气笑着说。

增援的敌人已被消灭了个差不多。看到脑浆迸裂的黑森，我心里说：桃花大宝我可为你娘俩报仇了。被我砸昏的那个日军开始蠕动了，我闻到了一股浓浓的火药燃烧味，大个一下把我扑倒，两人一起往远处滚，不料被一棵老树根绊住了，轰隆一声，我失去了知觉……

我被气浪推进一个长满蒿草的坑里，我的手摸到了棘刺，摸到了初冬的枯叶。半天才想到昏死前发生的事，我想起了大个，就使劲唤人，可叫不动；看看天空，没有什么白云黑云的，石班和黑森不是都死了吗？我突然意识到这不是当年黑森活埋我的那个坑吗？心里一急，一股血腥冲上喉间，鲜血从嘴里冒了出来……

隐约听到了福贵的声音：

就地埋了吧，李氏祖坟是不埋汉奸的！

驴蛋跳进坑，用手摸了我的鼻！

还有气！福贵哥。

福贵说：决死队的头都被炸死了，他能活着吗？谁能说清手雷是谁拉响的！

我想用手拉住驴蛋，可手抬不起来，只好睁眼长叹一声。驴蛋的一滴鼻涕掉到了我脸上，驴蛋抽了一下鼻涕说：人还有救！

上来，上来，兄弟我跟你说……

一锨一锨的土扑面落下，我拼命抬动了一下手，心里无比悲哀、悔恨：我为什么要盯住黑森的尸首不动呢？我怎么就没把那个日军砸死呢？自己死了不算，还连累了大个……大个活着多好，他定会说选个好地方把茂茂安葬好……福贵，你这条毒蛇，还有驴蛋，老子在阴间不会饶了你们的……

翠凤：有很长时间，我心里一直为茂茂的死憋闷着。我不相信茂茂会是汉奸。决死队在狼耳岭战斗结束后，派人回村带走了原子，没人再说茂茂是汉奸，也没人说不是。可福贵却说茂茂按汉奸给处决了！说得有鼻子有眼。还说不信你问驴蛋。老族长气得一言不发，只是悄悄买了一口白皮棺材，派人把茂茂刨出与秀花、桃花合葬了。

我就是不信福贵这鬼货的话，因为按老族长所说的大个子已改变了对茂茂的看法，茂茂没有理由也不可能做出对不起大个子的事来。看到福贵和驴蛋经常在一起嘀嘀咕咕鬼鬼祟祟的样子，我越发起了疑心，就想瞅机会设法让驴蛋说出真话来。

有一天，我见福贵从驴蛋窑里喝酒回来，就偷着去见驴蛋。驴蛋斜靠在破被上见了我就色迷迷地说：哎呀，嫂子是疼我了吧！兄弟可想死你了！他一扑棱嘿嘿笑着坐了起来。

我坐到炕沿上，他就动手来抱我。我说：不要动，驴蛋！我问你，你对我是真心还是假意？

他打着酒嗝说：我驴蛋从来对嫂子你没有过二心，不信扒开让你看看。

他嚷着就要去拿菜刀。我拖住他说：驴蛋，你有事瞒着我哩！

他说：我一条光棍有啥要瞒的，不过逛过窑子，偷过女人吧！

我就诈他说：听福贵说，是你向决死队报告茂茂是汉奸？

想不到驴蛋一下就恼火起来：妈的，这狗日的，我倒不是人啦！

他看了我一眼，又把话收住，就去摸我的奶。我把他的手抓住撒娇地说：驴蛋看来你还是对我不真心，福贵还说把我嫁给你哩，像你这样，我咋放心？

他就涨红着脸说：嫂子，你问啥？我知道啥说啥，说半句假话，让雷劈我，狼吃我，乱枪打死我！

我说：你为啥说茂茂是汉奸？

他迟疑了一下说：我又没说他是汉奸，只是说他娶了日本媳妇。

驴蛋顺势把我按下，我说：驴蛋，这样硬来不行！你说了实话，我就天天陪你睡。

驴蛋两眼放出亮光说：真的？

我说：驴蛋，我这会儿只能靠你了，福贵早就铁心不要我了，关老五也死了……从此咱俩就是一家人啦，福贵狗日的鬼得很，你太老实，没心眼，我怕他日鬼你，你要吃大亏的！你说说我能为你出主意，防人之心不可无呀！

驴蛋听了就把从密谋杀害关老五到陷害茂茂的事一五一十地抖了出来，他说：这都是你那福贵的借刀杀人之计！

听罢他的话，我一下把他翻倒身下说：你也不是什么好东西，有人要你脑袋的！

他就软软地躺在炕上不动了。

福贵：小日本垮得真快。共产党的力量像春荒的火越烧越旺。国民党的军队被打得稀里哗啦，节节败退。老族长捋着山羊胡说：这天下要姓共了，土地改革，耕者有其田，老百姓拥护！

看来阎锡山也快完蛋了，我得想办法到共产党里面去混事，他们很需要文化人。我正思谋着如何向他们靠拢，驴蛋就给我泼了一瓢冷水，差点把我吓晕。他是在去了一趟县城回来慌慌张张给我说的。他说他碰见了一个当年把守城门的人，这个人知道他向日本人告密杀害关老五的。我随手给了他一巴掌：你他妈的真没用！他捂了脸说：福贵哥，你打我也没用，人家跟我出了城，我回头望了望城门，人家笑着说，老弟不要看了，上面没有共产党的人头，如今是共产党的天下了！我就吓得屁股发松，要拉稀……我说：他还说啥来着？驴蛋说：他没说啥！待我从茅里拉稀出来他还没走，我就求告着说，老兄你高抬贵手吧，我给你买酒！他说到馆里再说吧！喝了半斤酒，两人都红了脸他才说，你老弟放心，用不着我送你到人民政府的，他们那儿有档案，一查就知道你啦！我就问他什么是档案，他嚼着花生米说，底子吧！你告密时日本人记下的底子吧！我就吓得又要去拉稀！

我镇静下来说：你不要慌！日本人的底子不一定都存着！他才灰溜溜地走了。

真他妈的没用。看来这驴蛋得想个办法给打发打发。什么办法？人是不能再杀了。我想了三天也想不出个屁来。把翠凤嫁给他我倒愿意，可翠凤死活不愿意。如今是共产党的天下啦，讲婚姻自由。我正苦于无计可施，村里就召开了参军动员会，真乃天助我也。我高兴地对驴蛋说：驴蛋这下可有升官发财的机会啦！谁知那狗日的怕死，他说，我怕，怕枪响！我就骂了他没出息的东西，就去给他报名。

谁知那管报名的干部说，驴蛋有问题，不能混入革命队伍。我大吃一惊说，他一条光棍会有啥问题？不过串个门，逛个窑子吧！那干部说，你老婆翠凤揭发，他曾向日军告密杀害我地下侦察员。我脑袋一热汗水就从脊背和额头上冒了出来，我极力掩饰住内心的恐慌，给那干部递了根纸烟问：这事弄准了吗？干部说：眼下正在动员参军，没有工夫，回头再说。

我长长出了口气，急忙跑回家想问翠凤个究竟。她一见我神色不对地进了东屋，就冷冷地说：不是叫我离婚吧！婚是要离的，不过不嫁驴蛋！

她一针一针地纳着军鞋，用力扎着鞋底，把麻绳扯得很紧，暗示着她的倔强。我说：翠凤，过去我对你不好，可毕竟一日夫妻百日恩呀！

她说：这话是啥意思？停下针来瞪了我一眼。

我就给她跪下说：你救救我吧！你不能向政府告发我和驴蛋害关老五的事！

她冷冷地笑着说：只是关老五？还有茂茂，说不定哪天轮到我了，你这黑心鬼！

我就抑制不住地呜呜哭了起来。我从来没有这样软蛋过，做了亏心事，不能不低头呀！她好像什么也没听见一样，继续一针一针地纳军鞋……

驴蛋：唉！都是跟上这裆里的家伙。这酒色财气真他妈的勾命鬼！这翠凤硬是在炕上把我的底底给掏了出来，到头来人家也不嫁咱。人家掏走的是我的命，这命我非偿不可！

共产党不错，搞土改给我分了地，又给我分了大洋。我手里有了这硬东西，就想女人，就他妈的三天两头去城里逛窑子。谁知那日碰上了那个丧门星，我不知道他叫啥名字，我唤他是"牙"，请他到馆里喝了酒，我又给了他一块大洋，"牙"笑嘻嘻地收下了，拍着胸脯说，老弟你放心，不会在我这里坏事的！我说，你也给日本人干过，你咋没事？他打着饱嗝说，共产党讲政策，我没有血债！我说我他妈的真倒霉，都是跟上福贵这狗日的。他问谁叫福贵？我说一个本族兄弟。"牙"安慰我说：这事也许你偿不了命的！我心里说：还有一条命哩兄弟！

福贵这狗日的真狠，竟想出歪点子让我去当兵。子弹不长眼，这明摆着让我去送死，杀害关老五的事也就死无对证了，他可逃脱罪责光滑体面地活着。可万一像"牙"说的，当年告密的底子真正落到了共产党手里，还有那从我嘴里掏走实情的翠凤，保不住哪一天一发疯，把事给抖出来，自己必死无疑。看来我横竖都是个死，不如把实情讲出来，或许还有一线生机，毕竟自己不是主谋嘛！我想了好久，才找了老族长把事竹筒倒豆子一股脑说了出来。老人家气得浑身发抖：罪孽呀，罪孽！说着抡起拐棍抽了我两下。他气了一阵说：你必死无疑了，驴蛋！

我就呜呜地哭了起来……

他骂道：哭你姥姥个屁！背个汉奸的黑锅，辱没了我李家的名声！

他当即差人唤来了福贵。福贵一见我跪在地上哭，也跪下连连磕头：族长爷救我，族长爷救我！

族长爷骂了一通后说：你俩早就是该死的人啦！不过还有一线生机……

福贵听了连忙磕头捣蒜：族长爷明示，族长爷给孙儿指条生路！

老头子把桌一拍说：福贵、驴蛋你俩听着，是明路不一定是生路！死也要死得光荣，不能落个汉奸的下场，你俩说是不是？

对对对，是是是！族长爷说的对！

我跟干部说说，让你俩报名参军，活着算你俩命大，死了也光彩！

福贵说：干部说不要我俩这号人！

老族长说：现在前线急着要人，只要你俩戴罪立功，在队伍里好好干，共产党会宽恕你们的！

我俩听了连忙应承……

翠凤：我听到驴蛋和福贵在前线阵亡的消息，心里难过了大半天。起身拿了土纸走到村口的一块高地上，向着他们去的方向浓浓烧了几刀。我心里不知该说什么。凝望着西边那层层叠叠的山，山上那一棵棵顺势延伸的松树汇成一支奋力向上的队伍，好像他俩就在其中，心里隐隐生出一丝慰藉。

这时，有人在背后唤我：翠凤，族长爷老（死）了！

我没有吃惊，我觉得这一切根本没有发生过或早已发生过一样。我心里默默地说：关老五，茂茂，你们在另一个世界跟驴蛋福贵算账去吧！……

关于火箸的问题

　　槐树乡党委和政府两大班子已连续开了两天会议。会议的中心议题是如何解决今冬生火的火箸问题。

　　李乡长说，目前县财政和乡财政的经费都十分困难，我们断然不能再向县里伸手了。

　　乡武装部高部长说，我不同意李乡长的意见。还是跟县里要钱，县里有的是钱；只要他们少喝一瓶五粮液，少跑一趟小车，我们的火箸钱就有了！

　　王书记沉默了一会儿说，唉，谁让咱们是贫困县的贫困乡呢！今年的烤火费能如数拨下来就算烧了高香啦！

　　是的，是的！咱们乡穷，拿不出什么东西来。只是给财政局送了一百斤花生呀！人家才不稀罕哩！我放到地上时，局里的人就用脚踢，踢得哗啦啦直响，问是什么？我不好意思地说是花生，是我们槐树乡产的花生。人家说拿回去拿回去拿回去吧，老李！我觉得好像在我脸上扇耳光。我真想把花生背回来，可为了今年冬天的生火问题我还是忍住了！

　　听了李乡长的话，大家都沉寂下来了。高部长拿着火箸在火里搋着，似乎通过火箸传热来暖手。乡政府机关就剩下这么一根火箸了。大家都轮着使用它，它显得很金贵。大家都望着高部长手中的火箸，愣愣地想不出啥法子来。

　　这时，门吱呀响了一下，乡企业主任老刘闪进半个身子微笑着说，用一下火箸。大家的目光刷地一齐射向了他。高部长说，老刘，你进来，老刘！老刘怯怯地说，有事吗王书记！王书记没吱声。李乡长说，老刘你也坐下吧！不要急着生火，还是一起想想今冬用的火箸吧！

高部长说：老刘呀老刘，这回你可得拿个主意！秋天机关上山刨药的时候，没有铲子，是你提出把各家的火箸打成了铲子，可现在铲子不能当火箸使！

哎，对了！高部长不说我还想不起来哩，能不能再把铲子回炉打成火箸？王书记说。

老刘红着脸说：能是能，就是太不划算了，误工多。有那么多工，也买回来了！老刘在门口的长椅边挤了挤坐了下来。

这不能怨你，怨我们当领导的！没有把药材及时卖出去，让沤烂了。王书记说。

也不能怨领导！都怨他妈的天！穷下雨，下得车出不了沟沟……这穷地方！高部长一边摸着火箸不耐烦地嚷道。

谁也不要怨谁了，还是再开动脑筋想想办法吧！李乡长嚓地划了根火柴，点着烟说。

大家不像昨天那样七嘴八舌地出主意了。眼下乡里欠供销社的货款已有好几千元不说，火箸这种冷门货供销社不会跑百十里地到县城去进的。况且，现在的日杂门市部是由个人承包的，乡里再也没法去赊购了。乡政府会计账上除了三千元的民政优抚款，行政经费早花得一分不剩。县财政给每人每月拨三块八毛五分钱的办公费，乡政府机关在编人数二十人，共计七十七元，连电费电话费都不够。让大家垫工资买火箸，可乡里已有两个月没发工资了。原因是没有完成农业税，县财政就扣了工资，收回农业税自己再顶工资花。各种情况表明，乡财政是穷到头了。大家沉默了半天，又把眼光投向李乡长。因为李乡长是分管乡财政的。只见李乡长一根接一根地吸着一盒一毛五分钱的马樱花烟，烟头上的火光一闪一闪的，愈闪愈亮了。李乡长满面愁容一闪一闪地在昏暗中显现。这时，大家才发现天快黑了。冬季的天黑得早。有人伸手摸着电灯开关绳，听见咯巴一声，屋里依旧昏暗。高部长说：妈的，电业局这龟孙，又把电给掐了。李乡长苦笑着说：没办法，这是第五次了！谁让咱交不起电费呢！

不一定吧！派电工去查查线路，说不准是风把线刮断了。王书记不紧不慢地说。

李乡长听王书记说得在理，就瞪着老刘说：还不快去寻电工查线路！

老刘慌忙站起来说：这就去！这就去！

你得亲自去！高部长大声补充道。

老刘出去后，王书记说：关于火箸的问题大家就不要再议了，还是按原方案办吧！并室办公！党委政府能合室的就合室，两人或仨人用一盘炉子，又省煤又省烟筒。大家共用一根火箸，没有一人一盘炉共用一根麻烦！

李乡长说：这样吧！我提议安排专人掌管火箸，给各家生火！

高部长说：好，好，好！我同意王书记和李乡长的意见！

其他同志也在黑暗里连声说好好好！王书记见大家都同意，就问李乡长：老李，这个问题就到这里吧！李乡长打了个哈欠说：行，行，行！散会！

大家正要起身散会，这时，门外传来一阵急促的脚步声，哐当！门被撞开了。昏暗中，大家看出是查电的老刘。外面已下起了雪。老刘的头顶落了一层白白的雪花。

王书记吃惊地问：老刘出啥事了？

老刘拍打着身上的雪花兴奋地说：不是出啥事啦！王书记，李乡长，高部长，是有办法啦！

啥办法？快说！高部长不耐烦地问。

老刘用袖口擦了擦额头的雪水说：王书记，刚才我去查电线时，想起山上有一根报废了的洋灰杆，洋灰皮烂了，可里面的钢筋没烂……

不要说了！老刘，你真有眼力！高部长拍着大腿高兴地说。

李乡长笑着说：王书记，这下火箸的问题算彻底解决了。

王书记沉吟了一下说：老刘，那根洋灰杆真是报废的吗？

真是废的，王书记！电工说是三年前栽杆时跌折的，就扔在山上了！电杆重，没人能搬得回！

王书记，这就派人跟老刘上山把电杆砸了，取钢筋吧！高部长着急地说。

这样吧，明天一早由高部长负责，把钢筋弄回来，这会儿天黑了，不安全！王书记最后拍板说。

大家高兴得忘了散会，把老刘拥在中间。都说刘主任真行，真是败也萧何成也萧何啊！

高部长见众人不散，笑着说：吃饭吧，吃饭吧！他走出门时又回头喊道：刘主任，吃了饭，跟我去借锤！

第二天前晌，钢筋抬回来了。大伙把钢筋一根根砸直，一量，每人还是平均不到一根火箸，兴致也没先头高了。王书记得知，就又召集党委政府两大班子开会，老刘列席，讨论火箸的分配问题。有人说两人合伙使一根。高部长说，那样太浪费。两人使一根，做出的火箸太长，不好使，物不能尽其用。王书记说，既然有了钢筋，一定要把问题解决好，拿出最佳方案；不要急着截钢筋，把材料给作践了。

大家七嘴八舌议了半天，出了几个主意还是不能达到人均一根火箸和物尽其用的要求。这时，王书记站了起来笑着说：老刘，你半天没吱声，是不是有啥好办法？

李乡长也站起来笑着说：快快想想办法吧，老刘你！

老刘此时大脑里一片空白。他真想不出什么办法来。见书记高大的身躯和乡长矮胖的身躯一长一短地竖在他面前，不由自主地说：书记长，乡长短……

正在侧耳静听的高部长不等老刘说完，高兴地把大腿一拍，说：我早就是这个意思！领导的火箸长些，以下人员相对短些！

不等王书记表态，大家齐声说"好！"就奔出了会议室……

1995年4月28日

抬　棺

　　午饭后，阁村的男人陆续地来到了阁前。后生娃们闲不住地逗打、嬉闹；中年的则披了衣服靠墙坐下，点了纸烟慢慢吸着，小声地谈论着生意或农活。

　　微风吹来了土纸的焚烧味和女人的哭声。大伙是来为阁旁一户死了爹的人家抬棺的。

　　"喂，注意啦，都听着！"

　　一个粗重的喊声，镇得转动着的娃们像停抽了的陀螺一般，原地不动了。大家的头一起朝向一个粗胖的大汉。

　　"王虎、四狗跟我背板，余下的拿好抬杆，准备抬棺！"

　　棺材在屋里是不能八人抬的。先得由三至四人用手抠住棺底，抬到屋外空旷的地面，再串上杆子，八人共抬。

　　噼噼啪，嗵！噼啪，嗵！

　　鞭炮震得两耳生痛，浓烟呛得鼻酸泪流。这鞭炮驱鬼祛邪，长人力量。

　　"一、二起——"

　　粗胖的汉子抠住棺头，一声号令，即刻就有一口红漆大棺从烟雾中穿了出来，款款停落在街面的两条卧置的长凳上。

　　孝子们鱼贯而出，白皑皑一片伏在棺前，咦咦地哭。两旁的观众指指点点欣赏着孝女的俏姿及哀歌。这时，一位老妇从观众中拱出，扑倒棺前怆天呼地："她爹，你丢下我孤儿寡母怎过呀——"随即便哭死过去。人们潮水般地把她涌住。

"云儿妈，云儿妈！"

"快掐人中，快掐人中！"

片刻，云儿妈断电的"唱机"又通电复"唱"了：

"没有儿呀——"她还没有中断刚才悲切的思路。围观的女人，开始陪她落泪。云儿妈在大家的搀扶下，悲痛地离去了。

"抬杆，串好！"粗胖的汉子指挥着下步的工作。

棺在八条汉子肩上悠悠前进了。

> 八大轿，八抬棺，
> 八条汉子一口棺。
> 莫松劲，缩肩头，
> 莫弯腰，尿裤裆；
> 顺不溜溜到坟上，
> 送他老兄到天堂。

粗胖的汉子扯开嘶哑的嗓门唱起了抬棺歌。唱得八条汉子气宇轩昂，唱得送殡的悲悲怆怆。十六条腿，十六只脚，此起彼落，忽而悠悠缓缓，忽而纷纷沓沓，偌大的一口红棺就这样向墓地行进了。

王虎胸口一股腥气直冲嗓子眼，他深深吸了口气，努力把它压下。他知道，就是死，也要挺下来。

"当年为你爷爷抬棺时，云儿爹是吐过血的！"王虎耳边响起了爹的嘱咐。他依稀记得那年爷爷病死，因爹当队长时，常开批斗会，惹了不少人，备好酒席，请了几次，抬棺的汉子多数不到。云儿爹才在邻村请了几位抬手，算是把棺抬出了。不过，云儿爹唱的抬棺歌倒是稀奇！

> 八大轿，八抬官，
> 什么官，新郎官。
> 八条汉子喜洋洋，
> 抬得轿子悠晃晃。

八大轿，八抬官，

什么官，芝麻官。

八条汉子饥慌慌，

抬得老爷皇堂堂。

自古穷汉抬官棺，

不见老爷抬穷汉；

只有老爷进了棺，

一沉一浮由咱管。

王虎虽已三十，但他是家里独苗一根，没有干过重活，体力不济。去年，四狗娘病死，他爹语重心长地说："虎，你快三十了，以后村里的红白事该你支撑了！"四狗娘出殡那天，王虎没有在四狗家吃饭，他娘特意给他做了荷包蛋面。爹给他讲了抬棺的要领："腰要挺直，脚要踩稳，步子要跟上。千万不敢松劲，一松加千斤，重量全会落在你肩上的。那时，你想直腰也直不起来了。"

"抬棺最费力的是从屋里把棺背出。前边的人得两臂从身后抠住棺底，手、背、腰都要用力，所以，叫背板，背大头。这活不是你这种人干的，得身板骨壮实的！"

王虎脚穿一双白球鞋加入了抬棺的行列。老抬手们惊喜地向他招呼着："虎儿，小驹子先练练腿吧！"

"是，是，我想让他锻炼锻炼。"他爹堆起笑纹，满口应承着。

村离坟的路远，抬手们分两班替换。王虎自然与爹是一对。王虎抬了不足五十米，两腿发软，心脏怦怦直跳，脸变成了白纸。爹急忙把他换下来。这可苦了他爹，五十多岁的老汉硬是支撑了好久，才由一个好心的汉子换下。

从此，他爹的腰疼病加剧了，特别是天气变坏的时候。与王虎同龄的小伙，小小的就在家里干起了重活，身子结实得铁疙瘩般硬。王虎除了读书，猪草都不曾打过。爹娘宁可累死，也不忍心让这根独苗苗多吃一点苦。爹年轻时，是村里一条好汉，农活样样都拿手，抬棺背大头。可现在年龄不饶人，力不从心了。过去给人抬了那么多棺，谁还念记呢？看来，王虎还得重新预付些劳务，免得爹死了没人抬。云儿爹不就是例子吗？生前为人抬了半辈子棺，死后，谁买他的账！云儿没哥没弟，帮不上别人的忙，谁愿给她白出力。请了几趟，人还不齐，这家说有事，那家说有病。云儿妈不忌新孀，挨门挨户，向同辈们哀求：给孩子们说说，抬一抬云儿爹吧！四狗娘心软，除了让四个儿子都去外，还赔了不少眼泪。至于粗胖的汉子，还拿了云儿一条烟两瓶酒呢。

王虎为了把王家的门事顶起来，除干活外，几乎每天都蹲马步，举哑铃。爹看到这些，心里暗自高兴。可转眼一想，脸色又阴了下来，他知道，冰冻三尺，非一日之寒，非一日之寒呀！

粗胖的汉子是抬棺的头，大家叫他胖哥。胖哥听说王虎练功，扑哧一笑，说："十年也不见得能背大头！"这不，云儿爹出殡，背板时，他给王虎分了小头，努得王虎两眼发黑。

"王虎来一段。"胖哥说。"我来吧！"紧紧跟着王虎的爹说。清了清嗓子唱了起来：

八条汉，抬一棺，
什么棺，柏木棺，
柏木百年不腐烂。
什么棺，松木棺，
孙子百年爷不烂。
什么棺，槐木棺，
槐木有鬼魂不散。
什么棺，杨木棺，
杨木容易转世还。
什么棺，没有棺，
无官无财一身轻。
人抬棺，棺殓人，
人人都过鬼门关。

不贪财，不求官，

只求阴阳两平安。

暮秋的阳光把人们后背烤得发热，一出汗就痒痒起来，脚下的路悠长悠长。听了爹的歌，王虎忘记了腰酸腿软。歌一罢，又巴不得换人。他已被换了几次。胖哥换下时没敢歇就又接过他的杆。"快到了！"胖哥指着前方的铁索桥，接着唱道：

铁索桥，鬼门关，

从此故人不回还。

儿念父母三载三，

父母哭子肝肠断。

铁索桥有二百米。不知哪辈传下来的，坟地都在大沁河的东山上，可能干燥，风水好吧！听着胖哥的唱词，大家疾步把棺落到了桥头。这铁索桥由五股钢索两头扯着，上面横了密密的杂木棍，算是铺板。站在桥上，秋千一般悠荡。从断掉的木棍空隙可以看到下面滚着浪花的激流，令人目眩头晕。平日，没走惯的人，空行都怕。桥离水面有十几米高，且窄且荡。棺是八人抬不过的，只能俩仨人抬着或推着过。棺一上桥，桥就大幅度地悠荡，烈马一样尥人，一不小心会掉下去的。

胖哥是抬棺过桥的把式。那年，邻村一姑娘中煤气毒死，坟地也在隔岸。胖哥和另一大汉两人从桥上推棺。薄皮棺材不经推，裂开了，主家大哭；胖哥呆了，不知所措，正准备用手搊好，再推。这时，听得棺内呻吟，胖哥大喜。他听说煤气毒死的人放一放有活过来的。这姑娘复活无疑。三两下掰开了棺。人们不知怎回事，他已把姑娘抱回了西岸。姑娘死里逃生，功劳自然归于胖哥，后来成了胖哥的媳妇。胖哥穷得叮当响，却有了媳妇，认为是天赐。从此，抬棺过桥成了他的善行。据王虎爹说，他爷爷手里就经过在桥上死人复活的事。

不论是老还是小，
此桥就是鬼门关。
若有阳寿请痛唤，
没有阳寿请自安。

　　棺在胖哥和王虎、四狗的推拉下，徐徐过桥了。桥晃荡得厉害，胖哥说，别怕，越怕越晃荡。又说，听歌吧：

悠呀悠，你快走，
阎王封官看谁头。
悠呀悠，你快走，
莫要望乡逗桥头。
兄弟流汗送你走，
你让兄弟顺溜溜。

　　果然，棺材骨碌碌地滑过索桥。王虎浑身发软，正想坐下，一只大手扶住了他。"不能歇，虎儿。"是爹，爹递过一只红泥茶壶，"喝一口大叶茶提提神。"茶不热了，好苦好苦。爹的眼里转噙着泪水，掉了牙的瘪嘴嗫动着，似乎早品出了茶的苦味。
　　墓地终于到了。这里几乎都是新坟，密密匝匝，似出笼的馒头一样，散发着蒸气。"馒头"间依稀长出些绿绿的东西——麦苗，有些红花绿叶的味道。
　　好像把云儿爹哄过鬼门关一样，胖哥又唱起了贬棺歌：

棺材本是当官的财，
当官发财发棺材。
百姓无钱席裹埋，
无官无财无棺材。
世世代代盼出头，

累死累活做棺材。

努死努活抬棺材，

黄土地下一样埋。

　　既然，有棺无棺一样埋，何必累死累活做棺、抬棺呢？爹为了做副柏木棺，整整花了五年工夫。农闲时上山挖药、砍荆条编篮卖，省吃俭用。为父做棺是儿的义务。只因自己是独苗一根，势单力薄，爹自己把棺做了，可百年之后，抬棺他自己能做吗？

　　想到这里，王虎只觉胸口一阵腥热，眼一黑，"哇"地吐出了一口秽物，迷蒙中看得分明是血……王虎不知何时躺在了胖哥怀里，爹用手不停地摩挲他的胸口。

　　"虎儿，爹死了，能火葬就火葬，不要瞎努！"爹噙着泪说。"大叔，有我在，还能让你烧成灰，努死努活也要把你的棺送进坟。"

　　王虎浑身乏困，懒得思量他们的话，恍惚间他看到人们把棺推进了坟墓，仿佛埋葬的是自己……